Anita Shreve

Die Frau des Piloten

Anita Shreve

Die Frau des Piloten

Roman

Aus dem Amerikanischen von
Christine Frick-Gerke

Piper
München Zürich

Die Originalausgabe erschien 1998 unter dem Titel
»The Pilot's Wife« bei Little, Brown and Company in New York.

ISBN 3-492-04068-3

Gesetzt aus der Bembo-Antiqua
Satz: Uhl + Massopust, Aalen
Druck und Bindung:
Graphischer Großbetrieb Pößneck GmbH
Printed in Germany

Für Christopher

Teil eins

Sie hörte ein Klopfen und dann ein Hundegebell. Ihr Traum brach ab, schlitterte hinter eine Tür, die sich schloß. Es war ein guter Traum, warm und nah, und sie bedauerte es. Sie kämpfte mit dem Wachwerden. In dem kleinen Schlafzimmer war es dunkel, hinter den Jalousien noch kein Licht. Sie tastete nach der Lampe, fingerte am Messingfuß und dachte dabei: *Was? Was?*

Das beleuchtete Zimmer erschreckte sie, wirkte unnatürlich, falsch, wie ein Notaufnahmeraum um Mitternacht oder ein einzelnes Büro in einem verdunkelten Wolkenkratzer. Sie dachte in schneller Reihenfolge: Mattie. Dann: Jack. Dann: Nachbar. Dann: Autounfall. Aber Mattie lag im Bett, oder? Kathryn hatte ihr Gute Nacht gewünscht, hatte ihr nachgesehen, wie sie durch den Flur ging, in ihr Zimmer, und die Tür fest schloß, beinah zuknallte, eine eindeutige Aussage, haarscharf an einer Ermahnung vorbeigezielt. Und Jack – wo war Jack? Sie kratzte sich seitlich am Kopf, fuhr sich durchs schlafzerdrückte Haar. Jack war – wo? Sie brauchte einen Moment, bis sie sich an den Dienstplan erinnerte: London. Zurück heute nachmittag um halb zwei. Sie war sich sicher. Oder hatte sie es falsch in Erinnerung, und er hatte wieder seine Schlüssel vergessen?

Sie setzte sich auf und stellte die Füße auf die eiskalten Dielen. Sie hatte nie verstanden, wieso Holz in einem alten Haus im Winter so vollständig auskühlte. Die schwarzen Leggings waren ihr die Waden hochgerutscht, und die aufgerollten Ärmel des Oberhemds, in dem sie geschlafen hatte, ein altes weißes Oberhemd von Jack, hatten sich selbständig gemacht, die Manschetten hingen ihr über die Fingerspitzen. Sie hörte das Klopfen nicht mehr, und sekundenlang dachte sie, sie habe es sich nur eingebildet. Habe es geträumt, wie sie manchmal Träume hatte, die ineinander übergingen. Sie griff nach der kleinen Uhr auf dem Nachttisch und blickte darauf. Zehn nach drei. Sie betrachtete das schwarze Zifferblatt mit den Leuchtziffern aus der Nähe und stellte dann die Uhr so fest auf die Marmorplatte, daß das Batteriefach aufsprang und die Batterie unters Bett rollte.

Jack war doch in London, sagte sie sich wieder. Und Mattie war im Bett.

Dann klopfte es wieder, dreimal schlug es hart auf Glas. Ein kleiner Schreck fuhr ihr von der Brust in den Magen und blieb dort. In der Ferne begann der Hund wieder, ein kurzes, rauhes Gekläff.

Vorsichtig ging sie Schritt für Schritt über den Boden, als setze eine zu schnelle Bewegung etwas in Gang, das noch nicht begonnen hatte. Sie öffnete die Schlafzimmertür, das Schloß klickte leise, und dann ging sie die hintere Treppe herab. Sie dachte an ihre Tochter oben und daß sie vorsichtig sein sollte.

Sie durchquerte die Küche und warf durch das Fenster über der Spüle einen Blick auf die Auffahrt, die ums Haus herum führte. Sie konnte einen dunklen Wagen erkennen. Sie bog in den engen hinteren Flur, wo die Fliesen noch kälter als die Dielen waren – eisig unter den Fußsohlen. Als sie das Licht über der Hintertür anknipste, sah sie durch das kleine Oberlicht in der Tür einen Mann.

Er ließ sich die Überraschung durch das plötzliche Licht nicht anmerken. Langsam drehte er den Kopf zur Seite, mied den Blick durch die Scheibe, als wolle er nicht unhöflich wirken; als spiele Zeit keine Rolle, und es sei nicht frühmorgens um zehn nach drei. In dem grellen Licht wirkte er blaß. Er hatte staubig blondes Haar, kurzgeschnitten und an den Seiten zurückgebürstet; schwere Augenlider und leichte Geheimratsecken. Er trug einen Mantel mit aufgestelltem Kragen und zog die Schultern hoch. Nur einmal bewegte er sich eilig auf der Schwelle, stampfte vor Kälte mit den Füßen. Sie schätzte ab: das schmale Gesicht, irgendwie traurig, vielleicht kam es von den schweren Augenlidern, eher groß, gut angezogen, ein interessanter Mund, geschwungene Unterlippe, voller als die Oberlippe – ungefährlich. Sie griff nach dem Türknauf und dachte: Kein Einbrecher, kein sexueller Gewalttäter. Ganz bestimmt kein Gewalttäter. Sie öffnete die Tür.

»Mrs. Lyons?« fragte er.

Und da wußte sie es.

Wie er ihren Namen gesagt hatte, die Tatsache, daß er ihren Namen überhaupt kannte. Es stand in seinen Augen, ein aufmerksamer, rascher Blick. Das schnelle Luftholen.

Sie wich vor ihm zurück und knickte vornüber. Sie griff sich an die Brust.

Er streckte ihr seine Hand entgegen und berührte seitlich ihren Rücken.

Die Berührung erschreckte sie. Sie versuchte, sich aufzurichten, aber es gelang ihr nicht.

»Wann?« fragte sie.

Er setzte den Fuß über die Schwelle und schloß die Tür.

»Heute morgen«, sagte er.

»Wo?«

»Etwa zehn Meilen vor der irischen Küste.«

»Im Wasser?«

»Nein. In der Luft.«

»Oh...«

Sie bewegte eine Hand zum Mund.

»Beinah mit Sicherheit war es eine Explosion«, sagte er schnell.

»Meinen Sie wirklich Jack?«

Er blickte beiseite, sah sie dann wieder an.

»Ja.«

Er fing sie an den Ellenbogen, als sie fiel. Einen Moment schämte sie sich, aber es änderte nichts, ihre Beine versagten. Sie hatte nicht gewußt, daß der Körper einen Menschen im Stich lassen konnte, einfach nicht funktionieren konnte. Er hielt sie an den Ellenbogen, doch sie wollte ihre Arme zurückhaben. Behutsam half er ihr zu Boden und hockte sich neben sie.

Sie senkte das Gesicht auf ihre Knie und legte die Arme um ihren Kopf. In ihrem Innern war ein weißes Rauschen, und was er gerade sagte, konnte sie nicht hören. Sie nahm sich vor, einzuatmen, Luft zu holen. Sie hob den Kopf und sog die Luft in großen Schlucken ein. In der Ferne hörte sie ein eigentümliches Röcheln, kein wirkliches Weinen, denn ihr Gesicht war trocken. Von hinten schob ihr der Mann seine Hände unter die Achseln.

»Ich hole Ihnen einen Stuhl«, sagte er.

Sie schwenkte den Kopf hin und her. Sie wollte, daß er sie losließ. Sie wollte in die Fliesen versinken, im Boden versickern.

Ungeschickt hielt er mit seinen Händen ihr Gewicht.

Sie ließ sich aufhelfen. Er griff ihren Arm, hielt sie aufrecht.

»Ich ...«, sagte sie.

Schnell schoben ihre Handflächen ihn fort, und sie stützte sich an der Wand ab. Sie hustete und würgte, doch ihr Magen war leer.

Als sie wieder hochblickte, sah sie sein besorgtes Gesicht. Er nahm sie am Arm und half ihr um die Ecke in die Küche.

»Hier ist ein Stuhl«, sagte er. »Wo ist der Lichtschalter?«

»An der Wand.«

Ihre Stimme klang rauh und schwach. Sie stellte fest, daß sie zitterte.

Er tastete nach dem Schalter. Sie hob eine Hand vor ihr Gesicht, um das Licht abzuhalten. Sie wollte nicht gesehen werden.

»Wo stehen Gläser?« fragte er.

Sie deutete auf einen Schrank. Er goß Wasser in ein Glas und reichte es ihr, aber sie konnte es nicht gerade halten. Er stützte ihre Hand, und sie trank einen Schluck.

»Sie stehen unter Schock«, sagte er. »Wo finde ich eine Wolldecke?«

»Sie sind von der Fluggesellschaft«, sagte sie.

Er zog Mantel und Jacke aus und legte ihr die Jacke um die Schultern. Er half ihr, die Arme in die Ärmel zu stecken, sie fühlten sich überraschend seidig und warm an.

»Nein«, sagte er. »Von der Gewerkschaft.«

Sie nickte langsam, versuchte zu verstehen.

»Robert Hart«, stellte er sich vor.

Sie nickte wieder, trank noch einen Schluck. Ihr Hals war trocken und wund.

»Ich bin hier, um behilflich zu sein«, sagte er. »Es wird jetzt nicht leicht für Sie. Ist Ihre Tochter da?«

»Sie wissen, daß ich eine Tochter habe?« fragte sie überrascht.

Und dann dachte sie: Natürlich.

»Möchten Sie, daß ich es ihr sage?« fragte er.

Kathryn schüttelte den Kopf.

»Sie haben immer behauptet, die Gewerkschaft wäre zuerst hier«, sagte sie. »Ich meine, die anderen Frauen. Muß ich sie jetzt wecken?«

Er warf einen Blick auf seine Armbanduhr, dann auf Kathryn, abwägend, wieviel Zeit ihnen noch blieb.

»In ein paar Minuten«, sagte er. »Wenn Sie können. Lassen Sie sich Zeit.«

Das Telefon läutete, ein gellendes, schrilles Geräusch in der stillen Küche. Sofort ergriff Robert Hart den Hörer.

»Kein Kommentar«, sagte er.

»Kein Kommentar.«

»Kein Kommentar.«

»Kein Kommentar.«

Sie beobachtete, wie er den Hörer zurück auf die Gabel legte und mit den Fingern seine Stirn massierte. Er hatte breite Finger und große Hände, Hände, die für seinen Körper zu groß wirkten.

Sie blickte auf das Hemd des Mannes, ein weißes Oberhemd mit grauen Streifen, doch sie sah nur ein unwirkliches Flugzeug in einem unwirklichen Himmel, das in der Ferne in tausend Teile zerschellte.

Sie wollte, daß der Mann von der Gewerkschaft sich umdrehte und erklärte, er habe sich getäuscht: Er habe sich im Flugzeug getäuscht; sie sei die falsche Ehefrau; so, wie er gesagt hätte, sei es gar nicht gewesen. Sie empfand beinah die Freude darüber.

»Gibt es jemanden, den ich anrufen soll?« fragte er. »Der kommen soll?«

»Nein«, sagte sie. »Ja.« Sie dachte nach. »Nein.«

Sie schüttelte den Kopf. Sie war noch nicht bereit. Sie blickte hinab, fixierte den Schrank unter der Spüle. Was stand darin? Cascade. Drano. Dow Badezimmerreiniger. Pine Sol. Kiwi Schuhwichse. Jacks schwarze Schuhwichse. Sie biß sich in die Innenhaut der Wange, ließ ihren Blick durch die Küche wandern, sah den Tisch aus Kiefernholz mit dem Sprung in der Platte, dahinter den Herd mit den Schmutzstellen, den milchiggrünen Küchenschrank. Es war keine zwei Tage her, daß ihr Mann sich in diesem Raum die Schuhe geputzt hatte, den Fuß auf eine Schublade gestützt, die er zu diesem Zweck hervorgezogen hatte. Das hatte er immer zuletzt getan, bevor er zur Arbeit ging – seine Schuhe geputzt. Sie hatte dagesessen und ihm vom Stuhl aus zugesehen, und in letzter Zeit war es fast ein Ritual geworden, ein Abschiedsritual.

Für sie war es immer schwer, daß er fortging – egal wieviel Arbeit sie hatte, egal wie sehr sie sich darauf freute, Zeit für sich zu haben. Nicht, daß sie Angst gehabt hätte. Sie war eigentlich nicht ängstlich. Sicherer als Autofahren, sagte er immer und legte eine selbstverständliche Zuversicht an den Tag, als ob Sicherheit kein Thema sei, nicht der Rede wert. Nein, um Sicherheit ging es eigentlich nicht. Es war das Fortgehen an sich, Jack, der sich von zu Hause entfernte, was immer schwierig gewesen war. Oft hatte sie – wenn er mit seiner sperrigen prallen Flugtasche in der einen Hand, sein kleines Handgepäck in der anderen, die Uniformmütze unter den Arm geklemmt, aus der Tür ging – das Gefühl gehabt, er trenne sich von ihr, tiefgreifend. Und das tat er natürlich. Er verließ sie, um ein 170 Tonnen schweres Flugzeug über den Ozean nach London oder Amsterdam oder Nairobi zu steuern. Das Gefühl war eigentlich nicht verwunderlich, und Augenblicke später war es verflogen. Tatsächlich war Kathryn gelegentlich in seiner Abwesenheit so mit sich beschäftigt, daß sie eine leichte Abwehrhaltung einnahm, wenn mit seiner Rückkehr ihre Routine abrupt wechselte. Und dann, drei, vier Tage später, fing der Kreislauf wieder von vorn an.

Sie glaubte nicht, daß Jack das Kommen und Gehen jemals so empfunden hatte wie sie. Verlassen war schließlich nicht das gleiche wie verlassen werden.

»Ich bin nur ein besserer Busfahrer«, sagte er oft.

»Und so viel besser eigentlich auch nicht«, fügte er oft hinzu.

Sagte er. Sie bemühte sich, die Tragweite des Satzes zu

begreifen. Sie bemühte sich, zu verstehen, daß Jack nicht mehr existierte. Doch sie sah nichts als Rauchwolken, Qualmbälle wie in einem Comic, explosive Zacken in alle Richtungen. Sie ließ das Bild vergehen, so schnell es gekommen war.

»Mrs. Lyons? Steht irgendwo ein Fernseher? Ich würde gern einen kurzen Blick draufwerfen«, sagte Robert Hart.

»Im Wohnzimmer«, sagte sie und zeigte nach vorn.

»Ich muß nur hören, was sie in den Nachrichten sagen.«

»Gut«, sagte sie. »Gern.«

Er nickte, schien aber zu zögern. Sie sah ihm nach, als er das Zimmer verließ. Sie schloß die Augen und dachte: Ich kann es auf gar keinen Fall Mattie sagen.

Sie konnte sich ausmalen, wie es sein würde. Sie würde die Tür zu Matties Zimmer öffnen, wo an der Wand ein Plakat der Gruppe Less Than Jake und ein Extrem-Ski-Plakat aus Colorado hingen. Auf dem Boden würden in kleinen Haufen ihre Sachen aus den letzten zwei, drei Tagen liegen, so wie sie sie ausgezogen hatte. In einer Ecke standen Matties Ski und Skistöcke, ihr Snowboard, ihr Hockey- und Lacrosseschläger. An ihrer Pinnwand hingen Cartoons und Fotos von ihren Freundinnen: Taylor, Alyssa und Kara, fünfzehnjährige Mädchen mit Pferdeschwänzen, das Haar vorn in langen Strähnen. Mattie würde unter ihrer blauweißen Decke liegen und sich schlafenstellen, bis Kathryn zum dritten Mal ihren Namen riefe. Dann würde sie sich mit einem Ruck aufsetzen, zuerst verwirrt über die Störung, verwundert, daß Kathryn im Zimmer war, daß es Zeit für die Schule sei. Sandig rotschimmerndes Haar würde Mattie über die Schultern auf ihr lilarotes T-Shirt mit dem Aufdruck Ely Lacrosse vorn über ihren kleinen Brüsten fallen. Sie würde ihre Hände hinter sich auf die Matratze stemmen, um den Oberkörper abzustützen.

»Was ist, Mama?« sagte sie.

Nur das.

»Was ist, Mama?«

Und dann noch einmal, gleich mit hellerer Stimme.

»Mama, was ist?«

Und Kathryn müßte sich neben das Bett hocken und ihrer Tochter erzählen, was geschehen war.

»Nein, Mama!« würde Mattie schreien.

»Nein! Mama!«

Als Kathryn die Augen öffnete, hörte sie leises Stimmengewirr aus dem Fernseher.

Sie erhob sich von dem Küchenstuhl und ging ins langgestreckte Wohnzimmer mit seinen sechs Paar großen Fenstern, die eine ganze Wand einnahmen und von denen aus der Rasen und das Wasser zu sehen waren. Beim Anblick des Weihnachtsbaums blieb sie auf der Schwelle stehen. Robert Hart saß vornübergebeugt auf dem Sofa, und auf dem Fernsehschirm war ein alter Mann. Sie hatte den Anfang verpaßt. Er hatte CNN eingeschaltet oder vielleicht CBS. Robert Hart warf ihr einen Blick zu.

»Wollen Sie das wirklich sehen?« fragte er.

»Bitte«, sagte sie. »Lieber so.«

Sie trat ins Zimmer und ging auf das Fernsehgerät zu.

Wo der alte Mann war, regnete es, und später erschien der Name der Stadt unten auf dem Bildschirm. Malin Head, Irland. Sie hatte keine Ahnung, wo sie den Ort auf der Landkarte fände. Sie wußte nicht einmal, in welchem Irland. Dem alten Mann tropfte der Regen über die Wangen, und seine Tränensäcke waren groß und hell. Die Kamera machte einen Schwenk und zeigte einen Dorfplatz, von säuberlichen weißen Fassaden umgeben. Das Hotel dazwischen sah traurig aus, und sie las den Namen auf der schmalen Markise: Malin Hotel. Um seinen Eingang standen Männer mit Tee- oder Kaffeebechern in den Händen, die scheu den Fernsehleuten zuschauten. Die Kamera zeigte wieder den Mann, sein Gesicht in Großaufnahme. In seinen Augen stand der Schreck, und sein Mund hing offen, als fiele ihm das Atmen schwer. Kathryn betrachtete ihn auf dem Bildschirm und dachte: So sehe ich jetzt aus. Grau im Gesicht. Die Augen starren auf etwas, das nicht einmal da ist. Der Mund locker wie ein Fischmaul am Angelhaken.

Die Reporterin, eine dunkelhaarige Frau mit schwarzem Schirm, bat den Mann zu beschreiben, was er gesehen hatte.

»*Es war Mondschein, und das Wasser war dunkel*«, sagte er stockend.

Seine Stimme klang rauh, sein Akzent war so stark, daß der Wortlaut als Textband unten auf dem Bildschirm lief.

»*Lauter Silberstückchen fielen vom Himmel und landeten überall um das Boot herum*«, sagte er.

»*Die Stückchen flatterten wie.*«

»Vögel.«

»*Verwundete Vögel.*«

»*Die herunterfielen.*«

»*Kreiselten, wie Spiralen.*«

Sie ging zum Fernseher und kniete auf den Teppich, ihr Gesicht war auf der gleichen Höhe wie das des Mannes auf dem Bildschirm. Der Fischer fuchtelte mit den Händen, um seine Worte zu verdeutlichen. Er formte einen Kegel und bewegte die Finger auf und ab, und dann machte er eine Zickzackbewegung. Er erklärte der Reporterin, daß keines der eigenartigen Stückchen direkt in sein Boot gefallen sei und daß sie verschwunden oder im Meer versunken seien, bis er die Stelle erreicht hatte, und er keines habe auffischen können, nicht mal mit seinen Netzen.

Die Reporterin sah in die Kamera und nannte den Namen des Manns, Eamon Gilley. Er war dreiundachtzig, sagte sie, und der erste Augenzeuge. Niemand sonst hatte gesehen, was der Fischer gesehen hatte, und nichts sei bisher bestätigt. Kathryn hatte das Gefühl, der Reporterin liege daran, daß sich die Story als wahr erweise, nur notgedrungen stellte sie dies in Frage.

Aber Kathryn wußte, daß sie wahr war. Sie konnte den Mondschein auf dem Meer sehen, wie er zuckte und funkelte, das Silberglimmern, das vom Himmel fiel, fiel und fiel, wie kleine Engel, die zur Erde schwebten. Sie konnte das kleine Boot im Wasser sehen und den Fischer, der am Bug stand – sein Gesicht dem Mond zugewandt, die Hände ausgestreckt. Sie konnte sehen, wie er kippelte, um die Flatterteile zu fangen, in die Luft griff wie ein kleines Kind, das in einer Sommernacht nach Glühwürmchen schnappt. Und sie dachte dann, wie eigentümlich es war, daß ein Unglück – ein Unglück, das dir das Blut erstarren ließ und dir die Luft nahm und dir immer und immer wieder ins Gesicht schlug – manchmal so etwas Schönes sein konnte. Etwas Wunderbares sogar, und Furchtbares.

Robert langte herüber und schaltete das Fernsehgerät ab.

»Geht's?« fragte er.

»Wann, sagten Sie, ist es passiert?«

Er stützte die Ellenbogen auf die Knie und faltete die Hände.

»Ein Uhr siebenundfünfzig. Unsere Zeit. Sechs Uhr siebenundfünfzig ihre.«

Über seiner rechten Augenbraue war eine Narbe. Er muß Ende dreißig sein, dachte sie, eher so alt wie sie als wie Jack. Er hatte blondes Haar und braune Augen mit rotbraun gesprenkelter Iris. Jack hatte blaue Augen, zweierlei verschiedene Blau – ein verwaschenes Blau, fast durchsichtig wie ein Aquarellhimmel; das andere strahlend, ein tiefes Königsblau.

Sie dachte: Ist dies sein Beruf?

»Da kam der letzte Funkspruch«, sagte der Mann von der Gewerkschaft so leise, daß sie ihn kaum verstand.

»Was war der letzte Funkspruch?« fragte sie.

»Routine.«

Sie glaubte ihm nicht. Was konnte an einem letzten Funkspruch Routine sein?

»Sie wissen«, fragte sie, »was Piloten meistens sagen, zuletzt, vor dem Absturz? Natürlich wissen Sie das.«

»Mrs. Lyons«, sagte er und sah sie an.

»Kathryn.«

»Sie stehen noch unter Schock. Etwas Zucker würde Ihnen guttun. Haben Sie Saft im Haus?«

»Im Kühlschrank. Es war eine Bombe, stimmt's?«

»Ich wünschte, ich könnte Ihnen mehr sagen.«

Er stand auf und ging in die Küche. Sie bemerkte, daß sie nicht allein im Zimmer bleiben wollte, also folgte sie ihm. Sie warf einen Blick auf die Uhr über dem Spülbecken. Drei Uhr vierundzwanzig. Waren wirklich erst vierzehn Minuten vergangen, seit sie auf die Uhr oben auf dem Nachttisch geschaut hatte?

»Sie waren schnell hier«, sagte sie und setzte sich wieder auf den Küchenstuhl.

Er schüttete Orangensaft in ein Glas.

»Wie haben Sie das geschafft?« fragte sie.

»Wir haben ein Flugzeug«, sagte er ruhig.

»Nein. Ich meine, erzählen sie. Wie schafft man das? Steht das Flugzeug in Alarmbereitschaft? Sitzen Sie da und warten auf den Absturz?«

Er reichte ihr das Glas Saft. Er lehnte gegen die Spüle und fuhr mit dem Mittelfinger seiner rechten Hand senkrecht über seine Augenbraue, von der Nasenwurzel bis zum Haaransatz. Er schien etwas zu beschließen, zu entscheiden.

»Nein«, sagte er. »Ich sitze nicht da und warte auf den Absturz. Aber wenn es geschieht, dann gibt es einen Aktionsplan. Wir haben eine Maschine auf dem Washington

National Airport. Die bringt mich zum nächsten größeren Flughafen. In diesem Fall Portsmouth.«

»Und dann?«

»Und dann wartet da ein Wagen.«

»Und Sie brauchten...«

Sie addierte die Zeit, die er von Washington, D.C., dem Sitz der Gewerkschaft, nach Ely, New Hampshire, an der Grenze zu Massachussetts brauchte, mit dem Wagen fünfzig Minuten nördlich von Boston.

»Etwas unter einer Stunde«, sagte er.

»Aber warum?« fragte sie.

»Weil ich zuerst hiersein wollte«, sagte er. »Um Sie zu informieren. Um Ihnen beizustehen.«

»Das ist nicht der Grund«, sagte sie schnell.

Er dachte eine Weile nach.

»Zum Teil schon«, sagte er.

Sie strich mit der Hand über die gesprungene Oberfläche des Kiefernholztischs. An Abenden, wenn Jack zu Hause war, hatten Jack, Mattie und sie im Umkreis von drei Metern um diesen Tisch herum gelebt – hatten Zeitung gelesen, Nachrichten gesehen, gekocht, gegessen, saubergemacht, Mattie bei den Hausaufgaben geholfen, und wenn Mattie im Bett war, hatten sie geredet oder nicht geredet, und manchmal, wenn Jack nicht wieder fahren mußte, hatten sie zusammen eine Flasche Wein ausgetrunken. Am Anfang, als Mattie klein war und früh ins Bett kam, hatten sie sich machmal bei Kerzenlicht in der Küche geliebt, wenn einen von ihnen die Lust oder die Zärtlichkeit gepackt hatte.

Sie neigte den Kopf zurück und schloß die Augen. Der Schmerz reichte vom Bauch bis in die Kehle. Sie empfand Panik, als sei sie zu dicht an einen Abgrund geraten. Sie holte so heftig Luft, daß Robert zu ihr hinüberblickte.

Bilder verfolgten sie. Sie spürte Jacks Atem an ihrem

Nacken, als flüstere er ihren Knochen zu. Der schnelle, verrutschte Kuß auf ihren Mund, bevor er zur Arbeit ging. Der Arm, den er um Mattie nach ihrem letzten Rasenhockeyspiel legte, als sie verklebt und verschwitzt weinte, weil ihre Mannschaft acht-null verloren hatte. Die blasse Haut innen an Jacks Arm. Die ein wenig narbige Haut oben zwischen seinen Schulterblättern, ein pubertäres Überbleibsel. Seine merkwürdig zarten Füße;er konnte am Strand nicht ohne Schuhe gehen. Die Wärme, die er auch in den allerkältesten Nächten ausstrahlte, als glühte in seinem Innern ein Ofen. Die Bilder türmten sich, überschlugen sich, verdrängten einander. Sie versuchte, sie abzustellen, doch es gelang ihr nicht.

Der Mann von der Gewerkschaft stand an der Spüle und beobachtete sie. Er rührte sich nicht.

»Ich habe ihn geliebt«, sagte sie, als sie sprechen konnte.

Sie stand auf und riß ein Papiertuch vom Halter ab. Sie putzte sich die Nase. Die Zeitebenen schienen durcheinandergeraten. Sie überlegte, ob die Zeit eine Hülle aufreißen und sie verschlingen würde – einen Tag oder eine Woche oder einen Monat oder womöglich für immer.

»Ich weiß«, sagte Robert.

»Sind Sie verheiratet?« fragte sie und setzte sich wieder.

Er steckte seine Hände in die Hosentaschen und klimperte mit dem Kleingeld darin. Er trug eine graue Anzughose. Jack trug fast nie Anzüge.

»Nein«, sagte er. »Ich bin geschieden.«

»Haben Sie Kinder?«

»Zwei Jungen. Neun und sechs.«

»Leben sie bei Ihnen?«

»Bei meiner Frau in Alexandria. Exfrau.«

»Sehen Sie sie oft?«

»Ich gebe mir Mühe.«

»Warum wurden Sie geschieden?«

»Ich hatte aufgehört zu trinken«, sagte er.

Er sagte es ganz selbstverständlich, ohne Erklärung. Sie war sich unsicher, ob sie es verstanden hatte. Sie putzte sich die Nase.

»Ich muß in der Schule anrufen«, sagte sie. »Ich bin Lehrerin.«

»Das hat Zeit«, sagte er. »Dort ist sowieso noch niemand. Alle schlafen noch.« Er sah auf seine Armbanduhr.

»Erzählen Sie mir von Ihrer Arbeit«, sagte sie.

»Da gibt es nicht viel zu erzählen. Hauptsächlich Öffentlichkeitsarbeit.«

»Wie viele solche Sachen hier mußten Sie bisher erledigen?« fragte sie.

»Solche Sachen?«

»Abstürze«, sagte sie. »Abstürze.«

Er schwieg eine Weile.

»Fünf«, sagte er schließlich. »Fünf wirklich große.«

»Fünf?«

»Und vier kleinere.«

»Erzählen Sie mir davon«, sagte sie.

Er blickte aus dem Fenster. Dreißig Sekunden verstrichen. Vielleicht eine Minute. Wieder hatte sie den Eindruck, er komme zu Einschätzungen, treffe Entscheidungen.

»Einmal bin ich zu der Witwe nach Hause gekommen«, sagte er, »und habe sie im Bett mit einem anderen Mann gefunden.«

»Wo war das?«

»Westport. Connecticut.«

»Was dann?«

»Die Frau kam im Bademantel herunter, und ich habe es ihr gesagt, und dann zog sich der Mann an und kam herunter. Er war ein Nachbar. Und dann standen er und ich in der Küche der Frau und sahen zu, wie sie zusammenbrach. Es war chaotisch.«

»Haben Sie ihn gekannt?« fragte Kathryn. »Meinen Mann?«

»Nein«, sagte er. »Leider nicht.«

»Er war älter als Sie.«

»Ich weiß.«

»Was hat man Ihnen noch von ihm erzählt?«

»Elf Jahre bei Vision Airlines. Vorher bei Tiger Cargo, drei Jahre. Davor Santa Fe, zwei Jahre. Zwei Jahre Vietnam, DC-3-Bomber. Geboren in Boston. Holy Cross College. Ein Kind, eine Tochter, fünfzehn. Eine Ehefrau.«

Er dachte eine Weile nach.

»Groß«, sagte er. »Eins neunzig? Körperlich fit.«

Sie nickte.

»Gute Akte. Ausgesprochen gute Akte.«

Er kratzte sich am Handrücken.

»Tut mir leid«, sagte er. »Leider weiß ich alles mögliche über Ihren Ehemann und habe ihn überhaupt nicht gekannt.«

»Hat man Ihnen auch etwas über mich erzählt?«

»Nur daß Sie dreizehn Jahre jünger wären als Ihr Mann. Und daß Sie hier mit Ihrer Tochter wären.«

Sie betrachtete ihre Füße; sie waren klein und weiß, als sei kein Blut mehr in ihnen. Die Fußsohlen waren nicht sauber.

»Wie viele waren an Bord?« fragte sie.

»Hundertvier.«

»Nicht voll besetzt«, sagte sie.

»Nein, nicht voll besetzt, nein.«

»Überlebende?«

»Sie suchen noch...«

Andere Bilder drängten sich ihr auf. Ein augenblickliches Wissen – Wissen? –, wie es im Cockpit war. Jacks

Hände am Instrumentenbrett. Ein Körper, der durch die Luft wirbelt. Nein. Nicht mal ein Körper. Sie schüttelte unsanft den Kopf.

»Ich muß es ihr allein sagen«, erklärte sie.

Er nickte schnell, als wäre das von vorneherein klar gewesen.

»Nein«, sagte sie. »Ich meine, ich will nicht, daß Sie im Haus sind. Niemand soll dies sehen oder hören.«

»Ich setze mich in meinen Wagen«, sagte er.

Sie zog die Jacke aus, die er ihr gegeben hatte. Wieder läutete das Telefon, doch beide rührten sie sich nicht. In einiger Entfernung hörten sie, wie sich der Anrufbeantworter einschaltete.

Auf Jacks Stimme und die vertraute Nachricht war sie nicht gefaßt, die tiefe, liebenswerte Stimme, den leichten Bostoner Akzent. Sie vergrub ihr Gesicht in den Händen und wartete, bis die Nachricht zu Ende war.

Als sie hochsah, spürte sie, daß Robert sie beobachtet hatte. Er wandte seinen Blick ab.

»Ich soll nicht mit den Journalisten reden«, sagte sie. »Deshalb sind Sie hier.«

Ein Wagen rollte in die Einfahrt, knirschte auf dem Kies. Der Mann von der Gewerkschaft sah durchs Fenster, nahm ihr die Jacke ab und zog sie an.

»Damit ich nichts sage, was nach menschlichem Versagen klingt«, sagte sie. »Ihr wollt nicht, daß menschliches Versagen im Spiel ist.«

Er nahm den Hörer vom Telefon und legte ihn auf die Anrichte.

In letzter Zeit hatten Jack und sie sich kaum noch in der Küche geliebt. Sie hatten auf Mattie Rücksicht genommen, die nun älter war und jederzeit in die Küche hinunterkommen konnte, um eine Kleinigkeit zu essen. Meistens hatten sie, selbst wenn Mattie zum CD-Hören oder

Telefonieren in ihr Zimmer gegangen war, nur am Tisch gesessen und Zeitschriften gelesen, selbst der Abwasch oder ein Gespräch war ihnen zuviel gewesen.

»Ich sage es ihr jetzt.«

Er zögerte.

»Verstehen Sie, lange können wir da draußen nicht bleiben«, sagte er.

»Die sind von der Fluggesellschaft, oder?« fragte sie und spähte durchs Küchenfenster. Mit Mühe konnte sie draußen zwei Umrisse erkennen, die aus einem Wagen stiegen. Sie ging zur Treppe.

Sie schaute die steile Treppe hinauf. Es waren fünfhundert Stufen, mindestens fünfhundert Stufen. Sie wollten nicht enden, fast eine Unendlichkeit. Sie begriff, daß etwas in Gang gesetzt und nicht mehr aufzuhalten war. Sie war sich nicht sicher, ob sie bis ganz oben durchhalten würde.

Sie warf dem Mann von der Gewerkschaft einen Blick zu. Er ging durch die Küche, um die Haustür zu öffnen.

»*Mama*«, sagte sie, und er drehte sich nach ihr um. »Meist sagen sie *Mama*.«

Was ihr zuerst auffällt, sind die Schaukelstühle aus Flechtwerk und die breiten Dielenbretter, die von den Jahren verwittert und wie geschmirgelt sind. Sie steht am Geländer, schaut über den Rasen hinunter zum Strand, wo das Wasser über die Felsen brandet, als ob ein Leuchten sich verdichte, verströme, verdichte, verströme, und dann zurück ins Meer falle.

In der Ferne liegt ein Dunst auf dem Ozean, ein frischer, reiner Dunst, den es nur an schönen Tagen gibt. Die Inseln kann sie nur unklar erkennen; einmal sind sie da, dann nicht, und dann wieder schweben sie über dem Wasser. Zu einer Seite des Rasens befindet sich eine Wiese; zur anderen Obstgärten mit kleinen Birnbäumen und Pfirsichbäumen. Vor der Veranda gibt es einen verwilderten Blumengarten, eigenartig, im Bogen angelegt, ein Rechteck mit angrenzendem Fächer. In dem Bogen steht eine Bank aus weißem Marmor, die von Weinreben überwachsen ist.

»Es steht leer«, sagt sie, als er sich neben sie stellt; im Gegensatz zu ihm weiß sie, daß das Haus früher ein Kloster war, dann ein Sommerhaus, seit Jahren unbewohnt, und daß es nun seit endlosen Zeiten zum Verkauf steht. Von Osten kommt plötzlich ein Wind auf und bläst über die Veranda, bringt Feuchtigkeit und Kühle mit wie fast immer. Gleich, weiß sie, werden Schaumkronen auf der Brandung schaukeln. Der Ostwind kommt wie gerufen, wie ein Glas Eiswasser. Der Tag war fast unerträglich heiß, eigentlich untypisch heiß für den Frühsommer. Gemeinsam steigen sie die Verandastufen hinab und gehen hinunter ans Wasser. Mitten auf dem Rasen hält sie inne, dreht sich um und wirft noch einen Blick zurück auf das Haus. Einen Augenblick geht er ohne sie weiter, bis er bemerkt, daß sie stehengeblieben ist. Er geht auf sie zu.

»Schönes Haus«, sagt er. Er legt seinen Arm um sie, es ist das erstemal, daß sie sich berühren.

Das Haus hat zwei Stockwerke, weiße Schindeln und dunkelgrüne Fensterläden, so dunkel, fast schwarz. Das obere Stockwerk ist mit Zedernholzschindeln abgedeckt, alt und verwittert; das Dach macht einen flachen Schwung, als hätte jemand einen Streifen herausgeschnitten. Der Dachboden hat Fenster, gleichmäßig verteilt, so daß einem beim Betrachten behaglich ruhende Schläfer einfallen. Wenn sie aus der Stadt hierherkommt, denkt sie immer an alte Hotels, alte Strandhotels.

Er zieht mit seinem Finger eine Spur über ihren Rücken, hinauf, hinunter. Sie trägt Jeans, ein rotes ärmelloses Oberteil und alte Ledersandalen. Ihr Haar hängt lose und feucht bis auf den Rücken. Wenn sie zu ihm hochsieht, errötet sie übers ganze Gesicht bis zum Hals. Er hockt sich hin, um seinen Schuh zuzubinden, und sie nimmt seine muskulösen Oberschenkel wahr, den langen angespannten Rücken, die Stelle, wo sein Gürtel einschneidet. Sie registriert die Achselklappen seines weißen Hemds. Militärisch, dachte sie im Laden, als sie seinen Beruf noch nicht kannte.

Sie klettern über glitschigen Stein und hüpfen auf den Strand. Sie schwimmen angezogen, so wie sie sind. Das Wasser ist eiskalt, aber die Luft ist heiß, und der Gegensatz ist köstlich. Als sie aus dem Wasser kommt, steht er da, Hände in die Hüften gestemmt. Seine Sachen triefen vor Nässe und hängen an ihm herunter, und sein Hemd läßt die Haut durchscheinen. Sie will nicht wissen, wie ihr Oberteil aussieht.

Ich weiß, wo der Schlüssel liegt, sagt sie zitternd.

Sie nimmt ihn mit ins Haus. Sie durchqueren die Küche, einen großen Raum mit großem Kamin und Sims. Der Fußboden ist dunkel gefliest, kühl unter ihren Fußsohlen, und diese Kühle lindert die Hitze in ihrem Kopf, ihre Stirn fühlt sich fiebrig an. Sie führt ihn ins Wohnzimmer, einen langen Raum, der sich über die gesamte Ozeanseite des Hauses erstreckt, ein wunderschöner

Raum mit sechs Paar schmalen Fenstern, die vom Boden bis zur Decke reichen. Die Tapete an den Wänden ist verblichen gelb, an den Rändern gewellt. Die Jalousien vor den Fenstern sind ein Stückchen hochgerollt, erinnern sie an die Rollos in alten Klassenräumen.

Sie durchquert das Wohnzimmer, geht zur Treppe und streckt dabei ihre Hand aus, er greift danach, dieser Fremde, den sie kaum kennt, dieser Mann, der eine beängstigende Anziehungskraft auf sie hat. Der Laden war stickig gewesen, die Luft zwischen ihnen voll schwebender Staubteilchen. Sie standen sich gegenüber vor einem Labyrinth aus verzierten Tischen aus Mahagoni- und Walnußholz, Lampen und altem Leinen und Büchern, die muffig rochen. Sie hielt einen Lappen in der Hand. Sie hatte ein Regal blankgerieben. Als er eintrat, sah sie zu ihm hoch. Auf den ersten Blick hielt sie ihn für jemanden, der dienstlich unterwegs war, oder jemanden, der sich verlaufen hatte und nach dem Weg fragen wollte. Er trug ein weißes Hemd mit kurzen Ärmeln, die wie dünne weiße Fähnchen von seinen Oberarmen abstanden. Eine schwere marineblaue Hose. Er trug Schuhe wie ältere Männer, gewichtige, enorm große, schwarze Schuhe. Er bewegte sich in dem Lichtstreifen, den die Sonne durch das runde Fenster über der Tür schickte, und sie bemerkte die winzigen Fältchen in seinen Augenwinkeln; und daß seine Zähne nicht perfekt waren. Sein Haar war kurzgeschnitten wie beim Militär, fast schwarz, lockig, wenn es länger gewesen wäre. Das Haar war rundherum flachgedrückt, als hätte er gerade eine Kopfbedeckung abgesetzt.

Anfang dreißig, schätzt sie jetzt. Nicht direkt stämmig, aber kräftig. Er hat breite Schultern, und sie findet nichts Schwächliches an ihm. Sie wundert sich über sein eckiges, glattes Kinn, seine irgendwie ulkigen Ohren, deren Spitzen abstehen. Irgendwas stimmt mit seinen Augen nicht, findet sie.

Oben an beiden Seiten des Gangs liegen viele Schlafzimmer. Sie huscht in eins hinein und er folgt ihr. Die Wände und die Täfelung sind leuchtend limonengrün gestrichen. Die Liege an der einen Wand hat einen geblümten Bezug. Doch der auffälligste Gegenstand ist ein roter Stuhl, ein einfacher Küchenstuhl, so rot lackiert wie ein Feuerwehrauto. Der Stuhl glänzt in der Sonne – der rote Stuhl vor dem Limonengrün und dem blauen Ozean im Fenster –, und wieder fragt sie sich, in welcher Laune wohl der unbekannte Maler diese auffallenden Farben gewählt hat.

Wortlos standen sie im Zimmer. Sonst bin ich nicht so, will sie ihm beichten. So entgegenkommend.

Sie kreuzt die Arme über der Brust, kann ihr Zittern nicht unterdrücken.

»Deine Augen haben zweierlei Farben«, sagt sie.

»Das liegt in meiner Familie. Väterlicherseits.«

Er hält inne.

»Die Augen sind beide echt, falls du das wissen willst.«

»Wollte ich, wirklich.«

»Dein Haar ist wunderschön«, sagt er.

»Das liegt in meiner Familie«, sagt sie.

Er nickt und lächelt.

»Aha. Welche Farbe?« fragt er.

»Rot.«

»Nein, ich meine...«

»Das hängt vom Licht ab.«

»Wie alt bist du?«

»Achtzehn.«

Er ist überrascht. Erschrocken.

»Warum?« fragt sie. »Wie alt bist du?«

»Einunddreißig. Ich dachte...«

»Dachtest was?«

»Daß du älter wärst, ich weiß nicht.«

Der Altersunterschied liegt zwischen ihnen, die dreizehn Jahre.

»Also«, sagt er.

»Also«, sagt sie.

Sie zieht ihr Oberteil über den Kopf. Einen Augenblick scheint er erstaunt über ihren Mut. Sie legt sich auf das Bett und sieht zu, wie er sein Hemd aufknöpft und zu Boden auf ihr Oberteil fallen läßt. Seine Schultern sind massig, und sie denkt, wie anders er ohne Hemd aussieht – um Jahre jünger, lockerer, wie einer von den Fabrikarbeitern, mit denen sie früher gegangen ist. Er beugt sich über sie und leckt das Salz von ihrer Haut. Vor Hitze ist ihr schwindlig. Ihr Mund schmeckt seine aromatische Haut, die seidigen feinen Härchen.

Die Finger seiner linken Hand bleiben in ihrem Haar verhakt, langsam bewegt er seine Rechte über ihre Brust, ihren flachen Bauch. Er legt die Hand zwischen ihre Beine, und sofort fühlt sie sich leicht, leichtgliedrig und offen, als zöge jemand an einem Faden und trennte sie auf.

Sie liegen auf dem Bett, bis er gehen muß. Er schläft, und sie beobachtet, wie die limonengrüne Wand ihre Farbe verliert, der rotlackierte Stuhl sienabraun wird. Sie versteht, wie sie mit ihren achtzehn Jahren selten verstehen durfte, daß sie in diesem Augenblick alles in ihrer Hand hat, sie kann ihre Finger darumlegen, es festhalten und nie wieder loslassen, oder sie kann ihre Hand öffnen, ausstrecken und es freigeben. Einfach freigeben, einfach so.

Statt dessen empfindet sie reines, ungetrübtes Glück. Jetzt fängt alles an, und sie weiß es.

»Mrs. Lyons?«

Kathryn wandte sich vom Fenster ab. Rita, eine kleine blonde Frau mit bräunlich geschminkten Lippen und Lidstrich steckte ihren Arm in den Mantelärmel.

»Ich gehe jetzt ins Hotel.«

Die Frau aus dem Büro des Chefpiloten war den ganzen Tag im Haus gewesen, seit halb vier morgens, dennoch war ihr Gesicht taufrisch, ihr marineblaues Kostüm kaum zerknittert. Der Begleiter der Frau, ebenfalls von der Fluggesellschaft, ein gewisser Jim, den Nachnamen hatte sie vergessen, hatte vor Stunden das Haus verlassen, aber wann, wußte Kathryn nicht mehr.

»Robert Hart ist noch da«, sagte Rita. »Im Arbeitszimmer.«

Kathryn starrte auf den schnurgeraden Scheitel in Ritas glattem Haar. Rita, fand sie, glich erstaunlich einer Fernsehnachrichtensprecherin in Portland. Zuvor, tagsüber, hatte Kathryn sich eine Zeitlang innerlich gegen die Fremden in ihrem Haus gesträubt, doch dann hatte sie schnell eingesehen, daß sie allein nicht zurechtkam.

»Wohnen Sie im ›Tides?‹ fragte Kathryn.

»Ja, wir haben dort mehrere Zimmer.«

Kathryn nickte. Außerhalb der Saison war das Hotel »The Tides« froh über jedes Paar, das sich übers Wochenende einmietete, doch jetzt war es verständlicherweise bis aufs letzte Zimmer mit Leuten von der Presse und der Fluggesellschaft besetzt.

»Geht's?« fragte Rita.

»Ja.«

»Kann ich noch irgend etwas für Sie tun, bevor ich gehe?«

»Nein«, sagte Kathryn. »Mir geht's gut.«

Die Behauptung war absurd, dachte Kathryn und sah Rita nach, die aus der Küche ging. Lächerlich sinnlos. Wahrscheinlich würde es ihr nie wieder gutgehen.

Es war erst Viertel nach vier, doch beinah schon dunkel. So spät im Dezember kamen die Schatten schon nach dem Mittagessen, und den ganzen Nachmittag war das Licht dünn und langgestreckt gewesen. Die Farben waren so sanft und federweich wie seit Monaten nicht mehr; sie nahmen den Dingen ihre Vertrautheit. Die Nacht würde den Bäumen, dem tiefen Himmel, den Felsen und dem gefrorenen Gras, den frostig weißen Hortensien die Farbe nehmen wie langsam einsetzende Blindheit, und im Fenster bliebe nichts als das eigene Spiegelbild.

Sie verschränkte die Arme und lehnte sich gegen den Spülsteinrand, blickte durchs Küchenfenster hinaus. Es war ein langer Tag gewesen, ein langer, schrecklicher Tag – ein Tag, so lang und so schrecklich, daß er sich schon vor Stunden von jeder vertrauten Wirklichkeit entfernt hatte. Sie hatte das eindeutige Gefühl, daß sie nie wieder schlafen würde – daß sie heute frühmorgens mit dem Aufwachen einen Zustand verlassen hatte, in den sie nie mehr zurückkehren können würde. Draußen, am Ende der langen, schmutzigen Auffahrt hinter dem Holztor standen Leute, die zum Haus sahen, und andere Leute, die sie fernhielten, aber im Haus selbst befanden sich gegenwärtig nur sie in der Küche und Robert in Jacks Arbeitszimmer. Aus dem Wohnzimmer dröhnte unaufhörlich der Fernseher.

Auf dem Tisch neben der Küchentür standen mehrere Fotos in Holz- und Silberrahmen. Kathryn nahm ein Foto von Jack und Mattie, die auf den Felsen angelten. Jack trug eine Baseballmütze und Mattie ein leuchtendrotes T-Shirt. Mattie, mit Zahnklammer, hielt stolz den Fisch. Kathryn schloß die Augen, ihr Magen krampfte sich zusammen, wenn sie an den Moment dachte, als sie es Mattie gesagt hatte.

Es war viel schlimmer gewesen, als Kathryn es sich vorgestellt hatte.

Noch bevor sie oben war, hörte sie Mattie ins Badezimmer gehen. Jeden Morgen wusch sich ihre Tochter ihr schönes naturgelocktes Haar und föhnte es sorgfältig glatt. Es war kein angenehmer Anblick, wenn Mattie ihr Haar föhnte; Kathryn kam es immer vor, sie bekämpfte – wenn sie ihr Haar so mit Gewalt bändigte – eine Seite von sich, die erst mit der Pubertät zum Vorschein gekommen war. Kathryn wartete darauf, daß Mattie diese Phase hinter sich brächte, und hatte in letzter Zeit eigentlich jeden Morgen gehofft, sie käme endlich zur Vernunft und ließe der Natur ihren Lauf. Dann wüßte Kathryn, daß alles gut würde mit Mattie.

Mattie hatte womöglich die Wagen gehört, dachte Kathryn. Vielleicht hatte sie auch die Stimmen in der Küche gehört. Ans Aufwachen im Dunkeln war Mattie gewöhnt, besonders im Winter.

Kathryn wußte, daß sie es Mattie im Badezimmer nicht sagen konnte. Das war nicht der richtige Ort.

Vor der Badezimmertür hörte Kathryn, daß Mattie die Dusche aufgedreht hatte, aber noch nicht darunter stand.

Kathryn klopfte.

»Mattie«, sagte sie.

»Was?«

»Bist du angezogen? Ich muß dich sprechen.«

»Mama...«

Wie vertraut Mattie klang in ihrem leicht genervten Quengelton.

»Ich kann nicht«, sagte sie. »Ich dusche.«

»Mattie, es ist wichtig.«

»Was?«

Die Badezimmertür öffnete sich mit einem Ruck. Mattie hatte ein grünes Handtuch umgewickelt.

Meine wunderschöne Tochter, dachte Kathryn. Wie kann ich ihr dies antun?

Kathryns Hände begannen zu zittern. Sie verschränkte die Arme über der Brust und schob die Hände in die Achselhöhlen.

»Zieh dir einen Bademantel an«, sagte Kathryn den Tränen nahe. Sie weinte nie vor Mattie. »Ich muß mit dir sprechen. Es ist wichtig.«

Mattie nahm ihren Bademantel vom Haken und zog ihn gehorsam wie ein Lamm über.

»Was ist, Mama?«

Der Verstand eines Kindes faßte es nicht. Der Körper eines Kindes konnte eine so sinnlose Tatsache nicht aufnehmen.

Mattie warf sich zu Boden, wie von einem Schuß getroffen. Sie schlug wie wild mit den Armen um den Kopf, und Kathryn dachte an Bienen. Sie versuchte, Mattie bei den Armen zu greifen und festzuhalten, doch Mattie schob sie mit einem Satz beiseite und rannte davon. Sie wischte aus dem Haus und hatte den Rasen zur Hälfte überquert, als Kathryn sie einholte.

»Mattie, Mattie, Mattie«, sagte Kathryn, als sie neben ihr stand.

Einmal und noch einmal und noch einmal.

»Mattie, Mattie, Mattie.«

Kathryn nahm Matties Kopf in ihre Hände und drückte ihr Gesicht dicht an ihr eigenes Gesicht, drückte ganz fest, um zu ihr durchzudringen. Sie mußte zuhören, sie hatte keine Wahl.

»Ich sorge für dich«, sagte Kathryn.

Und dann noch einmal.

»Hör gut zu, Mattie. Ich sorge für dich.«

Kathryn legte die Arme um ihre Tochter. Zu ihren Füßen war Frost. Mattie weinte jetzt, und Kathryn meinte, ihr selbst bräche das Herz. Aber sie wußte, so war es besser. So war es besser.

Kathryn half Mattie ins Haus und bettete sie aufs Sofa. Sie wickelte ihre Tochter in Decken und hielt sie fest, rieb ihre Arme und Beine, damit das Zittern aufhörte. Robert Hart versuchte, Mattie etwas Wasser einzuflößen, doch sie mußte würgen. Kathryn bat ihn, Julia anzurufen. Sie war sich schemenhaft der anderen Leute im Haus bewußt, eines Mannes in Uniform, einer Frau im Kostüm, die in der Küche an der Anrichte standen und warteten.

Sie konnte Robert Hart telefonieren hören, und dann redete er leise mit den Leuten von der Fluggesellschaft. Sie hatte vergessen, daß der Fernsehapparat lief, aber plötzlich setzte Mattie sich auf und sah sie an.

»Haben sie ›Bombe‹ gesagt?« fragte Mattie.

Und dann hörte Kathryn die Meldung, rückwirkend; merkte, daß sie alle Worte unbewußt aufgenommen hatte; brauchte eine Weile, um sich über den Sinn des Gespeicherten klarzuwerden.

Später dachte Kathryn immer, die Meldungen seien wie Geschosse gewesen. Worte, die wie Geschosse ins Gehirn drangen und dort explodierten, Erinnerungen auslöschten.

»Mr. Hart«, rief sie.

Er kam ins Wohnzimmer und stellte sich neben sie.

»Das ist unbestätigt«, sagte er.

»Es soll eine Bombe gewesen sein?«

»Nur eine Theorie. Geben Sie ihr eine davon.«

»Was ist das?«

»Valium.«

»So etwas haben Sie dabei?« fragte sie. »Für alle Fälle?«

Julia bewegte sich durchs Haus mit der unerschütterlichen Einsatzbereitschaft einer Helferin in einem Katastrophengebiet. Trauer war ihr nicht fremd, doch vor dem Tod hatte sie keinen Respekt und ließ sich von ihm nicht in die Knie zwingen. Stabil, wie sie gebaut war, mit ihrer Pudeldauerwelle – dem einzigen Zugeständnis an ihr Alter –, dauerte es nur Minuten, bis sie Mattie vom Sofa nach oben verfrachtet hatte. Als sie sich vergewissert hatte, daß Mattie das Gleichgewicht halten und ihre Jeans anziehen konnte, kam Julia wieder herunter und kümmerte sich nun um ihre Enkelin. In der Küche kochte sie starken Tee. Sie schüttete eine ordentliche Portion Brandy hinein, die Flasche hatte sie von zu Hause mitgebracht. Der Frau von der Fluggesellschaft erklärte sie, Kathryn müsse alles austrinken, mindestens aber einen Becher voll. Dann ging Julia wieder hinauf zu Mattie und sorgte dafür, daß sie ihr Gesicht wusch. Das Valium tat seine Wirkung, und Mattie wurde stiller; ab und zu stieß sie leise Schluchzer aus, fassungslos, todtraurig. Trauer, das wußte Kathryn, machte unter anderem müde.

Julia half Mattie ins Bett und kam dann wieder ins Wohnzimmer. Sie setzte sich neben Kathryn aufs Sofa und warf einen prüfenden Blick in die Teetasse, riet, den Tee auszutrinken; fragte ohne Umschweife, ob sie ein Beruhigungsmittel habe. Robert bot ihr das Valium an. Julia fragte: »Wer sind Sie?«, und als Robert sich vorgestellt hatte, nahm sie das Mittel dankend an.

»Nimm«, sagte Julia zu Kathryn.

»Ich kann nicht«, antwortete Kathryn. »Ich hatte doch den Brandy.«

»Egal. Nimm.«

Julia fragte Kathryn weder nach ihren Gefühlen noch nach ihrem Befinden. In Julias Denken, wußte Kathryn, galt Funktionieren, egal auf welcher Ebene, als selbstverständlich. Nichts sonst kam jetzt in Frage. Tränen, Schock, Mitgefühl – sie kamen später.

»Entsetzlich«, sagte Julia. »Kathryn, ich weiß, es ist entsetzlich. Sieh mich an. Aber es hilft nichts, du mußt da durch. Das weißt du, oder? Nick mit dem Kopf.«

Kathryn beobachtete, wie Rita zu ihrem Wagen ging, ihn anließ und aus der Einfahrt fuhr. Jetzt waren sie zu viert im Haus – Mattie, die oben in ihrem Zimmer schlief; Julia und Kathryn, die abwechselnd nach ihr sahen. Robert, hatte Rita gesagt, saß in Jacks Arbeitszimmer. Was tat er da? überlegte Kathryn.

Kathryn nahm eins der gerahmten Fotos vom Tisch; Julia war darauf, ihre Großmutter, bei der sie aufgewachsen war. Das Bild rief viele Erinnerungen in ihr wach. Julia trug darauf einen schmalen schwarzen Rock, der gerade die Knie bedeckte, eine weiße Bluse und eine kurze Strickjacke. Eine Perlenkette um den Hals. Sie war schmal und dünn, und ihr glänzend schwarzes Haar trug sie seitlich gescheitelt. Ihr Gesicht war eindrucksvoll; die Leute fanden sie früher sicher hübsch. Auf dem Foto saß Julia auf dem Sofa, beugte sich vor und griff nach etwas außerhalb des Bilds. In der anderen Hand hielt sie eine Zigarette – damals eine verführerische Pose: die Zigarette lässig zwischen schönen, langen Fingern, Rauch, der sich kräuselte. Die Frau auf dem Foto war vielleicht zwanzig.

Aber jetzt war Julia fünfundsiebzig und trug ausgebeulte, immer etwas zu kurze Jeans, weite Pullover, die ihren Bauch überspielten. Die Frau mit dem schütteren grauen Haar oben bei Mattie hatte wenig gemeinsam mit der jungen Frau mit dem glänzenden Haar und der schmalen Taille. Höchstens die Augen, aber auch da hatte die Zeit die Schönheit zerstört: Julias Augen tränten manchmal, und Wimpern hatte sie kaum noch. Es war nichts Neues, dennoch war es Kathryn schwer begreiflich: Nichts blieb, wie es war, weder ein Haus noch ein schönes Gesicht, Kindheit nicht, Ehe nicht, Liebe nicht.

Draußen war es dunkel, und Kathryn bezweifelte, daß am Ende der Auffahrt immer noch Leute standen. Die Reporter und Kameraleute, die Aufnahmeleiter und Maskenbildner waren sicher mit den anderen ins Hotel gefahren. Tranken etwas, erzählten, diskutierten die Gerüchte, betranken sich allmählich, aßen noch zu Abend, schliefen. War es für sie nicht das Ende eines normalen Arbeitstages, ein Auftrag wie jeder andere?

Kathryn hörte schwere Schritte auf der Treppe, Männerschritte, und dachte einen Augenblick, Jack käme hinunter in die Küche. Doch beinah sofort fiel ihr ein, daß es nicht Jack sein konnte, Jack ganz bestimmt nicht.

»Kathryn.«

Die Krawatte war verschwunden, die Hemdsärmel hochgerollt, der Kragen aufgeknöpft. Ihr war schon aufgefallen, daß Robert Hart, wenn er nervös war, die Angewohnheit hatte, seinen Stift wie einen Klöppel zwischen den Fingern hin und her zu pendeln.

Er trat ans Fenster und schloß es. Es war kalt im Raum.

»Besser, Sie wissen Bescheid«, sagte Robert. »Es heißt: technisches Versagen.«

»Wer sagt: technisches Versagen?«

»London.«

»Können sie das schon wissen?«

»Nein. Zu diesem Zeitpunkt ist es Unfug. Eine Vermutung. Sie haben ein Stück vom Rumpf und vom Motor gefunden.«

»Oh«, sagte sie. Sie fuhr sich mit den Fingern durchs

Haar. Ihre Angewohnheit, wenn sie nervös war. Ein Stück vom Rumpf, dachte sie. In Gedanken wiederholte sie die Worte. Sie versuchte, sich vorzustellen, wie es wohl aussehen konnte, dieses Stück vom Rumpf.

»Welches Stück vom Rumpf?« fragte sie.

»Die Kabine. Etwa sechs Meter.«

»Haben sie auch...?«

»Nein. Sie haben den ganzen Tag nichts gegessen, oder?« fragte er.

»Schon gut.«

»Nein, das ist nicht gut.«

Sie blickte auf den Tisch, auf dem alle möglichen Gefäße mit Essen standen – Eintöpfe, Aufläufe, ganze Mahlzeiten in einzelnen beschrifteten Plastikbehältern, Schokoladenplätzchen, Kuchen, Kekse, Salate... Eine Großfamilie würde Tage brauchen, um alles aufzuessen, dachte sie.

»Ein ungeschriebenes Gesetz«, sagte sie. »Wenn Leute nicht wissen, wie sie sich verhalten sollen, bringen sie Essen.«

Den ganzen Tag über waren in Abständen immer wieder Polizisten mit diesen Gaben die Auffahrt heraufgekommen. Kathryn fand das einleuchtend, hatte es schon öfter erlebt, auch bei anderen Todesfällen. Sicher stand hinter dieser Geste ursprünglich die Idee, den Hinterbliebenen das lästige Kochen abzunehmen. Dabei war es eigentlich ein Wunder, daß der Körper den alten Trott ging, Schock und Trauer hinter sich ließ, Übelkeit und Leere, und Nahrung forderte, hungrig war. Ihr schien das jetzt so unpassend wie der Sexualtrieb.

»Wir hätten es den Leuten da draußen geben sollen«, sagte Kathryn. »Der Polizei und der Presse. Hier verdirbt es nur.«

»Presseleuten sollte man nie etwas geben«, warnte

Robert. »Das wäre für sie ein gefundenes Fressen. Wenn man denen den kleinen Finger reicht, sitzen sie bald hier im Haus.«

Kathryn lächelte und erschrak, daß sie lächeln konnte. Das Gesicht tat ihr weh, es war trocken, salzig vom Weinen.

»Also, ich gehe jetzt«, sagte er, rollte seine Hemdsärmel herunter und knöpfte seine Manschetten zu. »Sie wollen jetzt sicher allein sein.«

Kathryn war sich gar nicht sicher, daß sie allein sein wollte.

»Fahren Sie zurück nach Washington?«

»Nein, ich bleibe im Hotel. Aber ich komme morgen vorbei, bevor ich abfahre.« Er nahm seinen Trenchcoat von der Stuhllehne und zog ihn an. Aus seiner Tasche holte er die Krawatte.

»Oh«, sagte sie aufs Geratewohl. »Gut.«

Er legte die Krawatte um den hochgeschlagenen Hemdkragen. »So«, sagte er, als der Knoten fertig war, und rückte die Krawatte zurecht.

Das Telefon läutete. Es klang zu laut für die Küche, zu grob, zu aufdringlich.

»Ich kann nicht«, sagte sie.

Er ging zum Telefon und nahm den Hörer ab. »Robert Hart«, sagte er.

»Kein Kommentar«, sagte er.

»Noch nicht«, sagte er.

»Kein Kommentar.«

Als er einhing, wollte Kathryn etwas sagen.

»Sie nehmen jetzt eine heiße Dusche«, sagte er, bevor sie dazu kam. Er zog den Trenchcoat wieder aus.

»Ich wärme etwas auf«, sagte er.

»Gut«, sagte sie. Und war erleichtert.

Oben im Flur wußte sie plötzlich nicht mehr, wohin. Der

Flur war zu lang, es gab zu viele Türen und zu viele Zimmer. Die Zimmer machten ihr angst, denn die Ereignisse des Tages hatten bereits auf die Zimmer abgefärbt, hatten frühere Ereignisse überlagert. Sie ging den Flur entlang und betrat Matties Schlafzimmer. In Matties Bett lagen Julia und Mattie, beide schliefen fest, und Julia schnarchte leise. Sie lagen Rücken an Rücken und teilten sich das Bettzeug. Kathryn beobachtete das Heben und Senken des Deckengewirrs, sah in Matties linkem Ohrloch ihren neuesten Ohrring glitzern.

Kathryn verließ das Zimmer und ging ins Bad. Sie drehte die Dusche auf, stellte sich darunter, regungslos, ließ das Wasser so heiß wie möglich über ihren Körper laufen. Ihre Augen waren von all dem Weinen verquollen, und ihr Kopf fühlte sich schwer an. Sie hatte sich so oft die Nase putzen müssen, daß die Haut über der Oberlippe schmerzte. Seit frühmorgens hatte sie Kopfschmerzen gehabt und reichlich Tabletten geschluckt. Vielleicht würde ihr verdünntes Blut mit dem Duschwasser fortgeschwemmt.

Tage wie dieser werden viele kommen, hatte Robert Hart vorausgesagt. Nicht ganz so schlimm, aber schlimm genug.

Wie sie einen weiteren Tag wie diesen überleben würde, war ihr unvorstellbar.

In welcher Reihenfolge alles passiert war, wußte sie nicht mehr. Was zuerst und danach und später geschehen war. Was morgens oder nachmittags oder später morgens oder früher nachmittags geschehen war. Im Fernsehen hatte es Nachrichten gegeben, Nachrichtensprecher, die Worte aussprachen, von denen ihr Magen schlingerte und sich verkrampfte. *Nach dem Start an Höhe verloren... Babykleidung und ein Sitz im Wasser... Tragödie in der... In neunzig Sekunden abgestürzt... Schock und Trauer auf beiden Seiten des… Die fünfzehn Jahre alte T-900… Trümmer über… Neues von Vision Flug 384… Berichte weisen darauf hin… Ein Geschäftsreisender… Versammlung am Flughafen… Sicherheitsinspektion… Vermutung, daß eine massive…*

Und dann hatte sie die Gesichter gesehen, Gesichter – Kathryn zweifelte, daß sie sie je vergäße. Das Schulfoto eines Mädchens groß auf dem Bildschirm; der weite Ozean, darüber ein Hubschrauber, der weißen Gischt von den Wellenspitzen schlug; eine Mutter mit ausgestreckten Armen, die Hände abwehrend erhoben, als könne sie einem unerwünschten Wortfluß Einhalt gebieten. Männer in Taucherausrüstung, die angestrengt über den Rand eines Boots spähten; Angehörige auf dem Flughafen, die eingehend eine Bekanntmachung studierten. Und dann nach der Sequenz über die Angehörigen drei Fotos, eins nach dem anderen, drei Männer in Uniform, Porträtfotos mit den Namen darunter. Das Foto von Jack hatte Kathryn noch nie gesehen – keine Ahnung, zu welchem Zweck es aufgenommen worden war. Sicher nicht für diesen Anlaß. Nicht für den Fall des Falles. Aber wann sonst tauchte ein Pilot in den Nachrichten auf? überlegte sie.

Den ganzen Tag hatte Robert sie davon abhalten wollen, fernzusehen. Die Bilder würden ihr nicht mehr aus dem Sinn gehen, hatte er gewarnt, das Gesehene bliebe haften. Besser nicht hinsehen, nichts an sich heranlassen, denn die Bilder kämen wieder, bei Tag oder im Traum.

Es sei unvorstellbar, sagte er zu ihr.

Meinte: Stellen Sie es sich nicht vor.

Aber wie? Wie konnte sie den Informationsfluß anhalten, den Fluß der Worte und Bilder im Kopf?

Den ganzen Tag über hatte unablässig das Telefon geläutet. Meistens hatte Robert sich darum gekümmert oder jemand von der Fluggesellschaft; doch manchmal, wenn sie gerade Nachrichten sahen, ließ er es läuten, und sie hatte die Stimmen auf dem Anrufbeantworter gehört. Zögernde, fragende Stimmen von Journalisten. Die Stimmen von Freunden und Nachbarn, die anriefen, um Beileid zu bekunden (*Ich kann es nicht fassen, daß es Jack war...*), (*Wenn wir irgend etwas tun können...*); die Stimme einer älteren Frau von der Gewerkschaft, geschäftlich, streng, die um einen Rückruf bat. Kathryn wußte, daß die Gewerkschaft als Unfallursache kein menschliches Versagen zugeben wollte und die Fluggesellschaft weder menschliches noch technisches Versagen. Es hieß bereits, daß ein Ermittlungsverfahren eingeleitet sei. Sie hätte gern gewußt, ob auch ein Rechtsanwalt angerufen und Robert ihn abgewimmelt hatte.

Die Taucher, wußte sie, suchten nach dem Flugschreiber und dem Cockpit Voice Recorder mit den letzten Worten. Daß die Taucher letzteren fänden, davor hatte sie Angst. Sie wußte, es war die einzige Nachricht, die sie nicht ertragen würde – Jacks Stimme, nachdrücklich, kontrolliert, und was dann? Sie fand es grauenerregend und aufdringlich, die letzten Worte eines Mannes aufzuzeichnen. Eigentlich machte man das nur in der Todeszelle.

Sie trat aus der Dusche, trocknete sich ab, und so wie jemand, der ins Auto steigen wollte und die Schlüssel vergessen hatte, fiel ihr ein, daß sie sich gar nicht gewaschen hatte, nicht eingeseift und nicht die Haare gewaschen. Sie drehte das Wasser wieder an, stellte sich wieder unter die Dusche. Die Gedanken kamen nur noch vereinzelt, dazwischen – Dumpfheit, ein Gefühl wie Watte.

Zum zweitenmal trat sie aus der Dusche, trocknete sich ab und suchte ihren Bademantel. T-Shirt, Socken und Leggings, die sie tagsüber getragen hatte, lagen auf den Fliesen, aber ihren Bademantel hatte sie vergessen. Sie sah hinter der Tür nach.

Jacks Jeans hingen an einem Haken. Ausgebleichte

Jeans mit abgewetzten Knien. Sie hielt sich das Handtuch vor die Brust, dann vor den Mund. Durch den Frotteestoff rang sie nach Luft.

Die hatte er zuletzt zu Hause angehabt, dachte sie.

Sie wickelte sich das Handtuch ums Haar.

Sie nahm die Jeans vom Haken und legte sie auf die Ablage neben dem Waschbecken. Sie hörte Kleingeld klimpern, fühlte Papier. Sie griff in die Gesäßtasche und fand ein Papierbündel, leicht gewellt, vom Sitzen zerdrückt. Sie fischte die Geldscheine hervor, mehrere Ein-Dollar-Scheine und einen Zwanziger. Eine Quittung von Ames für eine Verlängerungsschnur, Glühbirnen, eine Dose Right Guard. Ein rosa Beleg von der Reinigung: sechs Hemden, leicht gestärkt. Eine Quittung von Staples, dem Schreibwarenladen: ein Druckerkabel und zwölf Stifte. Eine Postquittung über zwanzig Dollar; Briefmarken, dachte sie und blätterte weiter. Eine Quittung aus der Buchhandlung: *The Flanders Panel* von Perez-Reverte und *The Book of Irish Verse*. Seit wann las Jack Gedichte? wunderte sie sich. Eine Visitenkarte: Barron Todd, Investor. Zwei Lotterielose. Lotterielose? Sie wußte gar nicht, daß Jack Lotterie spielte. Sie betrachtete die Abschnitte. Auf einem war ein unleserliches Bleistiftgekritzel. *M. bei A.* stand darauf. Mattie bei jemandem? Aber was bedeuteten die Zahlen? Eine ganze Reihe Zahlen. Eine zusätzliche Lotterienummer? Und dann faltete sie den Papierpacken weiter auseinander und entdeckte zwei linierte, weiße Seiten. Auf einer standen mehrere Zeilen, wahrscheinlich aus einem Gedicht, mit Tinte abgeschrieben, richtiger Tinte, und in Jacks Schrift.

Hier in der engen Passage und im unbarmherzigen Norden,
ewiger Verrat, gnadenloser, ergebnisloser Kampf.
Zielloses Wüten der Dolche im Dunkel: Überlebenskampf
der hungrigen blinden Zellen im Mutterleib.

Sie lehnte gegen die Wand. Was bedeutete das Gedicht?

fragte sie sich. Warum hatte Jack diese Zeilen abgeschrieben? Einen Augenblick empfand sie Unbehagen, dann verschwand das Gefühl. Offenbar hatte Jack Interessen, die sie nicht kannte.

Sie faltete die andere linierte Seite auseinander. Einen Merkzettel. Jeden Morgen hatte Jack zu Hause einen geschrieben. Sie las: *Verlängerungsschnur, Dachdecker anrufen, Mattie Farbdrucker, Bergdorf Morgenmantel, Mail Order am 20.*

Bergdorf. Morgenmantel. Am 20.

Bergdorf Goodman? Das Kaufhaus in New York?

Mit Mühe stellte sie sich das Dezemberkalenderblatt auf dem Eisschrank vor. Heute war immer noch der 17. Dezember, auch wenn ihr der Tag unendlich erschienen war. Am 20. war der letzte Schultag. Jack wäre dann eigentlich zu Hause gewesen. Zwischen zwei Flügen.

Ging es um ihr Weihnachtsgeschenk?

Sie sammelte die Papiere ein und hielt sie ganz fest. Sie lehnte gegen die Tür, rutschte zu Boden.

Weihnachten.

Sie war bis auf die Knochen erschöpft. Ihr Kopf war bleischwer. Sie hielt die Faust mit den Papieren vor den Mund.

Der Wagen füllt sich nur langsam mit übermäßig warmer, einschläfernder Luft. Ihr Magen ist so voll, daß sie die Rückenlehne zurückstellen muß. Jack trägt einen cremefarbenen Pullover mit kompliziertem irischem Zopfmuster, den sie ihm im ersten Winter gestrickt hat. Hinten sind Fehler, die nur sie sieht. Treu wie er ist, trägt er den Pullover jedes Jahr zu Thanksgiving und Weihnachten, wenn sie aus Santa Fe oder New Jersey kommen und Julia besuchen. Er hat sein Haar wachsen lassen, und nun ringelt es sich leicht hinter den Ohren. Er trägt eine Sonnenbrille; außer an extrem grauen Tagen trägt er sie fast ständig. Es ist immer noch kalt im Wagen, und sie steckt ihre Hände vorn in ihre Jackenärmel, um sich zu wärmen.

»Das ist deine starke Seite«, sagt sie zu ihm.

Einmal ist er plötzlich mit ihr nach Mexiko verreist. Ein andermal dachte sie, er führe wegen seines Rückens mit ihr nach Boston zum Orthopäden, und statt dessen führte er sie übers Wochenende ins Ritz aus. Heute hatte er nach dem Essen bei Julia nur gesagt, er wolle ein bißchen spazierenfahren. Nur sie beide. Mattie könne bei Julia bleiben.

»Wohin?« fragte sie.

»Wirst du schon sehen«, antwortete er vage.

Durchs Autofenster betrachtet sie die Sommerhäuser an der Küstenstraße. Zehn Monate im Jahr stehen sie leer, und Kathryn kommt es vor, als hätten sie etwas Ehrwürdiges an sich, etwas unendlich Langmütiges, so sturmgepeinigtt wie sie sind; jedes Haus ein eigenes Wesen, eine eigene Persönlichkeit. Dieses hier stolz und etwas protzig und dann, nach einem besonders grausamen Sturm, ein wenig geläutert. Dieses groß und elegant, eine alternde

Schönheit. Dieses fordert die Elemente heraus, bietet dem Wetter kühn die Stirn. Ein anderes zu still, verstockt, schmucklos, vielleicht ungeliebt.

Einen Moment schließt sie die Augen. Sie meint, sie habe höchstens minutenlang gedöst, doch als sie wieder zu sich kommt, steht der Wagen in einer Auffahrt. Einer vertrauten und überraschenden Auffahrt.

Wortlos steigt Jack aus und geht die Verandastufen hoch. Heute steht das Haus gestochen scharf vor einem wolkenlosen Himmel; selbst so verwittert und verfallen wirkt es scharf umrissen. Die Schaukelstühle stehen immer noch wie Wächter über der See, die heute lebhaft marineblau ist.

Verwirrt folgt sie Jack auf die Veranda. Sie schaut zu, wie er die Küchentür öffnet und ins Haus tritt.

»Du bist nostalgisch«, sagt sie.

»Kann schon sein«, sagt er.

Sechs Jahre sind vergangen, seit sie sich zum ersten Mal Zugang zu diesem Haus verschafft haben, sechs Jahre, seit sie oben zum ersten Mal miteinander geschlafen haben. Sie fragt sich, warum niemand das Haus kauft. Vielleicht, weil die vielen Schlafzimmer irgendwie an ein Internat erinnern, oder weil am Ende des Flurs nur ein einziges Badezimmer ist. Sie folgt Jack durch die Küche, durchs Wohnzimmer und nach oben.

Sie glaubt, als sie hinter ihm die Treppe hinaufgeht, daß er vorhat, mit ihr zu schlafen. Hier, wo es zum ersten Mal geschehen ist.

Sie betreten das limonengrüne Zimmer mit dem roten Stuhl. Der Sonnenschein fällt auf die Farbe, sie leuchtet gleißend, und Kathryn muß die Augen zusammenkneifen.

»Vision hat mich angerufen.«

»Vision?«

»Eine neue Fluggesellschaft, englisch-amerikanisch. Expandierend, in Boston stationiert. Ein paar Jahre, und ich könnte eine internationale Route fliegen.«

Er lächelt, das triumphierende, vielsagende Lächeln eines Mannes nach einer gelungenen Überraschung.

Sie streckt eine Hand vor, will auf ihn zugehen.

»Und wenn du das Haus magst, können wir es kaufen.«

Der Satz nimmt ihr die Luft weg. Sie legt ihre Hand auf die Brust.

»Du warst inzwischen hier?« fragt sie.

Er nickt. »Mit Julia.«

»Julia weiß Bescheid?« fragt Kathryn ungläubig.

»Wir wollten dich überraschen. Das Haus ist ein Wrack. Ein Haufen Arbeit. »

»Wann warst du mit ihr hier?«

»Vor zwei Wochen. Ich hatte eine Zwischenlandung in Portsmouth.«

Kathryn versucht sich zu erinnern. Sie sieht die Novembertage wie Blöcke auf einem Kalenderblatt. Seine Flüge verschwimmen ineinander. An einzelne kann sie sich kaum erinnern.

»Julia wußte hiervon?« fragt sie wieder.

»Sie haben unser Angebot akzeptiert.«

»Unser Angebot?«

Sie kommt sich lahm und dumm vor. Die Neuigkeiten überschlagen sich, sie begreift nichts mehr.

»Warte«, sagt er.

Verstört durchquert sie das Zimmer und setzt sich auf den roten Stuhl. Die Sonne scheint seitlich durchs Fenster und formt ein heißes lichtes Rechteck auf der Bettdecke. Sie möchte in das Bett kriechen und Hände und Füße wärmen.

Dies ist doch wichtig, warum ist sie nicht gefragt worden? denkt sie. Dies ist doch kein Geschenk, das man in der Kommode versteckt; darin waren zwangsläufig andere Leute verwickelt – zum Beispiel der Häusermakler. Sie schüttelt den Kopf. Sie kann sich nicht vorstellen, daß sie ohne Jack Kaufverhandlungen für ein Haus führt. Er trägt eine Flasche Sekt und zwei Gläser, als er zurückkommt. Sie erkennt die Gläser aus Julias Schrank.

»Wie schön, daß du hier bist«, sagt er. »Ich sehe dich hier so gern.«

Sie schaut zu, wie er die Flasche entkorkt.

Sie denkt: Das ist Jacks starke Seite. Er bestimmt den Lauf der Dinge.

Sie möchte glücklich sein. Noch eine Minute, denkt sie, dann habe ich die Überraschung verdaut und bin glücklich.

»Du fährst dann immer nach Boston?« fragt sie.

»Ich habe es ausprobiert. Fünfzig Minuten.«

Er war hier und hat es schon ausprobiert, denkt sie.

Er schenkt den Sekt in die Gläser auf dem Fußboden und reicht ihr eins. Sie stoßen an. Ihre Hand zittert; sie weiß, daß er es sieht. Er stellt sein Glas ab und kommt zu ihr. Er hilft ihr hoch und schiebt sie ans Fenster. Beide schauen sie hinaus. Er redet ihr ruhig zu.

»Wir haben jetzt ein Zuhause«, sagt er. »Du bist am Wasser, das hast du dir doch immer gewünscht. Mattie geht hier zur Schule. Vielleicht findest du sogar eine Stelle als Lehrerin. Julia ist ganz aufgeregt, daß du – wir – in ihrer Nähe wohnen.

Sie nickt langsam.

Er hebt ihr Haar hoch und küßt langsam ihren Nacken und den Haaransatz. Sie reagiert auf den Reiz, doch sie fühlt sich überrumpelt, noch nicht bereit. Aber sie versteht seine Ungeduld, und sie will nichts verderben, Jacks Überraschung nicht verderben – die Überraschung, die er sich ohne sie ausgedacht hat.

Er schiebt ihr den Rock hoch. Sie stellt ihr Glas auf die Fensterbank. Sie beugt sich vor, stemmt sich dabei gegen den Fensterrahmen. In der Fensterscheibe sieht sie sich und ihn als undeutliches Spiegelbild.

»SIE SOLLTEN ETWAS ESSEN.«

Gegenüber am Tisch saß Robert Hart vor und aß den letzten Bissen Chili con Carne.

»Ich kann nicht«, sagte sie. Sie betrachtete die leere Schüssel vor ihm. »Aber Sie hatten Hunger«, sagte sie.

Er schob die Schüssel beiseite.

Es war spät, Kathryn hatte keine Ahnung, wie spät. Oben schliefen immer noch Mattie und Julia. Vor Kathryn standen außer dem Chili ein Knoblauchbrot, ein Salat und eine Tasse lauwarmer Tee. Sie hatte versuchsweise Brot ins Chili getaucht, probiert, aber sie bekam keinen Bissen herunter. Sie hatte frische Sachen angezogen – Jeans und einen dunkelblauen Pullover, dicke Socken und Lederstiefel. Ihr Haar war noch naß. Sie wußte, daß ihre Augen, Nase, ihr Mund verquollen waren. Wahrscheinlich hatte sie auf dem Fußboden im Badezimmer mehr geweint als den ganzen Tag über. Als je in ihrem Leben. Sie fühlte sich hohl, leer, ausgeweint.

»Es tut mir leid«, sagte er.

»Was?« fragte sie. »Daß Sie essen können?«

Er zuckte die Achseln. »Alles.«

»Sie haben einen unvorstellbaren Job«, sagte sie. »Warum tun Sie das?«

Die Frage erschrak ihn.

»Stört es Sie, wenn ich rauche?« fragte er. »Ich kann auch rausgehen.«

Jack haßte Rauchen, hielt es nicht im Zimmer aus, wenn jemand rauchte.

»Draußen ist es kaum über Null«, sagte sie. »Natürlich können Sie hier drinnen rauchen.«

Sie sah, wie er sich umdrehte und aus seiner Jacke, die über dem Stuhl hing, eine Packung Zigaretten holte. Mit sparsamen Gesten zündete er sich die Zigarette an – eine Routinehandlung, lange schon.

Er stützte die Ellenbogen auf den Tisch, faltete die Hände unterm Kinn. Der Rauch kräuselte sich vor seinem Gesicht.

Er gestikulierte mit der Zigarette.

»Statt Alkohol,« sagte er.

Sie nickte.

»Warum ich das tue?« Er räusperte sich nervös. »Wohl, weil ich dafür bezahlt werde.«

»Das glaube ich Ihnen nicht«, sagte sie.

»Ehrlich?«

»Ehrlich.«

»Wahrscheinlich locken mich intensive Situationen«, sagte er. »Intensive menschliche Erfahrungen.«

Sie schwieg. Merkte zum erstenmal, daß im Hintergrund Musik spielte. Art Tatum. Als sie in der Dusche war, hatte Robert Hart eine CD aufgelegt.

»Kann ich verstehen«, sagte sie. Offenbar hielt sie immer noch den gleichen Löffel mit Chili in der Hand wie zu Beginn der Mahlzeit.

»Ich sehe gern, wie Leute wieder auf die Beine kommen«, fügte er hinzu.

»Kommen sie das? Wieder auf die Beine?« fragte sie.

»Mit der Zeit, die Frauen für gewöhnlich. Unglücklicherweise...« Er hielt inne. »Tut mir leid«, sagte er.

»Jeder sagt, es tut ihm leid. Es hängt mir zum Hals raus, wirklich.«

»Kinder verkraften es nicht so gut«, sagte er langsam. »Es heißt immer, Kinder seien robust, aber das sind sie nicht.

Sie ändern sich... das Unglück verwandelt sie, und sie passen sich an. Männer, die vor Kummer zerbrechen, sehe ich selten, höchstens Väter, und meist sind sie wütend, das ist eine andere Geschichte.«

»Garantiert sind sie wütend«, sagte Kathryn. Sie stellte sich Jack vor: Er wäre außer sich vor Wut und Trauer, wenn Mattie unter den Passagieren gewesen wäre.

Jack gegenüber war Mattie selten so weinerlich oder aggressiv gewesen wie zeitweise zu Kathryn. Bei Jack hatten von Anfang an andere Regeln gegolten: Sie waren nicht so belastet.

Bald nachdem sie alle drei nach Ely gezogen waren und als Mattie in den Kindergarten ging, hatte Jack sie zu seiner »Assistentin« gemacht, die ihm beim Renovieren half – anstreichen, abkratzen, Fenster reparieren. Er war ständig mit ihr im Gespräch. Er brachte ihr das Skilaufen bei, und dann unternahmen sie jeden Winter ihre Vater-Tochter-Skitouren, erst ins nördliche New Hampshire und nach Maine und dann in den Westen, nach Colorado. Zu Hause saßen sie vor dem Fernseher und sahen Baseball, die Red Socks und die Celtics; oder sie saßen stundenlang vorm Computer. Wenn Jack nach Hause kam, ging er zuerst zu Mattie oder sie zu ihm. Sie hatten eine Beziehung, wie sie zwischen Eltern und Kind am seltensten ist: Sie waren einfach gern zusammen.

Nur einmal bestrafte Jack seine Tochter. Kathryn sah es vor sich wie gestern: Jacks wütendes Gesicht, als Mattie eine Spielgefährtin die Treppe hinuntergeworfen hatte. Wie alt waren Mattie und ihre Freundin da gewesen? Fünf? Vier? Jack hatte Mattie am Arm gepackt, ihr einen gehörigen Schlag aufs Hinterteil verpaßt, hatte sie in ihr Zimmer gezerrt und die Tür mit solcher Wucht zugeknallt, daß es selbst Kathryn durch Mark und Bein gegangen war. Es geschah so instinktiv, so schnell, daß Kathryn dachte, womöglich sei er selbst als Kind so gestraft worden und hatte einfach die Fassung verloren. Später versuchte sie, ihn auf den Vorfall anzusprechen, aber Jack, immer noch mit tiefrotem Gesicht, wollte nichts davon hören und erklärte lediglich, daß er nicht wisse, was in ihn gefahren sei.

»Sie kennen sich gut aus«, sagte Kathryn zu Robert.

Er sah zur Anrichte, suchte einen Aschenbecher. Sie nahm die weiße Untertasse unter ihrer Teetasse und schob sie über den Kiefernholztisch. Er legte seine Zigarette auf die Untertasse und stellte das Geschirr zusammen.

»Eigentlich nicht«, sagte er.

»Lassen Sie mich das machen«, sagte sie. »Sie haben genug getan.«

Er zögerte.

»Bitte«, sagte sie. »Geschirr einräumen kann ich noch.«

Er setzte sich und griff nach seiner Zigarette. Sie ging zum Spülbecken und öffnete die Spülmaschinentür. Sie drehte das Wasser an.

»Ich versuche der Familie einen Schutzraum zu schaffen«, sagte er. »Sie von der Außenwelt abzuschirmen.«

»Die so absurd hereingebrochen ist«, sagte sie.

»Die so absurd hereingebrochen ist.«

»Schadensbegrenzung«, sagte sie. »Das ist Ihr Job. Schadensbegrenzung.«

»Was arbeiten Sie eigentlich?« fragte er. »Was unterrichten Sie?«

»Musik und Geschichte. Und ich leite die Band.«

»Im Ernst?«

»Im Ernst. Die High-School hat nur zweiundsiebzig Schüler.«

»Mögen Sie Ihre Arbeit?« fragte er.

Sie dachte eine Weile nach.

»Doch«, sagte sie. »Ja, doch, ich mag sie sehr. Manche

Schüler waren wirklich begabt. Vergangenes Jahr haben wir ein Mädchen aufs New-England-Konservatorium geschickt. Ich mag die Jugendlichen.«

»Der Ort sah nett aus.«

»Eine Kleinstadt«, sagte sie. »Viele Leute sind arbeitslos, weil die Fabriken dichtgemacht haben. Ehrlich gesagt, manchmal denke ich, der Ort Ely ist eigentlich nur Puffer zwischen den Arbeitern in Ely Falls und den Sommergästen in The Pool.«

»The Pool ist hier, wo Sie wohnen.«

»Die Küstenstraße.«

»Wie haben Sie Jack kennengelernt?«

»Wir haben uns im Sommer in Julias Laden kennengelernt. Ich war vom College gekommen, weil meine Eltern beide gestorben waren. Eines Tages kam er in den Laden, ich machte gerade Inventur.«

»Und das war's?«

»Das war's.«

»Tut mir leid, das mit Ihren Eltern.«

»Das ist schon lange her. Eigentlich schrecklich, wenn man das von seinen Eltern sagt, aber sie waren keine guten Eltern. Sie haben beide getrunken. Sie sind beide an Neujahr verunglückt, in Ely Falls ins Wasser gefallen und ertrunken.«

»Wie ist das passiert?«

»Sie waren natürlich betrunken. Als ich größer war, hat man mir immer erzählt, der Koreakrieg habe meinen Vater fertiggemacht. Deshalb habe er zu trinken angefangen. Wir wohnten alle bei Julia. Meine Eltern schliefen im Schlafzimmer im obersten Stock. Sie haben sich viel gestritten. Wenn Essenszeit war, mußte ich in den Ort und meinen Vater suchen. Ich habe immer gehofft, daß ich ihn nicht finde. Denn wenn ich ihn fand, mußte ich an einem Dutzend Männer an der Theke vom »Bobbin« vorbei.

Aber wenn meine Mutter ihn suchen ging, war es noch schlimmer. Dann stritten sie sich und vertrugen sich wieder und kamen erst nach Hause, wenn alle Kneipen zu waren.«

»Gut, daß sie Julia hatten.«

»Ja.«

Kathryn konnte sich an keine Zeit mit ihren Eltern erinnern, die nicht von Mangel, Not und Spannungen geprägt war. Ihr Vater war ständig fremdgegangen, und Kathryns Mutter hatte allen Grund gehabt, verletzt zu sein. Doch die eigentliche Schuld, fand Kathryn, lag bei ihrer Mutter, die das kleine Stückchen Glück für sich und ihren Mann früh zerstört hatte. Denn ihre Mutter klammerte sich zwanghaft an jenen Anfang, als sie mit einundzwanzig Bobby Hull kennenlernte; als er sich in sie verliebte und sie sich endlich lebendig fühlte. Ein Jahr lang – im ersten Ehejahr, in dem Kathryn gezeugt wurde – hatte Bobby Hull seine junge Frau auf Händen getragen, war ihr nicht von der Seite gewichen, und Yvonne hatte sich erstmalig in ihrem Leben geliebt und begehrt gefühlt – eine Droge, die sie süchtiger machte als der Alkohol, den sie auch durch Bobby kennenlernte. Jenes Jahr, zweifellos das beste im Leben ihrer Mutter, bekam im Verlauf der Zeit einen Glorienschein. Kathryn wußte darüber mehr, als ihr guttat; als Kind erfuhr sie bei jedem Streit alle Einzelheiten. Und Kathryns Vater konnte diese Zeit nicht wieder herzaubern, selbst wenn er sich reumütig anstrengte, nett zu seiner Frau zu sein. Die Tragödie im Leben ihrer Mutter war, dessen war Kathryn sich gewiß, daß Bobby Hull ihr mit der Zeit weniger Aufmerksamkeit schenkte, eigentlich ein natürlicher Vorgang – auch das innigste Paar kehrte nach und nach zum Alltag zurück, arbeitete, versorgte die Kinder. Doch indem ihre Mutter dies als Rückzug ansah, es jedenfalls so nannte – ihm ein Etikett aufdrückte, sozusagen –, wurde dieser Vorgang ein Daseinszustand. Immer noch hatte Kathryn die Stimme ihrer Mutter im Ohr, aus dem Schlafzimmer oben, gequält, immer und immer wieder, nur ein Wort: Warum? Manchmal (und Kathryn schauderte bei der Erinnerung) bettelte Yvonne, Bobby Hull solle ihr doch sagen, wie schön sie sei; worauf Kathryns Vater, stur wie er sein konnte, mit seinen Liebesbezeugungen noch mehr geizte, obwohl er seine Frau wirklich liebte und ihr dies ohne Zwang vielleicht auch gesagt hätte.

»Eigentlich«, sagte Kathryn, »waren sie ein hübsches Paar. Meine Mutter war eine schöne Frau.«

»Bestimmt«, sagte Robert und sah sie an.

»Eine Ehe mit einem Piloten ist ganz anders«, sagte Kathryn, um das Thema zu beenden. »Wie Sie wissen.«

Er nickte.

»Die unregelmäßigen Dienstzeiten«, sagte sie. »Nie wird ein Fest am eigentlichen Tag gefeiert. Frühstück mit Jack um sieben Uhr abends, oder Abendessen und ein Glas Wein morgens um sieben.«

»Es hinterläßt Spuren.«

Ihr Leben war anders als das anderer Familien gewesen. Manchmal war Jack drei Tage fort, dann zwei zu Hause, und so ging es zwei, drei Monate. Und dann im nächsten Monat hatte er vielleicht vier freie Tage, sechs Tage Dienst, und Mattie und Kathryn würden sich auch daran gewöhnen. Bei ihnen gab es keine Routine wie bei anderen Familien – sie lebten scheibchenweise. Ein bißchen Zeit, wenn Jack zu Hause war, mehr Zeit, wenn Jack fort war. Und wenn er fort war, verlor die Wohnung irgendwie an Raum, sackte still in sich zusammen, fiel in Winterschlaf. Und egal, wieviel Aufmerksamkeit Kathryn Mattie schenkte, oder wie gern sie beide zusammen waren, Kathryn kam es immer vor, als hielten sie sich in der

Schwebe – warteten, bis das wahre Leben wieder anfing und Jack wieder zur Tür hereinkam.

Kathryn überlegte, während sie Robert gegenübersaß, ob sie sich weiter so fühlen würde – in der Schwebe, in Erwartung, daß Jack noch einmal zur Tür hereinkäme.

»Sie haben auf der Stelle geheiratet?«

»Ich bin auf der Stelle schwanger geworden. Das war's. Geheiratet haben wir in Santa Fe.«

»Wie oft fuhr er nach Boston?«

»Von hier aus? So sechsmal im Monat.«

»Nicht schlecht. Das dauert... fünfzig Minuten?«

»Ja. Haben Sie einen gepackten Koffer im Büro stehen?« fragte sie. »Fix und fertig gepackt?«

Er zögerte. »Einen kleinen«, sagte er.

»Sie gehen heute abend ins Hotel?«

»Ja, aber wenn Sie möchten, schlafe ich hier auf dem Sofa.«

»Nein. Es wird schon gehen. Ich habe ja Julia und Mattie. Erzählen Sie mir noch etwas«, sagte sie.

»Was?«

Sie stellte die letzte Schüssel in den Geschirrspüler und gab der Tür einen Schubs. Sie trocknete sich die Hände am Handtuch ab, das am Kommodengriff hing.

»Was passiert, wenn Sie zu dem Haus kommen?«

Er kratzte sich hinten im Nacken. Er war nicht groß, aber manchmal wirkte er groß, sogar im Sitzen. Sicher war er ein guter Läufer.

»Kathryn, das ist...«

»Erzählen Sie.«

»Nein.«

»Es hilft.«

»Nein, tut es nicht.«

»Woher wissen Sie das?« fragte sie scharf. »Sind wir alle gleich, wir Ehefrauen? Reagieren wir alle gleich?«

Sie hörte die Wut in ihrer Stimme, eine Wut, die schon tagsüber gelegentlich dagewesen war. Wut, die wie Wasserblasen anstieg und zerplatzte. Sie setzte sich wieder an den Tisch, ihm gegenüber.

»Natürlich nicht«, sagte er.

»Was, wenn es nicht stimmt?« fragte sie. »Was, wenn Sie es erfahren und der Frau sagen und sich hinterher rausstellt, es stimmt nicht?«

»Das gibt's nicht.«

»Warum nicht?«

»Ich vergewissere mich vor jedem Haus per Funktelefon, daß alles absolut bestätigt ist. Vielleicht haben Sie Schwierigkeiten, dies nachzuvollziehen, aber ich erzähle ungern einer Frau, ihr Mann sei tot, wenn es gar nicht stimmt.«

»Tut mir leid.«

»Ich dachte, das hätten wir gestrichen.«

Sie lächelte.

»Stört es Sie, wenn ich solche Fragen stelle?« fragte sie.

»Ich wundere mich nur, warum Sie solche Fragen stellen. Sonst nein, es stört mich nicht.«

»Dann frage ich Sie dies: Was fürchten Sie, das ich den Journalisten sagen könnte?«

Er lockerte seine Krawatte, knöpfte den obersten Hemdknopf auf.

»Die Frau des Piloten ist natürlich emotional extrem belastet. Was sie den Journalisten sagt, wird allgemein registriert. Eine Ehefrau sagt womöglich, ihr Mann habe vor kurzem auf das Wartungspersonal geschimpft. Oder sie platzt heraus: Ich habe es kommen sehen, er hat erzählt, daß die Gesellschaft beim Mannschaftstraining spart.«

»Wäre das nicht in Ordnung? Wenn es stimmte?«

»Manche Leute sagen bei extremer emotionaler Belastung Dinge, die sie später nicht sagen würden. Dinge, die sie eigentlich nicht meinen. Aber dann stehen sie im Protokoll, und es gibt kein Zurück.«

»Wie alt sind Sie?« fragte sie.

»Achtunddreißig.«

»Jack war neunundvierzig.«

»Ich weiß.«

»Was tun Sie dazwischen, also bis einer abstürzt?«

»Sie machen sich, glaube ich, ein falsches Bild«, sagte er und rückte mit dem Stuhl. »Ich sitze nicht da und drehe Däumchen, bis einer abstürzt.«

»Sondern?«

»Ich beschäftige mich intensiv mit den Absturzermittlungen. Dann gibt es manches bei den Pilotenfamilien zu erledigen. Wie alt ist dieses Haus?«

»Sie wechseln das Thema.«

»Jawohl.«

»Gebaut wurde es 1905. Ursprünglich als Kloster. Ein Exerzitienhaus.«

»Es ist wunderschön.«

»Danke. Es ist ein Haufen Arbeit. Es ist ein Haufen Arbeit, und das Ende ist nicht abzusehen. Wenn wir an einer Ecke fertig sind, geht es an der nächsten wieder los.«

Sie hörte das *Wir*.

Das Haus war ihr ans Herz gewachsen. Es hatte viele Gesichter, je nach Licht, Jahreszeit, der Farbe des Meeres draußen, der Lufttemperatur. Selbst seine Absonderlichkeiten wußte Kathryn zu schätzen: Die schiefen Fußböden in den Schlafzimmern oben; die schmalen Wandschränke, die für Nonnengewänder gedacht waren; die Fenster mit den altmodischen Fensterläden, die mühsam jeden Herbst angebracht und jedes Frühjahr abgenommen werden mußten. (Jack hatte festgestellt, daß jeder Laden anders war, wie Schneeflocken; beim erstenmal, als er die einzelnen Flügel noch nicht gekennzeichnet hatte, war es auf der

Leiter ein Puzzlespiel gewesen.) Selbst beim Saubermachen waren es einfach schöne Gegenstände. Manchmal war es schwer, sich vom Ausblick loszureißen und wieder an die Arbeit zu gehen. Als Mattie noch ganz klein war, hatte sie oft auf Kathryns Schoß im Schaukelstuhl im langen Wohnzimmer geschlafen, und Kathryn hatte dabei nachgedacht. Besonders hatte sie darüber nachgedacht, wie leicht man sich in so einem Haus, an so einem Ort, von der Welt zurückziehen und eine einsame, beschauliche Existenz führen konnte, wie die ursprünglichen Bewohnerinnen: die Schwestern des Ordens St. Jean de Baptiste de Bienfaisance, zwanzig Nonnen im Alter von neunzehn bis zweiundachtzig, Bräute Jesu, die Armut gelobt hatten. Im Wohnzimmer stellte sie sich oft den langen Refektoriumstisch vor, die Sitzbank an der Längsseite, damit die Schwestern beim Essen den Blick aufs Meer hatten. Denn trotz des Armutsgelübdes lebten die Nonnen in einer unvorstellbar schönen Landschaft.

Manchmal überlegte Kathryn, wo die Kapelle der Schwestern des Ordens St. Jean de Baptiste de Bienfaisance gestanden hatte. Sie hatte auf den Wiesen, in den Ziergärten und angrenzenden Obstgärten gesucht, war aber nie auf Grundmauern gestoßen. War die Kapelle im Haus gewesen, in dem Raum, den Jack und sie zum Eßzimmer machten? Hatten die Schwestern von St. Jean Baptiste ihren Hausaltar abgerissen, bevor sie gegangen waren, hatten sie Madonnenfigur und Kreuz mitgenommen? Oder legten sie immer den weiten Weg zwischen The Pool und Ely Falls zurück und besuchten gemeinsam mit den frankokanadischen Einwanderern den Gottesdienst in St. Joseph?

»Sie wohnen hier seit elf Jahren?« fragte Robert.

»Ja.«

»Und wo waren Sie vorher?«

»Zwei Jahre in Santa Fe.«

»Stimmt. Und davor in Teterboro.«

»Teterboro habe ich gehaßt«, sagte sie.

Das Telefon läutet und beide erschraken. Zwanzig, vielleicht dreißig Minuten waren seit dem letzten Läuten vergangen, die längste Pause seit heute morgen. Sie beobachtete, wie Robert den Hörer abnahm.

Sie war erst dreiundzwanzig gewesen, als sie und Jack wieder nach Ely zogen. Kathryn hatte sich vor der Mißgunst der Leute in der Stadt gefürchtet. Nun hatte sie ein Haus am Wasser und einen Ehemann, der Pilot bei Vision Airlines war. Sie wohnte nicht mehr direkt in Ely, sondern in The Pool, der kurzlebigen, vergänglichen Welt der Sommergäste, wesentlich anonymer, auch wenn sie im Laden ihrer Großmutter kauften und der kleinen Stadt mit ihrem verschrobenen Charme gönnerhaft und neugierig gegenüberstanden: schlanke, braungebrannte Menschen mit scheinbar unerschöpflichen Bargeldreserven. Martha, die Geschäftsführerin von Ingerbretson's, The Pools einzigem Lebensmittelgeschäft, konnte zwar ein Liedchen von Männern in Khakishorts und weißen T-Shirts singen, die enorme Summen anschreiben ließen – für Wodka, Hummer, Pommes Frites und Marthas selbstgebackenen Schokoladenkuchen *konfektkake* –, dann pleite machten, vom Erdboden verschwanden, und als letztes Lebenszeichen ein Zu-Verkaufen-Schild vor ihrer 400 000-Dollar-Strandvilla hinterließen.

Doch das tiefe Wohlwollen, das der Ort Julia Hull entgegenbrachte, übertrug sich auch auf Jack und Kathryn. Kathryn hatte ihr Studium an der Universität von New Hampshire abgeschlossen, und als die alte Musiklehrerin in Ely starb, bekam sie deren Stelle. Jack und sie lebten sich in Ely ein, halfen Mattie durch die Schule. Jack spielte mit Hugh Rennie, dem stellvertretenden Leiter der Mittelschule, und Arthur Kahler, dem Besitzer der Mobil-Tankstelle am Ortsausgang, Tennis. Kathryn brachte Mattie zur Klavierstunde, Ballettstunde, zum Turnen. Da Kathryn so leicht mit Mattie schwanger geworden war, war es eigentlich verwunderlich, daß sie offenbar keine Kinder mehr bekommen konnte. Sie beschlossen, es bei Mattie, ihrem Glückskind, zu belassen und ersparten sich die umständlichen Maßnahmen, noch eins zu bekommen.

Kathryn beobachtete Robert am Telefon. Er drehte sich einmal schnell um, sah sie an und drehte ihr wieder den Rücken zu.

»Kein Kommentar«, sagte er.

»Ich denke nicht.«

»Kein Kommentar.«

»Kein Kommentar.«

Er hing ein und betrachtete den Küchenschrank. Er nahm einen Stift von der Anrichte und schwenkte ihn zwischen den Fingern.

»Was?« fragte sie.

Er drehte sich um.

»Wir haben es kommen sehen«, sagte er.

»Was?«

»Das hält sich höchstens vierundzwanzig Stunden. Dann ist es Vergangenheit.«

»Was?«

Er sah sie fest an und atmete tief durch.

»Es heißt: menschliches Versagen.«

Sie schloß die Augen.

»Reine Vermutung«, sagte er hastig. »Angeblich sind Flugdaten aufgetaucht, die keinen Sinn ergeben. Aber glauben Sie mir, mit Sicherheit kann es keiner wissen.«

»Oh.«

»Also«, sagte er ruhig. »Sie haben mehrere Leichen gefunden.«

Sie dachte: am besten, wenn sie einfach weiter ein- und ausatmete.

»Noch niemand identifiziert«, sagte er.

»Wie viele?«

»Acht.«

Sie versuchte, es sich vorzustellen. Acht Leichen. Ganz? Zerstückelt? Sie wollte fragen, ließ es.

»Es werden sicher mehr«, sagte er. »Sie fischen noch mehr heraus.«

Englisch? Oder amerikanisch? Frauen oder Männer?

»Wer war das? Am Telefon?«

»Reuters. Die Nachrichtenleute.«

Sie stand auf, ging vom Tisch durch den Flur ins Bad. Einen Augenblick hatte sie Angst, ihr würde schlecht. Es war wie ein Reflex, daß sie nichts zu sich nehmen konnte, alles herauswürgen wollte. Sie bespritzte ihr Gesicht mit Wasser, trocknete es ab. Ihr Gesicht war im Spiegel fast unkenntlich.

Als sie in die Küche zurückkehrte, telefonierte Robert wieder. Seine Hand hatte er unter die Achsel des anderen Arms geschoben. Er redete ruhig, antwortete *Ja* und *Nein*, betrachtete sie, als sie hereinkam. *Später*, sagte er und hing ein.

Sie schwiegen lange.

»Bei wie vielen ist es menschliches Versagen?«

»Bei mehr als der Hälfte.«

»Was ist das Versagen? Was passiert?«

»Meist eine Kette von Ereignissen, eins folgt aufs andere, und am Ende heißt es, der Pilot hat versagt, weil der Pilot die wesentlichen Entscheidungen trifft.«

»Aha.«

»Darf ich Sie was fragen?«

»Ja?«

»War Jack...?«

Er zögerte.

»War Jack was?« fragte sie.

»War Jack nervös, war er deprimiert?«

Robert wartete.

»Sie meinen, in letzter Zeit?«

»Ich weiß, es ist eine schreckliche Frage«, sagte er. »Aber über kurz oder lang müssen Sie sie sowieso beantworten. Wenn etwas war, wenn Sie etwas wissen oder Ihnen etwas einfällt, reden wir besser erst darüber.«

Sie überlegte. Sicher war es für Jack schwieriger als für sie gewesen, sich in Ely einzuleben – trotz seiner anfänglichen Begeisterung, seiner Bereitschaft, die ziemlich lange Strecke zur Arbeit in Kauf zu nehmen, seiner Bereitschaft, ihr zuliebe in ein gottverlassenes Nest zu ziehen. Gelegentlich hatte sie sich gefragt, ob er den Schritt bereute.

Eigenartig, dachte sie, wie intensiv man einen Menschen kannte oder zu kennen glaubte, wenn man verliebt war – in Liebe schwelgte –, und später feststellte, daß man diesen Menschen gar nicht so gut kannte wie gedacht. Oder sich selbst nicht so wahrgenommen fühlte wie erhofft. Am Anfang nahm man jedes Wort und jede Geste des Geliebten in sich auf und versuchte, diesen intensiven Zustand so lange wie möglich festzuhalten. Aber wenn zwei Menschen lange genug zusammen waren, mußte diese Intensität weichen. So funktionierte die menschliche Spezies, dachte Kathryn, aus Verliebtheit wurde ein gemeinsames Leben, Veränderung und Anpassung, die gemeinsame Basis, ein Kind großzuziehen.

Manche Paare liebten sich zwar, schafften es aber nicht – wie Kathryns Eltern –, oder sie machten sich beim ersten unliebsamen Hindernis aus dem Staub. Sie dachte, dieser Schritt sei für sie schwieriger gewesen als für Jack.

Sie rechnete nach, wann das gewesen war, wann aus dem Liebespaar ein Ehepaar geworden war. Es hatte bei ihr und

Jack später stattgefunden als bei manchen anderen Paaren, sie hatten also Glück gehabt. Als Mattie neun war? Zehn? Jack hatte sich eine Spur von Kathryn zurückgezogen, kaum nachweisbar oder beschreibbar. Jedes Ehepaar, davon war sie ausgegangen, schuf seine eigene Spielart des Mann-Frau-Dramas. Es fand im Schlafzimmer statt oder leise in aller Öffentlichkeit oder sogar am Telefon, ein Drama, bei dem sich die Dialoge, die Bühnenanweisungen und die Körpersprache oft ähnelten. Doch wenn ein Partner seine Rolle leicht änderte oder auf manche Stichworte nicht mehr prompt reagierte, lief das Spiel nicht mehr so gut. Dem anderen Mitspieler verschlug es die Sprache, wenn er das neue Spiel noch nicht durchschaut hatte, oder die neue Choreographie brachte ihn aus der Fassung.

So, dachte sie, war es bei Jack und ihr gewesen. Er war im Bett weniger oft auf ihre Seite gerutscht. Und wenn, dann schien ihr, als fehle irgend etwas, eine Winzigkeit, als sei die Spannung geringer. Es war, als ob er ihr kaum wahrnehmbar entglitte, bis Kathryn eines Tages auffiel, daß sie und Jack sich seit mehr als zwei Wochen nicht mehr geliebt hatten. Damals dachte sie, es liege an seinem überwältigenden Schlafbedürfnis; sein Dienstplan war anstrengend, und oft war er müde. Doch manchmal sorgte sie sich auch, sie sei schuld an der neuen Situation, sie sei zu passiv, und eine Zeitlang hatte sie sich Mühe gegeben, erfinderischer zu sein, spielerischer, nicht immer mit dem gewünschten Erfolg. Am Ende hatte sie beschlossen, Jacks kaum spürbarer Rückzug sei lediglich der zweite oder dritte Akt eines langen Dramas, von dem das meiste noch nicht stattgefunden hatte.

Kathryn hatte sich geschworen, nicht zu klagen. Sie wollte sich in nichts hineinsteigern. Sie wollte nicht einmal darüber reden. Doch der Preis dieser unerschütterlichen Haltung war, begriff Kathryn bald, daß etwas verschleiert wurde: Der Schleier verhinderte, daß sie und Jack weiter ungezwungen miteinander umgingen. Und nach einiger Zeit machte es ihr Angst.

»Es war nichts«, sagte sie zu Robert. »Ich glaube, ich gehe ins Bett.«

Robert nickte zustimmend.

»Es war eine gute Ehe«, sagte Kathryn.

Sie strich mit der Handfläche über den Tisch.

»Es war gut«, wiederholte sie.

Aber eigentlich war sie der Ansicht, jede Ehe habe etwas von einem Radio, mal war der Empfang besser, mal schlechter. Gelegentlich war alles – die Ehe, Jack – für sie ganz klar. Bei anderen Gelegenheiten gab es Störungen, atmosphärische Nebengeräusche. Dann kam es ihr vor, als verstünde sie Jack nicht richtig, als drifteten seine Signale durch die Stratosphäre in die falsche Richtung.

»Müssen wir noch jemanden von seiner Familie benachrichtigen?« fragte Robert.

Kathryn schüttelte den Kopf.

»Seine Mutter starb, als er neun war«, sagte sie. »Und sein Vater starb, da war er im College.«

Sie fragte sich, ob Robert Hart dies alles schon wußte.

»Jack hat nie über seine Kindheit gesprochen«, sagte sie.»Eigentlich weiß ich kaum etwas über seine Kindheit. Ich hatte immer den Eindruck, daß sie nicht besonders glücklich war.«

Sie dachte, daß sie eigentlich immer angenommen hatte, Jacks Kindheit sei eins der Themen, die noch endlos Zeit hätten.

»Im Ernst«, sagte Robert. »Ich bleibe gern hier.«

»Nein, Sie können ruhig gehen. Ich habe ja Julia, wenn ich jemanden brauche. Was hat ihre Frau gemacht?«

»Sie hat im Büro von Senator Hanson gearbeitet. In Virginia.«

Ob er wohl eine Freundin hatte, fragte sie sich.

»Sie haben mich doch nach Jack gefragt«, setzte sie an. »Ob er deprimiert war.«

»Ja.«

»Also, eine Zeitlang war er vielleicht nicht richtig deprimiert, aber bestimmt unglücklich.«

»Erzählen Sie«, sagte Robert.

»Wegen seiner Arbeit«, sagte sie. »Ungefähr vor fünf Jahren. Die Fluggesellschaft ödete ihn an. Ödete ihn kurze Zeit entsetzlich an. Er erwog zu kündigen, sich einen neuen Job zu suchen – als Kunstflieger vielleicht. Soweit ich weiß in einer russischen YAK 27. Oder eine eigene Firma aufzumachen. Eine Flugschule, eine Charterfirma, Flugzeuge verkaufen.«

»Mit dem Gedanken habe ich auch schon gespielt«, sagte Robert. »Ich glaube, jeder Pilot tut das irgendwann.«

»Die Gesellschaft war zu schnell gewachsen, fand Jack. Sie war inzwischen so unpersönlich. Er kannte kaum noch die Besatzung, wenn er flog. Viele Piloten waren Engländer und lebten in London. Er vermißte, daß er beim Fliegen nicht mehr alles selbst in der Hand hatte wie früher. Er würde so gern wieder das Flugzeug richtig spüren, meinte er. Eine Zeitlang kamen per Post Prospekte von merkwürdigen Kunstflugzeugen, und es ging so weit, daß Jack mich eines Morgens fragte, ob ich mit ihm nach Boulder in Colorado zöge, eine Frau dort verkaufe ihre Flugschule. Und natürlich mußte ich ja sagen, schließlich hatte er das Gleiche für mich getan, und ich weiß noch, wie ich mir Sorgen gemacht habe, er war wirklich unglücklich, und ich dachte, er brauche tatsächlich einen Tapetenwechsel. Als das Thema schließlich vom Tisch war, da war ich ehrlich erleichtert. Danach hat er nie wieder erwogen, die Gesellschaft zu verlassen.«

»Das war vor fünf Jahren?«

»Ungefähr. Ich habe kein gutes Zeitgedächtnis. Ich weiß noch, daß es besser wurde, als er die Boston-Heathrow-Route bekam«, sagte sie. »Ich war froh, daß diese Krise vorbei war, und habe nie mehr gewagt, das Thema anzuschneiden. Hätte ich es nur getan.«

»Danach kam er Ihnen nicht mehr deprimiert vor?« fragte Robert.

»Nein. Eigentlich nicht.«

Sie dachte bei sich, daß sie eigentlich nicht wußte, wie Jack mit sich zu Rande gekommen war. Offenbar hatte er seine Unzufriedenheit genauso verdrängt, wie er seine Kindheit verdrängt hatte – beide waren ein Buch mit sieben Siegeln.

»Sie sehen müde aus«, sagte sie zu Robert.

»Bin ich auch.«

»Sie sollten gehen«, sagte sie.

Er schwieg. Er rührte sich nicht.

»Wie sieht sie aus?« fragte sie.

»Meine Frau? Exfrau?«

»Ja.«

»Sie ist so alt wie Sie. Groß. Kurzes, dunkles Haar. Sehr hübsch.«

»Ich habe ihm vertraut, daß er nicht stirbt«, sagte Kathryn. »Ich komme mir betrogen vor. Hört sich das schrecklich an? Schließlich ist er gestorben und nicht ich. Vielleicht hat er gelitten. Er hat sicher gelitten, wenn auch nur sekundenlang.«

»Sie leiden jetzt.«

»Das ist nicht zu vergleichen.«

»Sie *sind* betrogen worden«, sagte er. »Sie und Ihre Tochter.«

Als er ihre Tochter erwähnte, spürte Kathryn, wie sich ihr die Kehle zusammenschnürte. Sie legte die Hände vors Gesicht, wollte ihn damit vom Weiterreden abhalten.

»Sie müssen es geschehen lassen«, sagte er ruhig. »Es hat seine eigene Dynamik.«

»Wie wenn mich ein Zug überrollt«, sagte sie. »Einer, der einfach nicht anhält.«

»Ich würde Ihnen gern helfen, aber außer Zuschauen kann ich gar nicht viel tun«, sagte Robert. »Trauer ist chaotisch. Nichts Gutes.«

Sie legte ihren Kopf auf den Tisch und schloß die Augen.

»Es muß eine Beerdigung geben, oder?« fragte sie. »Einen Gedenkgottesdienst.«

»Darüber können wir morgen reden.«

»Aber wenn es keinen Leichnam gibt?«

»Sind Sie religiös?«

»Ich bin nichts. Ich war methodistisch. Julia ist Methodistin.«

»Was war Jack?«

»Katholisch. Aber er war auch nicht religiös. Wir haben zu keiner Kirche gehört. Wir haben auch nicht kirchlich geheiratet.«

Sie spürte, wie Roberts Finger ihr Haar berührten. Leicht. Schnell.

»Ich gehe jetzt«, sagte er.

ALS ROBERT FORT WAR, saß Kathryn minutenlang allein und stand dann auf, ging durch die Zimmer unten, schaltete die Lichter aus. Sie überlegte, was menschliches Versagen hieß. Eine Linkskurve, wenn man rechts abbiegen mußte? Eine falsche Treibstoffkalkulation? Übersehene Richtungsangaben? Ein versehentlich geknipster Schalter? In welchem anderen Beruf hatte der Fehler eines einzelnen den Tod von 103 Menschen zur Folge? Eisenbahningenieur? Busfahrer? Wer mit chemischen Substanzen umging, mit atomarem Abfall?

»Es kann kein menschliches Versagen sein«, sagte sie sich. Mattie zuliebe nicht.

Lange stand sie oben auf der Treppe, dann ging sie durch den Flur.

Im Schlafzimmer war es kalt. Die Tür war den ganzen Tag geschlossen gewesen. Ihre Augen brauchten Zeit, um sich an die Dunkelheit zu gewöhnen. Ihr Bett war nicht gemacht, genau so, wie sie es am Morgen um zehn nach drei verlassen hatte.

Sie machte einen Bogen um das Bett und betrachtete es, wie ein Tier vielleicht – wachsam, auf der Hut. Sie zog die Bettdecke beiseite und betrachtete im Mondschein das straffe Laken. Es war cremeweiß, Flanell, wie die übrige Bettwäsche, weil Winter war. Wie oft hatten Jack und sie in diesem Bett miteinander geschlafen? überlegte sie. In sechzehn Jahren Ehe? Sie strich mit den Fingern über das Laken. Es fühlte sich dünn und glatt an. Weich. Zögernd setzte sie sich auf die Bettkante, probierte, ob sie es ertrug.

Sie traute sich selbst nicht mehr über den Weg, konnte ihre Reaktionen nicht mehr voraussagen. Doch als sie da saß, empfand sie nichts. Vielleicht war sie im Verlauf des langen Tages endlich gefühllos geworden. Schließlich stießen auch die Sinne irgendwann an die Grenzen der Belastbarkeit.

»Menschliches Versagen«, sagte sie versuchsweise laut.

Aber menschliches Versagen konnte es nicht sein, dachte sie schnell. Würde es letztendlich nicht sein. Menschliches Versagen.

Sie legte sich aufs Bett, angezogen wie sie war. Dies war jetzt ihr Bett, dachte sie. Ihr Bett allein. Das ganze Zimmer für sie allein.

Sie warf einen Blick auf den Wecker. Neun Uhr vierundzwanzig.

Vorsichtig – jede minimale Verschiebung überwachend – griff sie hinab und zog die Bettdecke über ihren Körper. Sie bildete sich ein, der Flanell rieche nach Jack. Möglich – seit seiner Abreise am Dienstag hatte sie die Bettwäsche nicht gewechselt. Sie besah Jacks Hemd, das unordentlich über dem Stuhl lag. Kathryn hatte sich gleich am Anfang ihrer Ehe angewöhnt, erst kurz vor Jacks Rückkehr aufzuräumen und sauberzumachen. Das Hemd auf dem Stuhl würde sie sicher nicht beiseiteräumen. Wahrscheinlich würde es Tage dauern, bis sie es anfassen, ihr Gesicht darin vergraben, das Risiko eingehen konnte, daß der Stoff nach Jack roch. Und was, wenn Jacks Spuren allesamt getilgt wären, fortgepackt, was bliebe dann übrig?

Sie rollte auf die Seite, betrachtete den mondbeschienenen Raum. Durch das leicht geöffnete Fenster hörte sie die Wellen.

Sie sah Jack vor sich, im Wasser, wie er auf den sandigen Meeresgrund aufschlug.

Sie zog den Flanellstoff über Mund und Nase und atmete langsam durch, hoffte so, die Panik in den Griff zu bekommen. Sie überlegte, ob sie nicht besser in Matties Zimmer auf dem Boden neben Mattie und Julia schliefe. Hatte sie wirklich geglaubt, sie könne die erste Nacht allein in ihrem Ehebett schlafen?

Schnell stand sie auf und ging ins Badezimmer. Sie nahm eine der Valiumtabletten, die Robert dagelassen hatte, dann noch eine für alle Fälle. Sie erwog, eine dritte zu nehmen. Sie saß auf dem Badewannenrand, bis ihr schwindlig wurde.

Sie überlegte, ob sie auf der Liege im Gästezimmer schlafen sollte. Aber als sie an Jacks Arbeitszimmer vorbeikam, sah sie, daß dort noch Licht brannte. Sie öffnete die Tür.

Im Zimmer war es übermäßig hell, nirgends Farbe – Weiß, Metall, Plastik, Grau. Es war ein Zimmer, das sie sonst selten betrat, ein wenig einladender Raum ohne Vorhänge an den Fenstern, mit Aktenschränken aus Metall an den Wänden. Ein männlicher Raum.

Hier herrschte eine eigene Ordnung – eine Ordnung, die nur Jack durchschaute. Auf dem schweren Metallschreibtisch standen zwei Computer, eine Tastatur, ein Fax, zwei Telefone, ein Scanner, Kaffeetassen, staubige Flugzeugmodelle, ein Becher mit einer roten Flüssigkeit (Matties vermutlich) und ein blauer getöpferter Bleistifthalter, den Mattie in der zweiten Klasse für Jack gemacht hatte.

Sie betrachtete das Faxgerät mit dem blinkenden Kontrollämpchen.

Sie ging zum Schreibtisch und setzte sich. Robert war hiergewesen und hatte Telefon und Fax benutzt. Kathryn öffnete die linke Schreibtischschublade. Jacks Fahrtenbücher lagen da, schwere, dunkle Bände mit Plastikrücken und ein kleineres im Hemdtaschenformat. Sie sah eine kleine Taschenlampe, einen Brieföffner aus Elfenbein, den er vor Jahren aus Afrika mitgebracht hatte, Handbücher über Flugzeugtypen, die er schon lange nicht mehr flog, ein Buch über Wetterradar. Ein Übungsvideo zur Aerodynamik. Schulterstücke aus Santa Fe. Untersetzer mit aufgedruckten Fluginstrumenten.

Sie schloß die Schublade und zog die lange mittlere Schublade auf. Sie griff nach einem Schlüsselbund, der ihr bekannt vorkam, vielleicht gehörte er zur Wohnung in Santa Fe. Sie nahm die alte Lesebrille mit Horngestell in die Hand, über die Jack mit dem Wohnmobil gefahren war. Er behauptete, sie täte es noch. Schachteln mit Büroklammern, Bleistifte, Kugelschreiber, Gummiringe, Visitenkarten. Heftzwecken, zwei Batterien, eine Zündkerze. Unter einem Paket Briefkarten fand sie ein kleines Nähetui aus dem Marriott-Hotel. Sie mußte lächeln und drückte das Etui an die Lippen.

Sie öffnete eine große Aktenschublade rechts. Akten befanden sich nicht darin, aber ein hoher Papierstapel. Sie nahm den Stapel heraus und packte ihn sich auf den Schoß. Es waren alle möglichen Papiere, offenbar ungeordnet. Eine Geburtstagskarte von Mattie, Informationen der Fluggesellschaft, ein örtliches Telefonbuch, eine Reihe Krankenversicherungsformulare, der Entwurf für einen Schulaufsatz von Mattie, ein Katalog für Spezialliteratur zum Thema Fliegen, eine Karte von Mattie zum Valentinstag vergangenes Jahr. Was sie durchgesehen hatte, klemmte sie sich vor die Brust, stöberte den Rest durch. Sie fand mehrere zusammengeheftete Bankauszüge. Sie und Jack hatten jeder ein eigenes Konto. Sie bezahlte ihre eigene und Matties Kleidung, das Essen und den Haushalt. Jack bezahlte alles übrige. (Unglaublich, dachte Kathryn, daß Julia mit nur 9000 Dollar im Jahr ganz gut zurecht kam.) Sein Erspartes, hatte er gesagt, war ihre Altersversorgung.

Sie legte die Bankauszüge mit der Valentinskarte beiseite.

Es fiel ihr schwer, die Augen offenzuhalten. Sie schob die restlichen Papiere zusammen, wollte sie zurück in die Schublade packen. Unten eingeklemmt lag ein ungeöffneter Umschlag, eine Visa-Card-Reklame. Chase Manhattan Bank. 9,9 % Zinsen. Alt, dachte sie.

Sie nahm den Umschlag und wollte ihn in den Papierkorb werfen, sah dann, daß er hinten beschrieben war. Jacks Handschrift. Eine seiner Merklisten: *Drogerie Bliss anrufen, Alex anrufen, Bank, Ausgaben März, Larry Somers anrufen: Steuer, Finn anrufen: Wohnmobil.* Finn, fiel ihr ein, war der Dodge-Plymouth-Händler in Ely Falls. Das war eindeutig alt; das Wohnmobil hatten sie vor vier Jahren gekauft, sonst hatten sie mit Tommy Finn ihres Wissens nichts mehr zu tun gehabt.

Sie drehte den Umschlag um. Unten, wo noch Platz war, hatte Jack etwas notiert: Muire, 15.30. Wer war Muire?

Sie legte den Papierstapel zurück in die Schublade. Die Dinge, die sie aussortiert hatte, legte sie oben auf den Schreibtisch. Mit dem Fuß schob sie die Schublade zu.

Sie wollte nur noch ins Bett. Aus Jacks Arbeitszimmer ging sie ins Gästezimmer, auch sonst öfter ihr Zufluchtsort. Sie legte sich auf die blumenbedruckte Tagesdecke, und Sekunden später war sie eingeschlafen.

Stimmen weckten sie auf – eine Stimme, die rief, fast hysterisch, und noch eine Stimme, ruhiger, die versuchte, den Tumult zu übertönen.

Kathryn stand auf und öffnete die Tür; die Stimmen wurden lauter. Vorn im Wohnzimmer hörte sie Mattie und Julia.

Als Kathryn eintrat, knieten sie beide auf dem Fußboden, Julia im Flanellnachthemd, Mattie im T-Shirt mit Boxershorts. Sie saßen in einem Irrgarten aus Geschenkpapier – Berge und Knäule aus Rot, Gold, Karo, Blau und Silber, dazwischen schier endlose Meter buntes Schleifenband.

Julia sah hoch.

»Sie ist aufgewacht und nach unten gekommen«, erklärte Julia. »Sie hat versucht, die Geschenke einzupacken.«

Mattie legte sich hin, rollte sich wie ein Embryo zusammen.

Kathryn kauerte sich eng an ihre Tochter.

»Ich halt's nicht aus, Mama«, sagte Mattie. »Egal, wohin ich sehe, überall ist er. In jedem Zimmer, auf jedem Stuhl, im Fenster, selbst auf der Tapete. Ich halt's einfach nicht aus, Mama.«

»Du wolltest die Geschenke für ihn einpacken?« fragte Kathryn und strich ihrer Tochter das Haar aus dem Gesicht.

Mattie nickte und begann zu weinen.

»Ich nehme sie mit zu mir«, sagte Julia.

»Wie spät ist es?«

»Ein Uhr. Ich nehme sie zum Schlafen mit nach Hause«, sagte Julia.

»Ich komme auch mit«, sagte Kathryn.

»Nein«, sagte Julia. »Du bist viel zu erschöpft. Du bleibst hier und gehst wieder in dein Bett. Mattie wird sich bei mir beruhigen. Sie braucht einen Szenenwechsel, eine Feuerpause, eine neutrale Umgebung.«

Und Kathryn dachte, wie zutreffend das Bild war; auch sie empfand die Situation eindeutig als Krieg; sie alle liefen Gefahr, als unschuldige Opfer in die Schußlinie zu geraten.

Während Julia Matties Schlafzeug zusammenpackte, lag Kathryn neben ihrer Tochter und massierte ihr den Rücken. Ab und zu lief ein Zittern durch Matties Körper.

Kathryn sang ihr das Lied vor, das sie sich ausgedacht hatte, als Mattie ganz klein war: *M heißt Mattigan,* fing es an.

Nachdem Julia und Mattie fort waren, ging Kathryn wieder in ihr Schlafzimmer. Diesmal brachte sie mehr Mut auf und kroch zwischen das warme Bettzeug.

Sie träumte nicht.

Morgens hörte sie einen Hund bellen.

Das Hundebellen klang auf seine dissonante Art vertraut.

Und dann machte sie sich auf alles gefaßt – vergleichbar vielleicht mit einer heiklen Situation beim Autofahren: Als ob sie an der Ampel im Rückspiegel ihren Hintermann ohne zu bremsen immer näher kommen sehe.

Robert hatte nasses frischgekämmtes Haar. Sie sah die Linien, die der Kamm im dünneren Haar über der Stirn hinterlassen hatte. Er trug ein anderes Hemd, blau, beinah jeansblau, mit dunkelroter Krawatte. Das Hemd für den zweiten Tag, dachte sie müde.

Auf der Anrichte stand eine Kaffeetasse. Die Hände in den Hosentaschen, ging er hin und her.

Sie sah auf die Uhr. Sechs Uhr vierzig. Warum kam er so früh? dachte sie.

Als er sie die Treppe herunterkommen sah, nahm er die Hände aus den Taschen und ging auf sie zu.

»Was ist?« fragte sie erschrocken.

»Wissen Sie, was ein CVR ist?« fragte er.

»Ja«, sagte sie. »Der Cockpit Voice Recorder.«

»Er ist gefunden worden.«

»Und?«

Er zögerte. Nur einen winzigen Augenblick.

»Es heißt Selbstmord«, sagte er.

Sie gehen zusammen auf die Flugzeuge zu, die zu klein wirken, wie Spielzeuge zum Herumklettern für Kinder. Die Hitze steht wie eine sengende Schicht über dem Boden. Dies ist eine männliche Welt, denkt sie, mit ihrer eigentümlichen Maschinerie, dem Aufenthaltsraum, dem Kontrollturm. Um sie herum ist nur Metall, glitzernd oder im Sonnenschein stumpf glänzend.

Fürsorglich hält er sie beim Gehen resolut am Arm. Es ist ein Zufall, daß sie noch nie geflogen ist, aber sie fühlt sich deshalb ein wenig rückständig. Er war überrascht, als sie es ihm gestand, das hatte sie gemerkt. Er hat das Flugzeug geliehen und ist damit nach Ely gekommen, hat sie zu einem Rundflug eingeladen. Er hat sie jeden Abend angerufen, seit sie sich vergangene Woche kennengelernt haben. Er hat ihr gesagt, daß er sie liebt.

Das Flugzeug sieht schön aus mit seinen roten und weißen Markierungen. Er hält sie an der Hand, und sie steigt auf den Flügel, klettert durch die winzige Öffnung ins beängstigend enge Cockpit. Wie kann etwas so Grandioses wie Fliegen in einem so reizlosen Umfeld stattfinden? Fliegen war für Kathryn immer etwas Unwahrscheinliches, jetzt scheint es schlicht unmöglich, und wie im Karussell oder gelegentlich im Auto mit einem schlechten Fahrer am Steuer redet sie sich gut zu, daß ja alles bald wieder vorbei ist und sie nur heil wieder herauskommen möchte.

Jack schwingt sich auf seinen Sitz. Er trägt eine Sonnenbrille mit blauspiegelnden Gläsern. Er hilft ihr, sich anzuschnallen, und reicht ihr Kopfhörer, mit denen sie sich im Fluglärm leichter verständigen können.

Sie holpern über den Asphalt. Das Flugzeug kommt ihr leicht und wacklig vor. Sie möchte anhalten, ihm sagen, daß sie es sich anders überlegt hat. Das Flugzeug gewinnt an Geschwindigkeit und hört auf zu holpern. Sie sind in der Luft.

Ihr Herz stößt an die Rippen. Jack sieht sie an, lächelt zuversichtlich und begeistert, ein bedeutsames Lächeln: Es macht Spaß, sei kein Spielverderber.

Doch sie denkt, daß es niemals Spaß machen wird. Vor ihr dehnt sich eine blaue Fläche. Was ist mit dem Boden geschehen? Sie findet, dieses Flugzeug fliegt entsetzlich hoch, schwankt leicht und fällt dann, dem Naturgesetz folgend. Neben ihr deutet Jack aus dem Fenster.

»Sieh mal«, sagt er.

Sie sind über der Küste, so hoch, daß die Brandung statisch wirkt. Der Ozean kräuselt sich in tieferes Blau. Landeinwärts kann sie dunkle Kiefern sehen, eine ganze Gegend voller Kiefern. Sie erkennt ein Boot, sein Kielwasser, dann ein Kraftwerk oben an der Küste. Portsmouth als dunklen Flecken. Die glitzernden Felsen – die Isles of Shoals. Sie hält nach Ely Ausschau, erkennt es von oben, sogar die Straße zu Julias Haus.

Er legt das Flugzeug in die Kurve, und sie hält sich instinktiv fest. Sie würde ihn gern bitten, vorsichtig zu sein, aber gleichzeitig weiß sie, wie albern es klänge. Natürlich ist er vorsichtig, oder?

Wie zur Antwort zieht er das Flugzeug steil hoch, beinah senkrecht, als stelle er alle physikalischen Gesetze auf die Probe. Sie ruft seinen Namen, doch er blickt konzentriert auf die Instrumente und antwortet nicht.

Die Schwerkraft drückt sie in den Sitz. Sie steigen in einem langen hohen Bogen, und sekundenlang, auf dem Scheitelpunkt, scheinen sie still zu stehen, Köpfe nach unten, ein kleiner Fleck, der über dem Atlantik hängt. Dann fällt das Flugzeug mit Schwung aus dem Bogen heraus, ihr Körper fällt mit, ihr Mund öffnet sich, und sie greift nach dem Nächstbesten. Jack wirft ihr einen schnellen Blick zu und legt das Flugzeug auf die Seite – wenn sie jetzt das Fenster öffnet, fällt sie ins Wasser. Sie sieht Jack zu, wie er die Kontrollgeräte bedient, seine ruhigen Bewegungen, die Konzentration auf seinem Gesicht. Sie ist verblüfft über die Tricks, die er mit dem Flugzeug vollbringt – Tricks mit der Schwerkraft, den physikalischen Gesetzen, dem Schicksal.

Und dann ist die Welt still. Zu ihrer eigenen Überraschung fällt das Flugzeug. Nicht wie ein Stein, eher wie ein Blatt, es flattert ein wenig und neigt sich nach rechts. Das Herz klopft ihr bis zum Hals, als sie Jack ansieht. Dann kreiselt das Flugzeug wie irr dem Boden entgegen. Sie drückt den Rücken durch, kann nicht einmal schreien.

Er fängt das Kreiseln ab, und sie sind keine dreißig Meter über dem Wasser. Sie sieht den Gischt, die leicht bewegte, zuckende See. Mit einemmal weint sie. Vor Erregung. Vor Freude, daß sie überlebt hat.

Sie sieht den Mann an, der mit dem Risiko spielt, diesen Mann, dem sie vertrauen muß.

»Geht's?« fragt er schnell, sieht die Tränen, erschrickt.

Sie zögert, holt tief Luft.

»Das war toll«, sagt sie von Herzen.

Im Wagen war es eisig. Kathryn hatte Schwierigkeiten, das Lenkrad zu halten, hatte in der Eile, als sie das Haus verließ, ihre Handschuhe vergessen. Wie kalt war es draußen? überlegte sie. Minus fünf, minus zehn? Ab einem gewissen Punkt war es eigentlich egal. Sie spürte die Anspannung in den Schultern, saß gekrümmt, mied es, irgend etwas zu berühren – nicht einmal den Rücksitz –, bis mit einem Stoß die Wärme kam.

Als Reaktion auf Robert Harts Mitteilung – er bestand darauf, ihr absolut keinen Glauben zu schenken – hatte sie nur noch bei Mattie sein wollen. Kathryn hatte unten an der Treppe das Männergesicht gesehen, und eine solche Sehnsucht nach ihrer Tochter hatte sie gepackt –, als hätte sich in ihr eine Schleuse geöffnet. Immer noch in ihren

Schlafsachen, war sie an Robert Hart vorbeigestürzt, hatte im gleichen Augenblick ihren Parka und ihre Stiefel angezogen und die Autoschlüssel vom Haken neben der Hintertür genommen. Mit dem Wohnmobil war sie die lange Auffahrt hinuntergerattert, vorbei an mehreren Männern, die zum Tor liefen, und eine gute Meile hatte der Tachometer fast Hundert angezeigt. Und dann war sie in einer Kurve ins Schleudern geraten und auf dem Sandstreifen an der Straße von The Pool nach Ely zum Stehen gekommen. Stumm legte sie den Kopf aufs Lenkrad.

Es konnte kein Selbstmord sein, dachte Kathryn. Selbstmord war absolut unmöglich. Es war unvorstellbar. Undenkbar. Kam nicht in Frage.

Wie lange sie so saß, wußte sie nicht, vielleicht zehn Minuten. Und dann startete sie den Wagen wieder, diesmal fuhr sie langsamer und eigentümlich ruhig – vermutlich vor Erschöpfung oder einfach Betäubung. Gleich wäre sie bei Mattie, sagte sie sich, und die Absturzursache würde sich als falsch erweisen.

Die Sonne tauchte am Horizont auf, färbte die Schneewiesen rosa, überzog sie mit den langen blauen Schatten der Bäume und Fahrzeuge. Kathryn sah Abgaswolken aus Auspuffrohren quellen. Um manche Haussimse waren bunte Lichterketten gespannt, und vor vielen Fenstern standen Weihnachtsbäume. Sie fuhr an einem blau gedeckten Küstenhaus vorbei; das große Wohnzimmerfenster war von kitschigen Glühbirnen eingerahmt. *Gebrauchtwagenhändler-Look* hatte Jack das damals genannt.

Damals genannt. Hatte genannt. Wird nie wieder nennen. Die alles umhüllende Zeit, dachte sie, hatte schon angefangen, sie zu verschlingen. Aber sie fragte sich auch, ob sie sich nicht schon, zumindest ein wenig, an die Idee gewöhnt hatte, daß Jack nicht mehr da war. Der Gedanke, daß Jack tot war, der sich fast beiläufig dem vorhergehenden Gedanken anschloß – der Erinnerung, dem Bild –, erschütterte sie nicht mit gleicher Gewalt wie am Vortag. Wie schnell das Bewußtsein sich anpaßte und winzige Verschiebungen vornahm, dachte sie. Vielleicht verinnerlichte der Körper nach einer Schockserie die Schocks, wurde immun, wie nach einer Impfung. Oder die Betäubung war nur Schonung – ein Waffenstillstand. Woher sollte sie das wissen? Diese Situation war nie dagewesen.

Sie fuhr durch den Ortskern von Ely, die Sonne beschien schon die Ladenfronten; die Erde hatte sich also um einen Bruchteil nach Osten gedreht und führte die kleine Stadt Ely gerade der Sonne vor. Sie sah im Vorbeifahren den Eisenwarenladen und Beekman's, das schlechtsortierte Billigkaufhaus, das der Konkurrenz des Shoppingcenters an Route 24 bisher standgehalten hatte. Das leere Gebäude, an dem sie vorbeikam, war früher ein Stoffgeschäft, in dem die Reste aus der Stoffabrik in Ely Falls verkauft wurden – als die Stoffabrik noch existierte. The Bobbin –, das einzige Eßlokal in der Stadt, hatte schon geöffnet. Drei Wagen parkten davor. Sieben Uhr fünf. In zehn Minuten würden Janet Riley, die Deutschlehrerin der Mittelschule, und Jimmy Hirsch, der Versicherungsagent der Metropolitan Life, dort jeder ein Brötchen essen – sie mit vegetarischem Weichkäse, er mit Ei. Manche Leute im Ort hatten so eingefahrene Gewohnheiten, man konnte seine Uhr danach stellen, dachte Kathryn, und dann den ganzen Tag nachprüfen, daß sie ihre Routine einhielten.

Kathryn wußte, was Routine wert war; in Julias Haus hatte sie das Chaos eingedämmt. Und natürlich wußte Jack, was Routine wert war – besonders in einem Beruf, der einem Mann die Präzision einer Maschine abverlangte, die auf jede Situation immer gleich reagierte. Merkwürdig, wie ungeduldig er außerhalb des Flugzeugs auf Routine reagierte. Dann liebte er die Abwechslung.

Kathryn fuhr an der High-School vorbei, die am Rande des Ortskerns lag. Ein paar Straßenzüge weit standen weiße Häuser mit schwarzen Fensterläden auf kleinen Grundstücken, manche weiß umzäunt – die meisten im Küstenstil und viktorianisch, manche aber noch aus der Kolonialzeit. Sie verliehen Ely seinen – wenn auch begrenzten – Charme. Als sie die Innenstadt durchquert hatte, wurde die Besiedlung dünner, Wäldchen oder Marschland trennten die Häuser voneinander; dann dehnte sich die Landschaft dazwischen, zog sich hin, bis schließlich am Ende einer Straße nach drei Meilen das Steinhaus auftauchte.

Wie üblich bog sie ab, fuhr den Hügel hinauf, dem Steinhaus entgegen. Nirgends war Licht; Mattie und Julia schliefen sicher noch. Sie stieg aus und stand minutenlang still da. Zwischen der Stille der vergangenen Nacht und dem Lärm des zukünftigen Tages gab es allmorgendlich einen Augenblick, in dem die Zeit einen Schlag lang innehielt und die ganze Welt regungslos schien, erwartungsvoll. Der Boden um den Wagen war schneebestäubt. Vor drei Tagen hatte es geschneit und bisher noch nicht getaut. Auf den Felsen war der Schnee zu einer dünnen filigranen Schicht gefroren.

Julias Haus stand auf einem Hügel, was manchmal lästig war – wenn man viel zu tragen hatte, zum Beispiel. Doch das Haus hatte nach Westen hin eine grandiose Aussicht, wenn einem danach war. Es stammte aus der Mitte des neunzehnten Jahrhunderts und gehörte zu dem größeren Bauernhof, eine Meile weiter. Auf einer Seite befand sich die schmale Straße; auf der anderen eine Steinmauer. Hinter der Steinmauer war ein großer Garten mit knorrigen Apfelbäumen in Reih und Glied, die, wenn der Sommer vorbei war, rosige, ein wenig rauhe Äpfel trugen.

Sie schloß die Wagentür, ging zum Haus, trat ein. Julia

schloß nie ab, nicht als Kathryn klein war und nicht einmal jetzt, wo es alle taten. In der Küche roch es vertraut – nach Orangenkuchen und Zwiebeln, fand Kathryn. Sie zog den Parka aus und legte ihn über einen Wohnzimmersessel.

Das Haus wirkte eng, trotz seiner drei Stockwerke. Als Kathryns Eltern gestorben waren, hatte Julia ihr das Schlafzimmer ganz oben angeboten. Nach einigem Zögern hatte Kathryn ihre Bücher dorthin verfrachtet und den Schreibtisch vor das einzige Fenster gestellt. Im mittleren Stockwerk waren zwei winzige Schlafzimmer, in einem schlief Julia, unten waren Wohnzimmer und Küche. Im Wohnzimmer standen die Möbel aus Julias Ehe – ein verblichenes braunes Samtsofa, zwei Sessel, die ein neues Polster nötig hatten, ein Teppich, ein Beistelltisch und der Flügel, der den ganzen restlichen Raum einnahm. Morgens, bevor sie in den Laden ging, hatte Julia manchmal darauf geübt, und abends, wenn Julia nicht zu müde war, hatte sie Kathryn Chopin, Brahms oder Mozart vorgespielt.

Kathryn hielt sich am Geländer fest, als sie die Treppe hinaufging – in ihr altes Zimmer: früher das Zimmer ihrer Eltern, jetzt das ihrer Tochter, wenn Mattie hier übernachtete, was oft geschah. Kathryn trat ans Fenster, zog die Gardinen einen Spalt auseinander. Nun konnte sie Mattie im Bett erkennen. Sie schlief, eigentlich wie immer, zusammengerollt; ihr Plüschdelphin war auf den Boden gefallen. Ihre Tochter hatte das Gesicht ins Bettzeug vergraben – Kathryn konnte es kaum sehen, doch schon ihr Haar, ihr zierlicher Körperumriß unter der Bettdecke waren ein beruhigender Anblick.

Kathryn nahm auf dem Stuhl gegenüber dem Bett Platz und betrachtete Mattie fürsorglich. Sie wollte sie noch nicht wecken, war noch nicht in der Lage, Mattie aufzufangen, wenn das Wissen des Vortags wieder auf sie einstürzte, so wie es früher am Morgen auf sie eingestürzt war. Sie wollte aber dasein, wenn es geschah.

Mattie hob ihren Kopf aus den Kissen, rollte auf die andere Seite.

Die Sonne war inzwischen aufgegangen, das Licht drang durch die Vorhänge und warf einen hellen Streifen auf die linke Seite des Doppelbetts. Es war immer noch das gleiche Mahagonibett, in dem schon Kathryns Eltern geschlafen hatten, und manchmal überlegte sie, ob Ehepaare früher öfter miteinander schliefen, einfach weil die Betten schmaler waren. Mattie rührte sich wie im Traum, womöglich würde sie noch ein gutes Stündchen weiterkuscheln. Kathryn bückte sich und hob den Plüschdelphin auf, legte ihn ans Kopfende. Einen Augenblick fühlte Kathryn den warmen, weichen Atem ihrer Tochter auf ihrer Hand. Dann streckte Mattie sich, vielleicht hatte sie Kathryns Gegenwart gespürt. Aus einer Regung legte Kathryn sich neben sie, umarmte den schlafenden Körper. Sie hielt ihre Tochter fest, hörte, wie sie schnell und rauh atmete.

»Mattie, ich bin doch da«, sagte Kathryn.

Mattie schwieg. Kathryn lockerte ihren Griff und strich ihrer Tochter übers Haar. Es war dicht und lockig, zerzaust wie jeden Morgen. Die Naturlocken hatte Mattie von Jack geerbt, die Haarfarbe von Kathryn. Von ihrem Vater hatte Mattie auch die verschieden blauen Augen geerbt, und bis vor kurzem war sie unendlich stolz darauf gewesen: hatte sich, und das mit Recht, für etwas Besonderes gehalten, anders als die übrigen Mädchen ihres Alters. Doch mitten in der Pubertät hatte es sie ernsthaft gestört – sie wollte sich nicht mehr von ihren Freundinnen unterscheiden –, und seitdem trug sie eine farbige Kontaktlinse. Im Bett trug sie sie natürlich nicht.

Die Bettdecke bewegte sich, als zöge jemand daran. Behutsam schob Kathryn sie beiseite. Mattie hatte sich einen weißen Lakenzipfel in den Mund gestopft.

»Mattie, bitte, du verschluckst dich.«

Mattie biß mit aller Kraft auf den Stoff.

Kathryn versuchte ihn ihr wegzuziehen, doch Mattie lag steif da und atmete mühsam durch die Nase. Tränen standen ihr in den Augen, bereit, beim nächsten Blinzeln überzulaufen und herunterzurollen. Sie blickte Kathryn an, bittend, zornig, beides zugleich; ihre Mimik entspannte sich, verkrampfte sich.

Langsam entzog Kathryn ihr das Laken. Und plötzlich öffnete Mattie den Mund und riß es selbst heraus.

»Totaler Mist«, sagte sie, als sie wieder atmen konnte.

Mattie stand unter der Dusche; Julia stand am Herd. Julia trug einen kurzen, rotkarierten Bademantel über einem Nachthemd, das sicher aus den frühen siebziger Jahren stammte. Julia verfocht die Auffassung, ein Kleidungsstück sei erst dann zu ersetzen, wenn es wirklich auseinanderfiel und nicht, wenn man es leid war. Ein anderes ihrer ungeschriebenen Gesetze lautete: Ein Kleid, das man ein ganzes Jahr nicht trug, konnte man getrost verschenken.

Sie sah müde aus, und ihre Haut war kalkweiß. Kathryn war noch nie aufgefallen, daß Julia einen winzigen Buckel hatte und Kopf und Schultern eine Spur vorgebeugt hielt. Sie bemerkte es heute zum ersten Mal.

»Ist Robert Hart noch im Hotel?« fragte Julia, die von hinten wie ein weiches rotkariertes Tönnchen aussah.

»Nein«, sagte Kathryn schnell und schob den Gedanken an den Mann von der Gewerkschaft beiseite – den Gedanken daran, was er gesagt oder nicht gesagt hatte. »Er hat im Hotel übernachtet, aber jetzt ist er im Haus.«

Sie stellte ihren Kaffeebecher auf den Holztisch mit

dem Wachstuch, das stramm auf der Tischplatte lag und darunter mit Heftzwecken befestigt war. Mit den Jahren hatte nur die Farbe der Wachstücher gewechselt – rot, blau, grün –, die saubere, glatte Oberfläche hatte sich immer gleich angefühlt.

Julia stellte Kathryn einen Teller mit Rührei und Toast hin.

»Ich kann nicht«, sagte Kathryn.

»Iß. Du hast es nötig.«

»Mein Magen...«

»Du tust Mattie keinen Gefallen, Kathryn, wenn du deine Kraft nicht beisammen hältst. Ich weiß, du leidest, aber vergiß nicht, daß du die Mutter dieses Mädchens bist, egal, wie dir zumute ist.«

Langes Schweigen.

»Also bitte!«

Julia setzte sich. »Tut mir leid«, sagte sie. »Ich bin mit den Nerven fertig.«

»Eins solltest du wissen«, sagte Kathryn hastig.

Julia schaute sie an.

»Es gibt ein Gerücht. Absurd. Entsetzlich.«

»Was?«

»Weißt du, was ein CVR ist?«

Mit einem Ruck drehte Julia den Kopf zur Tür. Mattie stand da, als wüßte sie nicht, was sie als nächstes tun sollte – als hätte sie vergessen zu existieren. Die Schulterpartie ihres blauen Sweatshirts war von ihren beinah bis zur Taille reichenden Haaren ganz naß. Sie trug Jeans (Größe zwei, schmaler Schnitt), die Hosenbeine fielen weit über ihre Sportschuhe und waren unten völlig ausgefranst. Ihre Fußspitzen zeigten wie immer nach innen, eine Klein-Mädchen-Haltung in auffälligem Gegensatz zur erwachsen-coolen Haltung des Oberkörpers. Sie schob die Fingerspitzen in die oberen Jeanstaschen, zog die Schultern hoch. Ihre Augen waren vom Weinen ganz rot. Sie warf den Kopf herum, und all ihr Haar fiel zu einer Seite. Ihr Mund zitterte. Nervös drehte sie ihr Haar zum Knoten, ließ es wieder los.

»Na, was ist?« fragte sie tapfer und sah zu Boden.

Kathryn mußte sich abwenden.

»Mattie«, bat sie, als sie etwas sagen konnte. »Komm, setz dich zu mir, es gibt Eier und Toast. Du hast seit gestern kaum etwas gegessen.«

»Ich habe keinen Hunger.«

Mattie griff nach einem Stuhl – den von Kathryn am weitesten entfernten – und nahm vorsichtig auf der Kante Platz, saß leicht gebeugt, Hände im Schoß gefaltet, Schuhspitzen auf dem Boden im spitzen Winkel.

»Bitte, Mattie«, sagte Kathryn.

»*Mama*, ich habe keinen Hunger, verstanden? Hör auf!«

Julia wollte etwas sagen, doch Kathryn warf ihr einen Blick zu und schüttelte den Kopf.

»Egal«, sagte Kathryn so unbefangen wie möglich.

»Also gut, vielleicht Toast«, sagte Mattie gnädig.

Julia reichte Mattie einen Teller mit Toast und eine Tasse Tee. Mattie riß winzige Brocken von der Kruste ab – Stückchen so groß wie Hostien – und kaute jeden langsam und lustlos. Als der Toast keine Kruste mehr hatte, legte sie ihn zurück auf den Teller.

»Soll ich in die Schule gehen?« fragte Mattie.

»Erst nach den Ferien wieder«, sagte Kathryn.

Mattie sah blaß aus, erschöpft, kraftlos, ihre Haut teigig weiß, rot und picklig, dort wo sie sich zu oft die Nase geputzt hatte. Sie hockte da und betrachtete den krustenlosen kalten Toast auf dem Teller, ein unappetitlicher Anblick.

»Laß uns spazierengehen«, sagte Kathryn. Mattie zuckte mit einer Achsel, noch herablassender als ihr übliches Achselzucken.

An der Küchentür hing ein Wandbehang mit einem applizierten Weihnachtsbaum, den sie vor Jahren auf einem Kirchenbasar erstanden hatten und der alljährlich wieder vom Dachboden zutage gefördert und aufgehangen wurde. Julia dekorierte sparsam, aber verläßlich: Alljährlich kamen ihre Schätze wieder zum Vorschein.

Weihnachten. Ein Thema, das Kathryn weit fortschieben wollte und das in ihrem Hinterkopf wie dumpfer Kopfschmerz lauerte.

Sie stand auf.

»Zieh deine Jacke an«, sagte sie zu Mattie.

Die Kälte machte den Kopf frei, der Körper verlangte nach schneller Bewegung. Hinter dem Steinhaus verwandelte sich die Straße in einen unbefestigten Weg, der Steadfast Hill hinaufführte. Es war kein bedeutender Berg, eher eine anmutige Hügellandschaft mit dunklen Kiefern, verlassenen Apfelgärten und Blaubeerfeldern. In den späten achtziger Jahren hatte ein Investor in Gipfelnähe Luxusapartments bauen wollen, hatte schon ein Stück gerodet und ein Fundament gelegt. Doch der Mann hatte den schlechtesten Zeitpunkt erwischt, ganz New Hampshire litt unter den verherenden Folgen der Rezession, und nach einem halben Jahr mußte seine Firma Konkurs anmelden. Inzwischen wuchsen wieder Büsche auf dem Grundstück, und das Fundament mit der Betondecke diente als Aussichtsplattform. Von hier aus hatte man einen überwältigenden Blick nach Westen, auf Ely und Ely Falls, eigentlich auf das ganze Tal.

Mattie trug keine Mütze. Ihr schwarzglänzender Steppanorak stand offen. Die Hände hatte sie tief in seine Taschen geschoben. Mütterliche Ermahnungen wie: Knöpf deine Jacke zu, zieh eine Mütze auf, hatte Kathryn schon lange aufgegeben. Manchmal traute sie ihren Augen nicht, wenn sie im Winter nach der Schule Mädchen mit offenen Flanellhemden und T-Shirts an der Straße stehen sah.

»Mama, bald ist Weihnachten«, sagte Mattie.

»Ich weiß.«

»Was machen wir?«

»Was möchtest du machen?«

»Nicht feiern. Ich weiß nicht. Feiern. Ich weiß nicht.«

»Am besten, wir lassen uns mit der Entscheidung noch Zeit.«

»Oh, Mama.«

Mattie blieb stehen, hielt sich die Hände vors Gesicht, drückte die Handballen in die Augenhöhlen. Sie zitterte am ganzen Körper. Kathryn legte die Arme um sie, doch Mattie wand sich aus der mütterlichen Umarmung.

»O Gott, Mama. Gestern abend, als ich sein Geschenk...«

Mattie weinte jetzt bitterlich. Kathryn faßte sie nicht mehr an, spürte, wie wund und bloß ihrer Tochter zumute war, nahe daran, sich in Hysterie hineinzusteigern.

Kathryn schloß die Augen und wartete. Sie zählte langsam, wie wenn sie sich das Schienbein an der offenen Spülmaschine geschrammt oder beim Fensterschließen einen Finger eingeklemmt hatte. Eins, zwei, drei, vier. Als das Weinen nachließ, öffnete sie die Augen. Sie gab ihrer Tochter einen Schubs vorwärts, wie vielleicht ein Schäferhund ein Schaf oder eine Kuh schubste. Benommen ließ Mattie es mit sich geschehen.

Kathryn reichte ihr ein Papiertaschentuch, und Mattie putzte sich die Nase, holte schluchzend Luft.

»Ich habe eine CD für ihn«, sagte Mattie. »*Stone Temple Pilots.* Er hat sie sich gewünscht.«

Laub und verharschter Schnee bedeckten die Wegränder mit einer glitschigen Schicht. Der harte Boden hatte tiefe Furchen.

»Laß uns nicht zu Hause feiern, Mama, oder? Ich glaube, zu Hause halte ich es nicht aus.«

»Wir feiern Weihnachten bei Julia«, sagte Kathryn.

»Gibt es eine Beerdigung?«

Kathryn bemühte sich, mit Mattie Schritt zu halten, die mit den Fragen kleine Atemwolken ausstieß. Wahrscheinlich hatte sich Mattie die ganze Nacht diese Fragen gestellt und fand jetzt den Mut, sie laut auszusprechen.

Aber auf die letzte Frage wußte Kathryn keine Antwort. Wenn es keine Leiche gab, gab es dann eine Beerdigung, oder hieß es dann Gedenkgottesdienst? Und wenn es einen Gedenkgottesdienst gab, sollte er gleich stattfinden, oder sollten sie lieber ein bißchen warten? Und was, wenn der Gedenkgottesdienst stattfand und eine Woche später die Leiche geborgen wurde?

»Ich weiß es nicht«, sagte Kathryn. »Das muß ich mit...«

Beinahe hätte sie gesagt »... mit Robert Hart besprechen«, doch sie hielt rechtzeitig inne.

»...mit Julia besprechen«, sagte Kathryn.

Obwohl Kathryn es tatsächlich gern mit Robert Hart besprochen hätte.

»Muß ich da hin?« fragte Mattie.

Kathryn dachte eine Weile nach.

»Ja, doch«, sagte sie. »Ich weiß, es ist hart, es ist entsetzlich, Mattie, aber hingehen ist besser als nicht hingehen. Man zieht einen Schlußstrich. Dazu bist du alt genug. Wenn du jünger wärst, würde ich nein sagen.«

»Ich will keinen Schlußstrich ziehen, Mama. Das kann ich nicht. Ich will solange wie möglich alles offenhalten.«

Kathryn wußte genau, was ihre Tochter meinte. Dennoch fand sie auch, sie müsse ihre Rolle bei Mattie genauso spielen, wie Julia sie bei ihr gespielt hatte. Wann durfte eine Mutter aufhören, vernünftig zu sein, zugeben, daß sie genauso ratlos wie ihr Kind war?

»Er kommt nicht wieder, Mattie.«

Mattie nahm die Hände aus den Taschen, kreuzte ihre Arme vor der Brust, ballte die Fäuste.

»Wie willst du das wissen, Mama? Wie kannst du da sicher sein?«

»Robert Hart sagt, es gäbe keine Überlebenden. Daß niemand die Explosion überlebt haben kann.«

»Was weiß der schon.«

Es war keine Frage.

Sie gingen eine Weile schweigend. Mattie schwenkte beim Gehen beide Arme, beschleunigte ihr Tempo. Eine Weile versuchte Kathryn, mit ihr Schritt zu halten, und blieb dann zurück. Mattie wollte allein sein.

Kathryn beobachtete, wie Mattie immer schneller ging, schließlich lief sie und bog um die Ecke, aus ihrem Blickfeld hinaus.

Weihnachten war in einer Woche, und Kathryn hatte keine Ahnung, wie sie es überstehen würden. Der Unfall hatte die Achse, um die sich ihr und Matties Leben drehten, angeschlagen, und sie waren auf eine fremde Umlaufbahn geraten – eine angrenzende zwar, aber doch anders als alles bisherige.

Mattie saß keuchend, wie manchmal, wenn sie Hockey gespielt hatte, auf dem Betonfundament, als Kathryn sie einholte. Sie blickte zu ihrer Mutter hoch.

»Tut mir leid, Mama.«

Kathryn starrte in die Ferne. Der Blick war unverändert, wenigstens das. Hinter ihnen, im Osten, lag der Atlantik. Wenn es klar genug war und sie weiter den Berg hinaufgingen, bis zum eigentlichen Gipfel, könnten sie das Meer sehen. Und es fast auch riechen.

»Komm, keine Entschuldigungen mehr, wenigstens eine Weile nicht«, bat Kathryn.

»Es wird alles wieder gut, oder, Mama?«

Kathryn setzte sich neben ihre Tochter, legte den Arm um sie. Mattie lehnte ihren Kopf an Kathryns Schulter.

»Mit der Zeit«, sagte Kathryn.

»Ich weiß, es ist auch schwer für dich, Mama. Du hast ihn wirklich geliebt.«

Mattie zeichnete mit der Schuhspitze in den Schnee.

»Ja.«

»Ich habe mal einen Dokumentarfilm gesehen. Über Pinguine. Kennst du dich da aus?«

»Nicht so sehr«, sagte Kathryn.

Mattie richtete sich auf. Ihr Gesicht glühte. Kathryn nahm den Arm von ihrer Schulter.

»Also, sie machen es so: Das Männchen sucht sich ein Weibchen aus, manchmal sind es Hunderte von Weibchen, keine Ahnung, wie er sie unterscheidet, sie sehen alle gleich aus. Und dann, wenn er sie ausgesucht hat, dann geht er los und holt fünf schöne glatte Steine, einen nach dem anderen, und legt sie ihr zu Füßen. Und wenn sie ihn mag, nimmt sie die Steine an, und sie sind für immer ein Paar.

»Lieb«, sagte Kathryn.

»Und dann, nach dem Dokumentarfilm, waren wir mit der Klasse in Boston im Aquarium. Und die Pinguine – o Mama, irre –, die Pinguine paarten sich. Und das Männchen lag auf dem Weibchen wie eine Kuscheldecke, und dann bibberte er ein bißchen und ließ sich neben sie plumpsen, und beide sahen total erschöpft aus, aber ganz glücklich. Sie beschnupperten einander Gesichter und Hälse, wie Verliebte. Und dieser Typ neben mir, Dennis Rollins, der Vollidiot, du kennst ihn nicht, macht nur doofe Witze. Totaler Mist, das.«

Kathryn strich ihrer Tochter übers Haar. Himmelhochjauchzend, zu Tode betrübt.

»Weißt du, Mama, ich habe es auch gemacht.«

Kathryns Hand erstarrte in der Bewegung.

»Reden wir beide über das Gleiche?« fragte sie langsam.

»Bist du böse?«

»Böse?«

Kathryn schüttelte bestürzt den Kopf. Langsam schloß sie den Mund.

Sie wußte nicht, was sie mehr überraschte – Matties Geständnis, oder wie selbstverständlich ihre Tochter es ablegte.

»Wann?« fragte Kathryn.

»Voriges Jahr.«

»Voriges Jahr?«

Kathryn war fassungslos. Vor einem Jahr, und sie hatte nichts davon gewußt?

»Erinnerst du dich an Tommy?« fragte Mattie.

Kathryn blinzelte. Tommy Arsenault war, soweit sie sich erinnerte, ein hübscher braunhaariger Junge, ziemlich verschlossen.

»Du warst erst vierzehn«, stellte Kathryn ungläubig fest.

»Gerade vierzehn«, sagte Mattie, als handle es sich um eine Ehre, mit fast noch dreizehn mit einem Jungen zu schlafen.

»Aber warum?« Kathryn wußte, daß die Frage lächerlich war.

»Jetzt bist du entsetzt, oder?«

»Nein, nein. Ich bin nicht entsetzt. Ich bin nur... Ich bin wohl überrascht.«

»Ich wollte es nur ausprobieren«, sagte Mattie.

Kathryn war schwindelig. Der Blick irritierte sie. Sie schloß die Augen. Matties Periode war spät gekommen, vergangenen Dezember, und seitdem erst dreimal wieder, soweit Kathryn wußte. Womöglich war sie nicht einmal geschlechtsreif gewesen.

»Einmal?« fragte Kathryn hoffnungsvoll.

Mattie zögerte. Wie oft, war eigentlich kein Mutter-Tochter-Thema.

»Nein, ein paarmal.«

Kathryn schwieg.

»Keine Sorge, Mama. Ich hab's gut überstanden. Ich habe ihn nicht geliebt oder so. Aber ich wollte wissen, wie es ist, und das weiß ich jetzt.«

»Hat es weh getan?«

»Zuerst. Aber dann fand ich es gut.«

»Und warst du vorsichtig?«

»Natürlich, Mama. Was denkst du denn, meinst du, ich überlasse das dem Zufall?«

Als ob Sex allein nicht Zufall genug wäre.

»Ich weiß nicht, was ich denken soll.«

Mattie drehte ihr Haar im Nacken zusammen.

»Was ist mit Jason?« fragte Kathryn. Jason war momentan Matties Freund. Von allen Schulfreunden war Jason gestern der einzige gewesen, der angerufen und sich nach Mattie erkundigt hatte. Kathryn hatte das Gespräch angenommen und gedacht: Was für ein toller Junge.

»Nein, wir nicht. Er ist religiös. Er sagt, er kann nicht. Mir ist es egal. Ich setze ihn nicht unter Druck oder so.«

»Gut«, brachte Kathryn heraus.

Seit Mattie kein kleines Mädchen mehr war, hatte Kathryn diesen Augenblick kommen sehen, hatte wie alle Mütter gehofft, ihre Tochter würde Sex in Verbindung mit Liebe entdecken. Welchen Dialog hatte sie sich ausgemalt? Sicher nicht diesen.

Mattie umarmte sie.

»Arme Mama«, sagte sie. Liebevoll spöttisch.

»Wußtest du«, fragte Kathryn, »daß im achtzehnten Jahrhundert in Norwegen jede Frau, die vor der Ehe mit einem Mann schlief, geköpft wurde? Der Kopf wurde dann aufgespießt und ihr Körper neben dem Schafott begraben.«

Mattie sah ihre Mutter an, als hätte sie der Schlag getroffen.

»Mama!«

»Ein Stückchen Geschichte«, sagte Kathryn. »Ehrlich, ich bin froh, daß du es mir gesagt hast.«

»Ich wollte eigentlich schon früher, aber ich dachte...«

Mattie biß sich fest auf die Lippe.

»Ich dachte, du regst dich nur auf, und dann müßtest du es wahrscheinlich Papa erzählen.«

Ihre Stimme bebte, als sie ihren Vater erwähnte.

»Bist du auch wirklich nicht böse?« fragte Mattie wieder.

»Böse. Nein. Böse ist das völlig falsche Wort. Nur, es ist so wichtig im Leben. Es bedeutet etwas. Etwas Besonderes. Davon bin ich fest überzeugt.«

Kathryn wußte, sie klang banal. War Sex etwas Besonderes? Oder war es einfach etwas Natürliches, das billionenmal täglich stattfand, auf der ganzen Welt, in atemberaubender Vielfalt, manchmal monströs? Eigentlich wußte sie selbst nicht, was sie davon halten sollte. Wie oft gaben Mütter und Väter Überzeugungen als ihre eigenen aus, an die sie eigentlich gar nicht glaubten.

»Das weiß ich jetzt«, sagte Mattie. »Ich mußte es nur erstmal hinter mich bringen.«

Sie nahm Kathryns Hand. Matties Finger waren eiskalt.

»Denk an die Pinguine«, sagte Kathryn wenig überzeugt.

Mattie lachte.

»Mama, du bist komisch.«

»Das ist nichts Neues.«

Sie standen auf.

»Hör mir zu, Mattie.«

Kathryn sah ihre Tochter an. Eigentlich wollte sie ihr die Gerüchte erzählen, die entsetzlichen Geschichten, die

Mattie über kurz oder lang mit Sicherheit zu Ohren kämen.

Statt dessen zog sie ihr Gesicht heran und küßte sie auf beide Wangen. Ein wenig hatte sie dabei ein schlechtes Gewissen, wie immer, wenn sie vor ihren Mutterpflichten gekniffen hatte. Robert Hart hatte erklärt, Kathryn dürfe diesen Gerüchten absolut keinen Glauben schenken. Also, warum Mattie damit belasten?

»Ich hab dich lieb, Mattie«, sagte Kathryn. »Du weißt nicht, wie sehr ich dich liebe.«

»O Mama, das Schlimmste ist...«

»Was?« Kathryn machte sich auf die nächste Enthüllung gefaßt.

»An dem Morgen, bevor Papa losfuhr... Er kam in mein Zimmer und fragte, ob ich, wenn er wieder da wäre, Freitag mit ihm zu den Celtics ginge? Und ich hatte schlechte Laune und wollte erst sehen, was Jason am Freitag vorhat, deshalb habe ich gesagt, das würden wir dann sehen. Und ich glaube... Oh, ganz bestimmt. Er war gekränkt, Mama. Ich konnt's ihm ansehen.«

Matties Mund verzog sich. Wenn sie weinte, sah sie erheblich jünger aus, fand Kathryn. Kindlich.

Wie konnte Kathryn ihr klarmachen, daß solche Zurückweisungen immerzu geschahen? Eltern ließen sich die Kränkungen nicht anmerken, erlebten, wie ihre Kinder flügge wurden, zuerst Schritt für Schritt, dann mit atemberaubender Geschwindigkeit.

»Er hat es verstanden«, log Kathryn. »Bestimmt. Wirklich. Er hat mir die Geschichte noch erzählt.«

»Wirklich?«

»Er lästerte, daß er jetzt die zweite Geige spielt. Aber ganz bestimmt, er fand es gut. Wenn er über etwas lästert, dann findet er es in Ordnung.«

Wirklich?«

»Ganz bestimmt.«

Zu Matties Beruhigung unterstrich Kathryn ihre Worte mit einem energischen Nicken.

Mattie schniefte. Wischte mit dem Handrücken unter der Nase entlang.

»Hast du noch ein Taschentuch?« fragte sie.

Kathryn reichte ihr eins.

»Ich habe soviel geweint«, sagte Mattie. »Ich glaube, mir platzt der Kopf.«

»Das Gefühl kenne ich«, sagte Kathryn.

Julia saß am Tisch, als sie zurückkamen. Sie hatte für beide heiße Schokolade gemacht, ganz nach Matties Geschmack. Julia sah zu, als Kathryn und Mattie das heiße Getränk vorsichtig schlürften. Kathryn stellte fest, daß Julias Augen gerötet waren. Sie war erschrocken bei dem Gedanken, daß ihre Großmutter in der Küche gesessen und geweint hatte, ganz allein.

»Robert Hart hat angerufen«, sagte Julia.

Kathryn sah Julia an, und Julia nickte.

»Ich rufe ihn von deinem Schlafzimmer aus an«, sagte Kathryn.

Julias Schlafzimmer war eigentümlicherweise das kleinste im Haus. Sie betonte immer, sie brauche nicht viel Raum: Sie brauche im Bett nur Platz für sich, und nach ihrer Philosophie war weniger sowieso mehr.

Aber so klein es war, es hatte durchaus seinen Charme – etwas Weibliches, das Kathryn mit Frauen einer gewissen Generation verband: drapierte Chintzvorhänge, ein Sessel mit pfirsichfarbenem Seidenstreifenbezug, eine rosa Chenille-Tagesdecke, und etwas, das wirklich völlig aus der Mode gekommen war – ein Toilettentisch mit Volant. Kathryn hatte sich manchmal ausgemalt, wie die junge Julia dort ihr langes, dunkles Haar frisiert und vielleicht dabei an ihren Mann und den kommenden Abend gedacht hatte.

Das Telefon stand auf dem Toilettentisch.

Eine unbekannte Stimme antwortete Kathryn nach dem ersten Läuten.

»Könnte ich bitte Robert Hart sprechen?«

»Darf ich Ihren Namen wissen?«

»Kathryn Lyons.«

»Moment«, sagte die Stimme.

Sie konnte andere Stimmen im Hintergrund hören, Männerstimmen. Sie stellte sich ihre Küche vor, voll mit Männern in Anzügen.

»Kathryn.«

»Was ist?«

»Ist alles in Ordnung?«

»Es geht.«

»Ich habe es Ihrer Großmutter gesagt.«

»Das dachte ich mir.«

»Ich komme und hole Sie.«

»Unsinn. Ich habe ein Auto.«

»Lassen Sie es da.«

»Warum? Was ist los?«

»Sie müssen mir nur den Weg erklären. Hier sind Leute, die mit Ihnen reden wollen. Dort können Sie das nicht. Nicht, wenn Mattie dabei ist.«

»Sie jagen mir Angst ein.«

»Keine Sorge. Ich bin gleich da.«

Kathryn erklärte ihm den Weg.«

»Wer will mich sprechen?«

Am anderen Ende der Leitung herrschte einen Augenblick Stille. Ihr erschien die Stille endgültig – als seien plötzlich alle in der Küche still.

»Ich bin in fünf Minuten da«, sagte er.

Mattie blies in ihre Tasse, als Kathryn in die Küche zurückkam.

»Ich muß gehen«, sagte Kathryn. »Zu Hause sind Leute, die ich dringend sprechen muß. Von der Fluggesellschaft.«

»Gut«, sagte Mattie.

»Ich rufe dich an«. Kathryn beugte sich herunter und gab ihrer Tochter einen Kuß.

Kathryn wartete in ihrem Parka unten am Weg. Sie hatte die Hände in den Taschen, den Kragen gegen die Kälte hochgeschlagen. Der Tag würde windstill, klirrend kalt, gleißend hell und trocken. Eigentlich war dies ihr Lieblingswetter.

In der Ferne sah sie den Wagen, ein grauer Umriß, der sich schnell auf der Landstraße bewegte. Bald hielt Robert Hart vor ihr, lehnte sich vor und öffnete die Tür.

Sie setzte sich ihm gegenüber, den Türgriff im Rükken. In dem grellen Sonnenlicht sah sie sein Gesicht überdeutlich: der schwache bläuliche Schatten, der seinen Bartwuchs andeutete, auch wenn er frisch rasiert war; der minimale weißliche Streifen am Haaransatz vor den Ohren – er war kürzlich beim Friseur gewesen; das leichte Doppelkinn. Er kuppelte aus und drehte sich zu ihr, legte seinen Arm wie zur Überbrückung zwischen die beiden Vordersitze.

»Was ist?« fragte sie.

»Zwei Ermittler von der Sicherheitsbehörde möchten mit Ihnen reden.«

»In meinem Haus?«

»Ja.«

»Muß ich ihre Fragen beantworten?«

Er blickte weg, zum Steinhaus, dann sah er sie an. Er kratzte sich mit dem Daumennagel an der Oberlippe.

»Ja«, sagte er behutsam. »Wenn Sie dazu in der Lage sind.

Aber Sie können immer sagen, daß sie dazu nicht in der Lage sind.«

Sie nickte langsam.

»Vor den Absturzermittlern kann ich Sie nicht bewahren. Auch nicht vor der Staatsanwaltschaft.«

»Staatsanwaltschaft?«

»Angesichts der Tatsachen...«

»Ich dachte, es sei nur ein Gerücht.«

»Ist es auch. Noch.«

»Warum? Was wissen Sie? Was ist auf dem Tonband?«

Mit der freien Hand pochte er unten aufs Lenkrad. Im Takt zum Denken.

»Ein Techniker der britischen Sicherheitsbehörde, der dabei war, als das Tonband zuerst abgespielt wurde, hat seine Freundin angerufen, die im BBC-Büro in Birmingham arbeitet. Offenbar hat er etwas über das Band ausgeplaudert. Ich bin mir nicht sicher, warum er oder sie die Geschichte an die Öffentlichkeit bringen will, darüber läßt sich nur mutmaßen. Jedenfalls basiert der CNN-Bericht auf einem Bericht der BBC. Die Geschichte ist also aus vierter Hand, bestenfalls.

»Aber sie könnte wahr sein.«

»Sie könnte wahr sein.«

Kathryn zog ein Bein auf den Sitz, befreite sich aus der unbequemen Position. Sie kreuzte die Arme über der Brust.

»Wissen Sie, daß Roger Martin der Kopilot war?« fragte Robert.

»Ja.«

»Und Mike Sullivan der Ingenieur?«

»Ja.«

Robert Hart zog ein glattes weißes Blatt aus der Hemdtasche und reichte es ihr. Ein Fax.

»Das ist der Wortlaut des CNN-Berichts«, sagte er.

Das Fax war schwer zu lesen. Die eckigen Buchstaben, manche verwackelt, schwammen vor ihren Augen. Sie konzentrierte sich auf den Anfang, Satz für Satz.

CNN hat soeben aus dem Kreis der Absturzermittler von Vision Flug 384 die unbestätigte Meldung erhalten, daß der CVR – der Cockpit Voice Recorder – wenige Minuten vor der Explosion der T-900 einen Wortwechsel zwischen dem seit elf Jahren für Vision tätigen Kapitän Jack Lyons und dem britischen Flugingenieur Trevor Sullivan aufgezeichnet hat. Nach gleichfalls unbestätigten Berichten soll Sullivan fünfundfünfzig Minuten nach Abflug der Maschine wegen eines defekten Kopfhörers in Kapitän Jack Lyons' Flugtasche gegriffen haben. Der Gegenstand, den er dort fand, soll die Explosion ausgelöst haben, bei der die T-900 auseinandergerissen und hundertvier Passagiere, Besatzung eingeschlossen, getötet wurden. Zusätzlich heißt es, die Aufzeichnungen der letzten Sekunden von Vision Flug 384 deuteten auf Handgreiflichkeiten zwischen Kapitän Lyons und Flugingenieur Sullivan sowie einen verbalen Angriff von Seiten Sullivans hin.

Daniel Gorzyk, der Sprecher der Sicherheitsbehörde, widersprach dieser Darstellung, die er bösartig, falsch und unverantwortlich nannte. Wir wiederholen, daß dieser unbestätigte Bericht aus dem Kreis der beim Abhören des CVR anwesenden Ermittler stammen soll. Wie bereits berichtet, wurde der CVR in der vergangenen Nacht vor Malin Head, in der Irischen Republik, sichergestellt…

Kathryn schloß die Augen und lehnte den Kopf zurück.

»Was heißt das?« fragte sie.

Robert blickte an die Wagendecke.

»Erstens wissen wir nicht einmal, ob es wahr ist. Die Sicherheitsbehörde hat dieses Vorgehen aufs schärfste verurteilt. Dem Informanten hat man angeblich gekündigt. Sein Name wird nicht genannt, und er selbst hält sich bedeckt. Und zweitens, sollte es wahr sein, beweist es nichts. Bedeutet nichts. Wenigstens nicht unbedingt.«

»Aber«, sagte Kathryn, »etwas ist passiert.«
»Etwas ist passiert«, sagte Robert.
»O mein Gott«, sagte sie.

Ein Saatkorn Unzufriedenheit treibt mit atemberaubendem Tempo häßliche Blüten. Sie hat keinen fertigen Dialog, nur Gedankenfetzen, unvollendete Sätze. Vokabular der Enttäuschung.

Vielleicht hat sie zuviel getrunken.

Sie steigt die Treppe hinauf, steht in Jacks Arbeitszimmer. Mattie ist in ihrem Zimmer hinten am Flur, übt Klarinette. Schweigend, mit ihrem Bierglas, lehnt sie am Türrahmen. Mit fragendem Blick schaut Jack hoch. Er trägt ein Jeanshemd und Jeans. In letzter Zeit hat er zugenommen, beinahe zehn Pfund. Wenn er nicht aufpaßt, wird er fett.

Er ist erst heute morgen nach Hause gekommen, und morgen früh hat er wieder einen Flug. Diesmal ist die Pause zu kurz.

»Was ist los?« fragt sie.

»Was?«

Sicher hört er den bissigen Ton in ihrer Stimme, denn er sieht sie hart an.

»Ich meine, du kommst nach fünf Tagen wieder. Ich habe dich kaum gesehen. Beim Essen sagst du kein Wort. Du sprichst kaum mit Mattie. Und dann, bingo, verschwindest du, und ich darf den Abwasch machen.«

Er ist auf diese Vorwürfe nicht gefaßt, sie übrigens auch nicht. Er blinzelt, schaut weg. Etwas auf dem Bildschirm fesselt seine Aufmerksamkeit.

»Selbst jetzt hörst du nicht zu, wenn ich mit dir rede«, sagt sie. »Was gibt's auf dem Bildschirm so verdammt Interessantes?«

Er nimmt die Hände von der Tastatur und legt die Arme auf die Armlehne seines Stuhls.

»Worum geht's?« fragt er.

»Um dich«, sagt sie. »Und mich.«

»Und?«

»Uns gibt es nicht«, sagt sie. »Uns gibt es gar nicht.«

Sie nimmt einen Schluck Bier.

»Du bist gar nicht richtig da«, sagt sie. »Du warst früher so... ich weiß nicht... romantisch. Du hast mir ständig Komplimente gemacht. Ich kann mich nicht erinnern, wann du mir das letzte Mal gesagt hast, ich sei schön.«

Ihr Mund zittert, und sie wendet sich ab. Sie ist entsetzt über sich, ihr banales Gejammer. Es ekelt sie an, aber sie kann es nicht lassen. Seit Monaten ist Jack innerlich weit weg, als ob er nicht anwesend wäre, ständig in Gedanken.

Das kann man aushalten, denkt Kathryn, wenn ein Ende abzusehen ist.

»Mein Gott«, sagt sie, und ihre Stimme klingt schrill. »Wir sind seit Monaten nicht essen gegangen. Du kommst und verkriechst dich vor dem Computer. Arbeitest oder spielst rum. Egal was. Was tust du eigentlich?«

Er lehnt sich auf seinem Stuhl zurück.

»Wem schreibst du eigentlich?« fragt sie. »Schreibst du jemandem Briefe per Computer?«

Was kann ein Mann schon antworten, denkt sie, wenn seine Frau ihm vorwirft, er mache ihr keine Komplimente? Daß er es einfach vergessen hat? Daß er eigentlich ständig denkt, aber nie sagt, wie schön sie ist? Daß er sie gerade jetzt wahnsinnig schön findet?

Das ist das Problem beim Streiten, findet Kathryn. Selbst wenn du weißt, daß du die unmöglichsten Sachen sagst, gibt es irgendwann kein Zurück mehr. Keinen Rückzug, kein Kleinbeigeben. Sie ist an diesen Punkt gelangt, und Jack erreicht ihn im Handumdrehen.

»Du kotzt mich an«, sagt er ruhig und steht auf.

Kathryn weicht zurück. Hinten im Flur hört sie die Klarinette.

»Sei leise«, sagt Kathryn.

Jack stemmt die Hände in die Hüften. Sein Gesicht wird rot, selten ist er so zornig gewesen. Sonst streiten sie nicht oft.

»Du kotzt mich an«, wiederholt er. Diesmal lauter, wenn auch kontrolliert. »Ich arbeite fünf Tage an einem Stück ohne Unterbrechung. Ich komme nach Hause, um auszuschlafen. Ich sitze hier und spiele ein bißchen am Computer. Und da kommst du und beklagst dich. Ich glaube, ich höre nicht richtig.«

»Du kommst nach Hause, um auszuschlafen?« sagt sie ungläubig.

»Du weißt genau, was ich meine.«

»Das geht nicht nur heute so«, sagt sie. »Das geht seit Monaten so.«

»Seit Monaten?«

»Jawohl.«

»Was geht so seit Monaten?«

»Du bist nicht richtig da. Der Computer interessiert dich mehr als ich.«

»Du kotzt mich an«, sagt er und stürzt an ihr vorbei zur Treppe. Sie hört ihn die Treppe hinunterlaufen. Sie hört, wie er die Eisschranktür öffnet, eine Bierdose aufreißt.

Als sie die Küche betritt, kippt er das Bier in einem Zug hinunter. Er setzt die Dose auf der Anrichte ab, daß es hart knallt, sieht angestrengt aus dem Küchenfenster.

Sie betrachtet sein Profil, sein Gesicht, das sie so liebt; wie aggressiv er aussieht, denkt sie erschrocken. Sie möchte einlenken, zu ihm gehen und sagen, daß es ihr leid tut, ihn umarmen und sagen, daß sie ihn liebt. Doch bevor sie auch nur einen Schritt tun kann, spürt sie wieder die eigene Verlassenheit, und die versucht sie ihm zu zeigen (und Gott weiß, wie belastet mit Vergangenheit dieses Verlassenheitsgefühl für sie ist).

Warum soll sie einlenken?

»Du redest gar nicht mehr mit mir«, sagt sie. »Ich habe das Gefühl, ich kenne dich gar nicht mehr.«

Er beißt die Zähne zusammen. Er wirft die Bierdose ins Spülbecken, wo sie scheppernd auf das schmutzige Geschirr fällt.

»Willst du, daß ich gehe?« Er sieht sie fragend an.

»Daß du gehst?«

»Klar, willst du Schluß machen?«

»Nein, ich will nicht Schluß machen«, sagt sie erschrocken. »Was redest du denn? Du bist verrückt.«

»Ich bin verrückt?«

»Ja, du bist verrückt. Ich habe nur gesagt, du sitzt nur noch vorm Computer, und du...«

»Ich bin verrückt?« wiederholt er, diesmal lauter.

Als er an ihr vorbeistürzt, wieder nach oben, versucht sie ihn am Arm zu halten, doch er schüttelt sie ab. Sie steht wie versteinert in der Küche, hört seine zornigen Schritte auf der Treppe, hört die Tür zum Arbeitszimmer schlagen, hört es poltern, Gegenstände werden verschoben.

Er verläßt sie und nimmt den Computer mit?

Und dann, zu ihrem blanken Entsetzen, sieht sie, wie der Computermonitor die Treppe herunterkracht.

Der Monitor rammt in die verputzte Wand am Fuß der Treppe. Graues Plastik und dunkle Stückchen des zertrümmerten Bildschirms fliegen durch die Luft und landen auf der Treppe und dem Küchenfußboden. Der Knall ist spektakulär, laut und theatralisch.

Kathryn stößt ein leises Stöhnen aus, weiß, daß dies zu weit gegangen ist und daß sie damit angefangen hat – daß sie ihn dazu getrieben hat.

Und dann denkt sie an Mattie.

Bis Kathryn über den zerbrochenen Monitor gestiegen und die Treppe hinaufgegangen ist, steht Mattie in ihrem rotkarierten Flanellschlafanzug im Flur.

»Was ist passiert?« fragt Mattie, aber Kathryn kann sehen, daß sie Bescheid weiß. Daß sie alles gehört hat.

Jack sieht Mattie, und ihm steht das schlechte Gewissen über diese wahnwitzig kindische Tat ins Gesicht geschrieben.

»Mattie«, sagt Kathryn. »Papa hat seinen Computer die Treppe hinunterfallen lassen. Er ist kaputt. Aber sonst ist alles gut.«

Mattie, mit ihren zehn Jahren, wirft ihnen den Blick zu, todsicher und untrüglich. Wobei Kathryn ihrer Tochter ansieht, wie hin- und hergerissen sie zwischen Überlegenheit und blankem Entsetzen ist.

Jack geht auf Mattie zu und nimmt sie in die Arme. Das sagt eigentlich alles, denkt Kathryn. Keiner braucht so zu tun, als hätte dies nicht stattgefunden. Nur besser, es nicht laut auszusprechen.

Und dann umarmt Jack auch Kathryn, und sie stehen alle drei im Flur, wankend, weinend, einander tröstend; sie küssen sich und umarmen sich und lösen sich voneinander, lachen schwach durch Tränen und laufende Nasen, und Mattie bietet sich an, Taschentücher zu holen.

In jener Nacht schlafen Kathryn und Jack miteinander wie seit Monaten nicht – mit einer Härte, als spielten sie die Szene weiter, keuchend, beißend, Widerstand leistend, überwältigend. Und die Begierde jener Nacht ändert eine Zeitlang die eheliche Atmosphäre. Manchmal auf dem Flur werfen sie sich stumme, bedeutungsvolle Blicke zu, küssen sich mit Hingabe, drinnen im Haus, draußen am Auto oder ein paarmal auch vor allen Leuten, was Kathryn gefällt. Doch auch das gibt sich nach einer Weile, und sie und Jack kehren zur Tagesordnung zurück; wie all die anderen Paare, die Kathryn kennt, leben sie ruhig dem Niedergang entgegen, werden tagtäglich kaum wahrnehmbar und ohne Qual weniger.

Was im großen und ganzen bedeutet, denkt sie, daß es eine gute Ehe ist.

Sie hatte so etwas noch nie gesehen – nicht einmal im Fernsehen oder im Kino, wo solche Spektakel, wie sie jetzt begriff, ihre Unmittelbarkeit verloren, ihre schreienden Farben, ihre Bedrohlichkeit. An der Küstenstraße aufgereiht, noch bevor sie mit Robert Hart die Auffahrt zum Haus erreicht hatte, parkten auf dem sandigen Seitenstreifen Fahrzeuge, schwere Kombis mit breiten Rädern. Kathryn sah die Namen der Fernsehgesellschaften auf den Kombis, WBZ und WNBC und CNN; ein Mann hatte eine Kamera geschultert und lief. Dann fiel den Leuten ihr Wagen auf, und sie gafften ins Wageninnere. Robert duckte sich über das Lenkrad, als stünde jederzeit ein Angriff bevor. Kathryn zwang sich, nicht wegzusehen, nicht ihr Gesicht mit den Händen abzuschirmen.

»Das kann doch nicht sein?« fragte sie, beinah tonlos, mit unbeweglichem Gesicht.

Die Reporter und Kameraleute standen in Fünferreihen am rostigen drahtbespannten Eisentor. Das Tor war eigentlich nicht Jacks und ihr Geschmack, ein Überbleibsel aus Klostertagen. Eigentlich staunte Kathryn, daß es noch funktionierte: Jack und sie hatten es nie verschlossen.

»Wir schicken jemanden zu Ihrer Großmutter«, sagte Robert.

»Julia wird nicht begeistert sein.«

»Leider hat Julia im Augenblick kaum eine andere Wahl«, sagte Robert Hart, »und am Ende wird sie vielleicht dankbar sein.«

Er deutete auf die Menschenmenge vor dem Wagen.

»Die sind in Null Komma nichts in ihrem Vorgarten.«

»Sie sollen Mattie in Ruhe lassen«, sagte Kathryn.

»Ihre Großmutter wird ihnen schon Respekt beibringen«, entgegnete Robert. »Ich jedenfalls würde mich vor ihr hüten.«

Ein Mann schlug kräftig ans Beifahrerfenster, und Kathryn schrak zusammen. Robert fuhr langsam voran, versuchte, so nah wie möglich ans Tor zu kommen. Suchend sah er durch die Windschutzscheibe nach einem Polizisten, und beinah augenblicklich waren sie von Menschen umringt, Männer und Frauen, die durchs Glas riefen.

»Mrs. Lyons, haben Sie das Tonband gehört?«

»Ist sie das? Wally, ist sie das?«

»Mach Platz, versuch ihr Gesicht zu kriegen.«

»Können Sie einen Kommentar abgeben, Mrs. Lyons? Glauben Sie, es war Selbstmord?«

»Wer ist der Mann bei ihr? Jerry, ist der von der Fluggesellschaft?«

»Mrs. Lyons, wie erklären Sie...?«

Für Kathryn klangen die Stimmen wie Hundegebell. Münder tauchten auf, verzerrt und wäßrig, Farbflecke, die kräftiger wurden, dann verblaßten. Ob sie in Ohnmacht fiel? Unfaßbar, daß all diese Aufmerksamkeit ihr galt, ihr, deren Leben bisher so gewöhnlich verlaufen war, die unter den gewöhnlichsten Verhältnissen gelebt hatte.

»Mein Gott«, sagte Robert, als ein Kameraobjektiv gegen sein Fenster krachte. »Seine Kamera ist hin.«

Kathryn reckte sich und entdeckte hinter dem Tor Charlie Sears, einen spindeldürren, altersgebeugten Mann. Er trug nur seine Uniformjacke, vielleicht hatte er zu Hause in der Eile die dazugehörige Hose nicht gefunden. Kathryn winkte ihm zu, versuchte durch die Windschutzscheibe seine Aufmerksamkeit auf sich zu lenken, doch

Charlie stand gedankenverloren da, den Blick ins Leere gerichtet – Hilflosigkeit auf beiden Seiten des Tors. Er wedelte mit den Händen im Kreis, langsam, unentschlossen, als regelte er ungeschickt den Verkehr.

»Da hinten steht Charlie«, erklärte sie. »Auf der anderen Torseite. Eigentlich ist er im Ruhestand, er ist nur heute im Einsatz.«

»Sie fahren«, sagte Robert. »Drücken Sie das Knöpfchen runter, wenn ich draußen bin. Wie heißt der Mann mit Nachnamen?«

»Sears.«

Mit einem Satz sprang er, bevor die Umstehenden sich versehen hatten, aus dem Wagen und knallte die Tür zu. Kathryn rutschte über den Schalthebel auf den Fahrersitz. Sie sah, wie Robert Hart die Hände in den Manteltaschen vergrub und an den Reportern und Kameramännern vorbeidrängte. Er rief: *Charlie Sears*, so laut, daß alle einen Augenblick innehielten und zuschauten, wie er sich einen Weg durch die Menge bahnte. Kathryn setzte den Wagen in Bewegung, nutzte das Vakuum, das Robert im Gehen schuf.

Was, wenn sich die Menschenmauer vor ihm nicht öffnen würde?

Sie sah, wie Robert das Tor entriegelte. So weit sie blicken konnte Kameras, Frauen in Kostümen, Männer in leuchtendbunten Anoraks, und immer noch bewegte sie sich zentimeterweise voran, folgte Roberts Hand, die sie in Richtung Tor einwies. Einen Augenblick befürchtete sie, die Menge würde ihr einfach folgen, sich wie eine Prozession mit ihr auf das Haus zubewegen – eine absurde Prozession mit der Witwe im Auto wie ein Käfer unter einer Glasglocke. Doch ein ungeschriebenes Gesetz – ihr neu und nicht recht begreiflich – hinderte die Menge, Charlie und Robert zu überwältigen – was ein Leichtes gewesen wäre –, und sie blieb hinter dem Tor. Auf der Auffahrt hielt Kathryn.

»Los«, sagte Robert und rutschte auf den Beifahrersitz.

Mit zitternden Händen legte sie den Gang ein.

»Ich meine, machen Sie Platz«, fuhr Robert sie an.

Angesichts der Menschenmenge vor dem Tor hatte sie angenommen, im Haus sei sie in Sicherheit – wären sie und Robert Hart erst einmal drinnen. Aber sie begriff schnell, daß dies nicht der Fall war. Vier fremde Wagen parkten am Haus, einer immer noch mit offener Tür, mit tönender Warnanlage. Vier Wagen hieß mindestens ebensoviele Fremde. Sie schaltete den Motor ab.

»Sie müssen das jetzt nicht über sich ergehen lassen«, sagte er.

»Aber irgendwann muß ich«, sagte sie.

»Wahrscheinlich.«

»Brauche ich einen Rechtsanwalt?«

»Darum kümmert sich die Gewerkschaft.« Er faßte sie an der Schulter. »Geben Sie keine Antworten, von denen Sie nicht absolut überzeugt sind.«

»Ich bin von gar nichts überzeugt«, sagte sie.

Sie waren in der Küche und im Wohnzimmer: Männer in schwarzen Uniformen und dunklen Anzügen. Rita, die sie von gestern schon kannte, trug ein blaßgraues Kostüm. Ein dicker Mann mit ovaler Metallbrille und extrem viel Pomade im Haar trat als erster auf Kathryn zu und begrüßte sie. Sein Hemdkragen schnitt in seinen Hals, und sein Gesicht war beängstigend rot. Er watschelte, Bauch voraus, wie es dicke Männer oft tun.

»Mrs. Lyons«, sagte er und streckte ihr die Hand entgegen. »Dick Somers.«

Er schüttelte ihre Hand. Sein Griff war schlaff und klamm. Das Telefon läutete, und sie war froh, daß Robert das Gespräch nicht annahm.

»Woher kommen Sie?« fragte Kathryn.

»Ich bin Ermittler der Sicherheitsbehörde. Ich möchte Ihnen im Namen aller zu Ihrem tragischen Verlust unser Beileid aussprechen.«

Kathryn hörte im Nebenraum die leise, sachliche Stimme eines Fernsehsprechers.

»Danke«, sagte sie.

»Ich weiß, es ist eine schwere Zeit für Sie und Ihre Tochter«, fügte er hinzu.

Bei dem Wort *Tochter* horchte sie offenbar erschrocken auf, denn ihr Gegenüber musterte sie prüfend.

»Dennoch muß ich Ihnen einige Fragen stellen«, sagte er.

Auf der Anrichte in der Küche standen Styropor-Kaffeebecher, und irgendwer hatte zwei Schachteln Dunkin'-Donuts gekauft. Kathryn hatte plötzlich Heißhunger auf einen Donut, einen einfachen Donut, den sie in heißen Kaffee tauchen und der ihr im Mund zergehen würde. Sie begriff, daß sie seit fast sechsunddreißig Stunden nichts gegessen hatte.

»Mein Kollege, Henry Boyd«, stellte Somers einen jüngeren Mann mit dichten blonden Haaren vor.

Sie schüttelte die Hand des Kollegen.

Vier weitere Männer stellten sich vor, Männer in Uniformen von Vision Airlines mit Goldknöpfen und Tressen, die Mützen noch auf dem Kopf; der vertraute Anblick verschlug Kathryn den Atem. Sie kamen von der Fluggesellschaft, dem Büro des Chefpiloten, und Kathryn fand diese Begrüßung eigenartig, die Nettigkeiten, die Beileidswünsche, diese förmlichen Beileidswünsche, angesichts der spürbaren Anspannung im Raum.

Ein Mann mit aalglattem Haar trat einen Schritt vor.

»Mrs. Lyons, Chefpilot Bill Tierney«, stellte er sich vor. »Wir haben gestern kurz telefoniert.«

»Ja«, sagte sie.

»Darf ich Ihnen noch einmal im Namen der gesamten Fluggesellschaft unser aufrichtiges Bedauern und unser ganzes Mitgefühl zum Tod Ihres Ehemanns ausdrücken. Er war ein ausgezeichneter Pilot, einer unserer besten.«

»Danke«, sagte sie.

Die Worte *Aufrichtiges Bedauern* schienen in der Küche zu schweben. Warum klangen all diese Beileidsbekundungen so lahm, eine wie die andere? Gab es für Trauer keine andere Sprache? Oder lag es an der Förmlichkeit? Hatte der Chefpilot sich diese Sätze für die Pilotenwitwe vorher zurechtgelegt, hatte er vielleicht vorher geübt? Vision Airlines war so neu im Geschäft, bisher hatte sie noch keinen Absturz zu beklagen.

»Können Sie mir etwas über das Tonband sagen?« fragte sie den Chefpiloten.

Tierney verzog den Mund und schüttelte den Kopf.

»Das Tonband ist offiziell nicht freigegeben«. Somers tat einen Schritt vorwärts.

»Das weiß ich«, erwiderte Kathryn und sah den Ermittler an. »Aber Sie wissen doch Genaueres, oder? Sie kennen das Band?«

»Nein, leider nicht«, sagte er.

Aber die Augen hinter der Metallbrille wichen ihr aus.

Kathryn stand mitten in ihrer Küche, in Stiefeln, Jeans und Jacke, und alle Blicke ruhten auf ihr. Es war ihr peinlich, als habe sie einen bedauerlichen Fauxpas begangen.

»Jemand hat seine Autotür offengelassen.« Sie deutete auf die Auffahrt.

»Warum setzen wir uns nicht in Ihr Wohnzimmer?« schlug Somers vor.

Kathryn fühlte sich in ihrem eigenen Haus fremd, trat in den vorderen Raum, blinzelte in das diffuse Licht aus den sechs schmalen Fenstern. Nur eine Sitzgelegenheit war noch frei, der wuchtige gepolsterte Ohrensessel, Jacks Sessel, nicht ihrer – sie kam sich darin wie ein Zwerg vor. Der Fernseher, bemerkte sie jetzt, war abgeschaltet.

Somers war offenbar der Hauptzuständige. Er stand, während die übrigen saßen.

»Ich möchte Sie ein, zwei Dinge fragen«, sagte er und steckte die Hände in die Hosentaschen. »Es dauert nicht lang. Können Sie uns erzählen, wie sich Ihr Mann benahm, bevor er am Dienstag zum Flughafen fuhr?«

Niemand stellte ein Tonband an oder schrieb mit. Somers wirkte geradezu übertrieben zwanglos. Ein inoffizielles Gespräch also?

»Es gibt nicht viel zu erzählen«, sagte sie. »Es war wie immer. Jack duschte gegen vier Uhr, zog seine Uniform an, kam nach unten und putzte seine Schuhe.«

»Und wo waren Sie?«

»In der Küche. Ich leiste ihm, bevor er abfährt, immer in der Küche Gesellschaft. Zum Abschied.«

Das Wort *Abschied* löste Traurigkeit in ihr aus, und sie biß sich auf die Lippen.

Sie stellte sich diesen Dienstag vor, Jacks letzter Tag zu Hause. Bruchstücke von Bildern, Traumteile, tauchten vor ihr auf, wie die schimmernden Silberstückchen in der Dunkelheit. Sie erinnerte sich, daß sie, als er in seinem Arbeitszimmer saß, nach ihm gerufen hatte, damit er sich nicht verspätete – was eigentlich ungewöhnlich war. Vielleicht war er in etwas versunken gewesen, sie konnte es nicht sicher sagen. Anscheinend hatte er eine Kassette in der Jackentasche gehabt, als er das Haus verließ, eine Musikkassette für die Autofahrt.

Ihr kam es wie ein ganz gewöhnlicher Tag vor, nichts

Besonderes. Sie erinnerte sich an Jacks Fuß auf der herausgezogenen Schublade, den grünkarierten Lappen in seiner Hand. Die langen Arme, die, als er die schweren Taschen zum Wagen trug, noch länger wirkten. Er drehte sich um und rief etwas. Sie hielt den Lappen in ihrer Hand. *Ruf Alfred an*, sagte er. *Und sag ihm Freitag.*

Er putzte seine Schuhe. Er verließ das Haus. Er sei, sagte er, Donnerstag wieder da. Sie fror, als sie in der Tür stand, und war eine Spur ärgerlich, daß er es nicht selbst getan hatte. Alfred angerufen.

»Wissen Sie, ob Jack an jenem Tag mit jemandem telefoniert hat?« fragte Somers. »Mit jemandem gesprochen hat?«

»Ich habe keine Ahnung«, sagte sie.

Doch insgeheim fragte sie sich: Hatte Jack an jenem Tag mit jemandem gesprochen? Womöglich. Er hätte mit zwanzig Leuten sprechen können, ohne daß es ihr aufgefallen wäre.

Robert hatte die Arme über der Brust verschränkt. Er betrachtete den niedrigen Tisch. Auf dem Tisch waren Bücher, eine Steinschale, die Jack aus Kenia mitgebracht hatte, eine emaillierte pakistanische Dose.

»Mrs. Lyons«, fuhr Somers fort. »Fanden Sie Ihren Mann an jenem Tag oder am Abend davor aufgeregt oder deprimiert?«

»Nein«, sagte sie. »Alles war wie immer. Ich weiß noch, die Dusche war undicht, und er war ärgerlich, weil sie erst kürzlich repariert worden war. Ich weiß noch, daß er mich bat, Alfred anzurufen.«

»Welchen Alfred?«

»Alfred Zacharian. Den Klempner.«

»Und wann hat er Sie gebeten, Alfred anzurufen?«

»Kurz vor der Abfahrt. Als er zum Wagen ging.«

»Hatte Jack vor seiner Fahrt zum Flughafen irgendetwas getrunken?«

»Das müssen Sie nicht beantworten«, sagte Robert und richtete sich auf.

Kathryn schlug die Beine übereinander, dachte an den Wein, den sie mit Jack am Montag abend zum Essen und danach getrunken hatte, und schätzte die Stunden zwischen Essen und Abfahrt. Mindestens achtzehn. Wie hieß es doch? Zwölf Stunden zwischen Flasche und Flug?

»Schon gut«, sagte sie zu Robert Hart. »Nichts«, antwortete sie Somers.

»Gar nichts?«

»Gar nichts.«

»Haben Sie seinen Koffer gepackt?« fragte er.

»Nein, nie.«

»Oder seine Flugtasche?«

»Nein. Niemals. Ich habe nicht mal einen Blick hineingeworfen.«

»Packen Sie seinen Koffer aus?«

»Nein. Dafür ist Jack zuständig. Für seine Sachen ist er verantwortlich.«

Sie hörte die Worte *Ist er verantwortlich.* Gegenwart.

Sie betrachtete die Männer im Zimmer, alle studierten sie aufmerksam. Ob die Fluggesellschaft sie ebenfalls verhören würde? Vielleicht sollte sie jetzt einen Rechtsanwalt bei ihr haben. Aber hätte dann Robert nicht dafür gesorgt?

»Hatte Ihr Mann Freunde in Großbritannien?« fragte Somers. »Redete er regelmäßig mit jemandem dort?«

»Großbritannien?«

»England.«

»Ich weiß, was Großbritannien heißt«, sagte sie. »Ich verstehe nur die Frage nicht. Er kannte viele Leute in Großbritannien. Sie gehörten doch zur Besatzung.«

»Sind Ihnen ungewöhnliche Kontobewegungen aufgefallen? Hat er Geld abgehoben oder eingezahlt?« wechselte Somers das Thema.

Sie wußte nicht, worauf er hinauswollte, was dies bedeutete. Sie fühlte sich auf schwankendem Boden – ein falscher Schritt, und sie stürzte in einen Abgrund.

»Ich verstehe Sie nicht«, begann sie.

»Haben Sie in den vergangenen Wochen oder irgendwann sonst auf Ihren Konten ungewöhnliche Einzahlungen oder Abhebungen festgestellt?«

»Nein.«

»Hat sich Ihr Ehemann in den vergangenen Wochen auffällig benommen?«

Sie mußte diese Frage beantworten, Jack zuliebe. Sie wollte sie beantworten.

»Nein«, sagte sie.

»Nichts Ungewöhnliches?«

»Nichts.«

Rita, die Angestellte der Fluggesellschaft, trat ins Wohnzimmer, und die Männer richteten ihre Blicke auf sie. Unter ihrer Kostümjacke trug sie eine Seidenbluse, in der ihre Halskette gut zur Geltung kam. Kathryn konnte sich nicht erinnern, wann sie zum letzten Mal ein Kostüm getragen hatte. In der Schule hatte sie fast immer lange Hosen und Pullover an, manchmal eine Jacke, gelegentlich bei schlechtem Wetter Jeans und Stiefel.

»Mrs. Lyons«, sagte Rita. »Ihre Tochter ist am Telefon. Sie sagt, sie möchte Sie dringend sprechen.«

Erschrocken stand Kathryn aus dem Sessel auf und folgte Rita in die Küche. Ihr Blick fiel auf die Uhr über der Spüle: neun Uhr vierzehn.

»Mattie.« Sie nahm den Hörer von der Anrichte.

»Mama?«

»Was ist? Alles in Ordnung?«

»Mama, ich habe eben mit Taylor telefoniert. Ich mußte mit irgendwem reden. Und sie war ganz komisch.«

Matties Stimme klang gequetscht und hell – erste

Anzeichen drohender Hysterie. Kathryn schloß die Augen und preßte ihre Stirn gegen den Küchenschrank.

»Und ich habe sie gefragt, was los ist«, sagte Mattie, »und Taylor hat gesagt, die Nachrichten reden von Selbstmord.«

Kathryn sah Matties Gesicht am anderen Ende der Leitung genau vor sich, den unsicheren, erschrockenen, entsetzten Blick. Sie begriff, wie verletzt Mattie war, daß sie dieses Gerücht von Taylor erfahren hatte. Sicher brüstete sich Taylor jetzt – welche Jugendliche würde dies nicht –, daß sie Mattie diese Nachricht überbracht hatte. Und sicher hatte Taylor anschließend alle übrigen Freundinnen angerufen und haarklein Matties Reaktion wiedergegeben.

»O Mattie«, sagte Kathryn. »Das ist ein Gerücht. Die Nachrichtenleute schnappen ein Gerücht auf und melden es, ohne auch nur nachzuprüfen. Furchtbar. Unverantwortlich. Und es ist nicht wahr. Es ist absolut nicht wahr. Hier sind die Leute von der Sicherheitsbehörde, die müssen es doch wissen, und die sagen, daß an dem Gerücht überhaupt nichts dran ist.«

Schweigen am anderen Ende der Leitung.

»Aber Mama«, sagte sie. »Wenn es doch wahr ist?«

»Es ist nicht wahr.«

»Woher weißt du das?«

Kathryn hörte die Wut in Matties Stimme. Unverkennbar. Warum hatte sie heute morgen beim Spazierengehen ihrer Tochter nicht die Wahrheit gesagt?

»Ich weiß es einfach«, sagte Kathryn.

Wieder herrschte Schweigen.

»Vermutlich ist es wahr«, sagte Mattie.

»Mattie, du hast doch deinen Vater *gekannt.*«

»Vielleicht.«

»Was heißt das?«

»Vielleicht habe ich ihn nicht gekannt«, sagte Mattie. »Vielleicht war er unglücklich.«

»Wenn dein Vater unglücklich war, hätte ich das wissen müssen.«

»Aber woher willst du wissen, daß du einen Menschen kennst?« fragte sie.

Der Zweifel brachte das Frage- und Antwortspiel augenblicklich zum Stillstand. Kathryn spürte die Ungewißheit wie eine Blase aufsteigen. Aber sie wußte, daß Mattie jetzt keine Ungewißheit haben wollte, egal wie sehr sie ihre Mutter provozierte. Das wußte Kathryn.

»Du fühlst es einfach«, sagte Kathryn eher couragiert als überzeugt.

»Hast du das Gefühl, daß du mich kennst?« fragte Mattie.

»Und wie!« sagte Kathryn.

Und dann begriff sie, daß sie in eine Falle getappt war. Darin war Mattie gut, immer schon.

»Tust du aber *nicht.*« In Matties Stimme klangen Genugtuung und Bestürzung. »Die meiste Zeit hast du keine Ahnung, was ich denke.«

»Gut«, gab Kathryn zu. »Aber das ist was anderes.«

»Ist es nicht.«

Kathryn rieb sich mit dem Handballen über die Stirn.

»Mama, wenn es stimmt, hat Papa dann alle diese Leute umgebracht? Ist das Mord?«

»Wo hast du dieses Wort gehört?« fragte Kathryn schnell, als sei Mattie noch ein Kind und habe gerade aus der Schule oder von Freunden ein Schimpfwort mit nach Hause gebracht. Das Wort *war* obszön, dachte Kathryn. Es war schockierend. Besonders schockierend aus dem Mund ihrer fünfzehnjährigen Tochter.

»Ich habe es nirgends gehört, Mama. Aber ich kann schließlich denken, oder?«

»Komm, Mattie. Warte. Ich bin gleich da.«

»Nein, Mama. Komm nicht. Ich will nicht, daß du

kommst. Ich will nicht, daß du hierherkommst und mir eine Menge Lügen erzählst, um die Dinge schönzufärben. Ich will jetzt keine Lügen. Die Dinge sind so, wie sie sind, ich will mir nichts vormachen. Ich möchte einfach in Ruhe gelassen werden.«

Wie konnte ein fünfzehnjähriges Mädchen der Wahrheit so offen ins Gesicht sehen? staunte Kathryn. Einer Wahrheit, die die meisten Erwachsenen überforderte. Vielleicht ertrug die Jugend die Wirklichkeit besser, verbrachte weniger Zeit mit Heuchelei und Einbildung.

Kathryn zwang sich, die Ängste und Zweifel ihrer Tochter nicht zu zerreden. Aus Erfahrung wußte sie, daß sie Mattie jetzt nicht bedrängen durfte.

»Mama, hier sind Männer«, sagte Mattie. »Komische Männer. Überall auf dem Grundstück.«

»Ich weiß, Mattie. Sicherheitsbeamte, sie sollen die Presse und die Schaulustigen vom Haus fernhalten.«

»Meinst du, die Leute wollen hier ins Haus?«

Kathryn wollte ihre Tochter nicht unnötig ängstigen.

»Nein«, sagte Kathryn. »Aber die Presse kann sehr hartnäckig sein. Geh nicht raus. Ich bin bald wieder da.«

»Gut«, sagte Mattie tonlos.

Kathryn stand eine Weile an der Anrichte, den Hörer in der Hand. Die Entfernung von ihrer Tochter tat ihr körperlich weh. Am liebsten hätte sie Mattie auf der Stelle zurückgerufen, sie beruhigt, aber sie wußte, es wäre vergeblich. Bei einer Fünfzehnjährigen, das hatte die Erfahrung sie gelehrt, war es manchmal besser, klein beizugeben. Kathryn legte den Hörer auf die Gabel und ging wieder ins Wohnzimmer. Sie lehnte am Türrahmen, verschränkte die Arme und betrachtete in aller Ruhe die versammelte Runde der Ermittler und Piloten.

Robert Hart machte ein fragendes Gesicht.

»Alles in Ordnung, Mrs. Lyons?« fragte Somers, der Sicherheitsbeamte.

»Bestens«, antwortete Kathryn. »Bestens. Abgesehen von der Tatsache, daß meine Tochter zu begreifen versucht, daß ihr Vater womöglich Selbstmord begangen und hundertdrei Menschen mit in den Tod gerissen hat.«

»Mrs. Lyons...«

»Darf ich Sie etwas fragen, Mr. Somers?«

Kathryn hörte die Wut in ihrer Stimme, wußte, sie klang wie ihre Tochter. Vielleicht war Wut ansteckend, dachte sie.

»Ja, natürlich«, sagte er vorsichtig.

»Welche andere Interpretation außer Selbstmord haben Sie auf Lager angesichts dessen, was auf dem Band ist?«

Somers rang um Haltung. »Es steht mir nicht frei, dies jetzt zu diskutieren, Mrs. Lyons.«

»Oh, tatsächlich?« fragte sie ruhig.

Sie blickte auf ihre Füße, dann in die Gesichter der Besucher in ihrem Wohnzimmer. Sie leuchteten im Gegenlicht vor den hellen Fenstern.

»Dann steht auch mir nicht frei, Ihre Fragen zu beantworten«, sagte sie.

Robert erhob sich.

»Das Gespräch ist beendet.«

Sie schritt blindlings über den Rasen, den Kopf gegen den Wind gesenkt, und hinterließ im rauhreifüberzogenen Gras fiedrige Abdrücke. Minuten später gelangte sie an die Strandmauer, die glitschigen Granitblöcke. Sie hüpfte auf einen Stein, so groß wie eine Badewanne, spürte, wie sie rutschte, begriff, daß sie, um nicht hinzufallen, in Bewegung bleiben und von einem Stein zum nächsten springen mußte. Auf diese Weise gelangte sie zum »flachen Fels«. Mattie hatte ihn so getauft, als sie mit fünf die Felsen eroberte. Der »flache Fels«, etwa so groß wie ein breites Bett, war seitdem an Sonnentagen ihr liebster Picknickplatz. Kathryn sprang zwischen den Felsen hinab auf ein kaum zwei Quadratmeter messendes Sandstück – ein Zimmer draußen, Zuflucht vor dem Wind, ein Versteck. Sie drehte dem Haus den Rücken zu und hockte sich in den nassen Sand. Sie glitt mit den Armen aus den Ärmeln ihres Parkas, umschlang dann ihren Oberkörper.

»Scheiße«, sagte sie zu ihren Füßen.

Das weiße Rauschen des Wassers beruhigte sie, sie nahm es auf, es verdrängte die Stimmen und Gesichter vom Haus, Gesichter, deren mageres Mitgefühl den lodernden Ehrgeiz nicht verschleiern konnte, Gesichter mit salbungsvollen Mündern und gierigen Blicken. Kathryn hörte die Kiesel in den verebbenden Wellen klicken. Die Kiesel bargen eine Erinnerung, die auftauchte, verschwand. Sie schloß die Augen und konzentrierte sich, erfolglos, dann, im Augenblick des Aufgebens, kam sie zurück. Eine Erinnerung an ihren Vater, der mit ihr auf den Kieseln saß – beide in Badeanzügen –, und die See umströmte sie und wühlte die Steinchen unter ihren Beinen auf. Es war Sommer, ein heißer Tag, und sie war vielleicht neun oder zehn. Sie waren hiergewesen, damals, und die Kiesel kitzelten ihre Haut. Aber warum war sie mit ihrem Vater am Strand, ohne ihre Mutter oder Julia? Vielleicht erinnerte sich Kathryn deshalb daran, weil es ein seltenes Ereignis war, sie, allein mit ihrem Vater. Sie sah ihn vor sich, wie er lachte, lachte vor reiner, ungetrübter Freude, wie ein Kind – eine Seltenheit. Und sie wollte in sein Lachen einstimmen, ganz ungezwungen, aber sie war so überwältigt von dem Anblick ihres glücklichen Vaters – glücklich in ihrer Gegenwart –, daß sie eher ehrfürchtig als ausgelassen wurde und folglich ganz verwirrt. Und als er sich umdrehte und sie fragte, ob etwas nicht stimme, fühlte sie deutlich, daß sie ihn enttäuscht hatte. Also lachte sie dann, zu laut, zu bemüht, in der Hoffnung, daß er die Enttäuschung vergaß, doch der Augenblick war vorbei, und ihr Vater schaute hinaus aufs Meer. Sie erinnerte sich, wie hohl und gezwungen ihr Lachen geklungen hatte und wie er sich von ihr abgewandt hatte, schon versunken in seine eigenen Gedanken, so sehr, daß Kathryn laut rufen mußte, damit er sie hörte.

Kathryn malte Kringel in den nassen Sand. Jack und sie hatten eins gemein gehabt, dachte sie: Sie waren Waisen. Keine Waisen im üblichen Sinne, aber im Grunde doch, denn sie waren zu früh sich selbst überlassen worden, verlassen, ohne zu begreifen, was mit ihnen geschah. Kathryns Eltern waren zwar anwesend gewesen, aber emotional abwesend, unfähig, für ihr Kind zu sorgen. Jack wurde durch unglückliche Umstände zum Waisen: Seine Mutter starb, als er neun war, und sein Vater, der seine Gefühle nie besonders zeigte, wurde nach dem Tod der Mutter offenbar so verschlossen, daß Jack sich immer alleingelassen vorkam. Natürlich, Kathryn hatte Julia gehabt, die ihre Eltern in mancher Hinsicht mehr als ersetzte, deshalb hatte sie Glück gehabt. Aber als Jack und sie sich ineinander verliebten, als ihre Liebesgeschichte ihr einziger Gesprächsstoff war, waren sie auf diese Gemeinsamkeit gestoßen.

Sie schrak auf, hörte Schritte auf den Felsen oben. Robert stand das Haar vom Kopf ab, und er kniff die Augen zusammen.

»Ich hatte gehofft, Sie würden davonlaufen«, sagte er und sprang in die Nische herab.

Sie steckte ihre Arme in die Jackenärmel zurück und hielt sich das windzerzauste Haar, damit sie sein Gesicht sehen konnte.

Er lehnte sich an einen Felsen und fuhr sich mit den Fingern durchs Haar. Aus seiner Manteltasche holte er eine Packung Zigaretten und ein Feuerzeug. Er drehte dem Wind den Rücken zu, aber selbst im Schutz der Felsen funktionierte das Feuerzeug nur schwer. Schließlich glühte die Zigarette, und er inhalierte tief, schnappte den Feuerzeugdeckel mit einer Hand zu. Er steckte das Feuerzeug zurück in seine Manteltasche, und gleich blies der Wind die glimmende Spitze seiner Zigarette weg, so daß sie fast wieder ausgegangen wäre.

»Sind sie weg?« fragte sie.

»Nein.«

»Und?«

»Die kommen schon zurecht. Es ist ihr Job. Die haben, glaube ich, gar nicht erwartet, daß Sie etwas sagen.«

Sie stützte die Ellenbogen auf die hochgezogenen Knie, hielt ihr Haar im Nacken zusammen.

»Es muß eine Beerdigung geben«, sagte sie. »Oder einen Gedenkgottesdienst.«

Er nickte.

»Mattie und ich wollen Jack die letzte Ehre erweisen«, sagte sie. »Mattie will ihrem Vater die letzte Ehre erweisen.«

Und sie dachte mit einemmal, wie sehr dies stimmte. Jack hatte diese letzte Ehre verdient.

»Es war kein Selbstmord«, sagte sie. »Das weiß ich sicher.«

Eine Möwe schrie gellend zu ihnen herab, und beide blickten sie zu dem Vogel, der über ihnen kreiste.

»Als ich klein war«, sagte sie, »wollte ich immer in meinem nächsten Leben eine Möwe sein. Bis Julia mir klarmachte, wie schmutzig sie sind.«

»Die Ratten des Meeres«, sagte Robert und trat die Zigarette im Sand aus. Er schob seine Hände in die Manteltaschen, verkroch sich in seinen Mantel. Sie sah, daß er fror. Die Haut um seine Augen wirkte wie weißlicher Pergament.

Sie entfernte eine Haarsträhne aus ihrem Mund.

»Die Leute in Ely sagen: Man sollte nie direkt am Wasser wohnen. Im Winter wird man sonst deprimiert. Aber ich war nie deprimiert.«

»Ich beneide Sie«, sagte er.

»Ich war schon deprimiert, aber nicht wegen des Ozeans.«

Sie stellte fest, daß seine Augen in dem hellen Licht haselnußbraun waren, nicht dunkelbraun.

»Aber für die Fenster ist es katastrophal«, fügte sie hinzu und schaute zum Haus hin. »Das Salzwasser, das bis zum Haus sprüht.«

Er hockte sich in den Sand, wo es wärmer war.

»Als Mattie klein war, hat mich die Ozeannähe beunruhigt. Ich mußte ständig auf Mattie aufpassen.«

Nachdenklich blickte Kathryn übers Wasser, das solche Gefahr in sich barg.

»Vor zwei Sommern«, sagte sie, »ist nicht weit von hier ein Mädchen ertrunken. Ein fünfjähriges Mädchen. Sie war mit ihren Eltern auf einem Boot und ist über Bord gespült worden. Sie hieß Willemina. Ich fand den Namen für ein Mädchen sehr altmodisch.«

Er nickte.

»Ich dachte nur, wie tückisch der Ozean ist, wie schnell er einen Menschen verschlingen kann. Es geht so schnell. In der einen Minute ist das Leben ganz normal; in der nächsten nicht.«

»Das sollten Sie am besten wissen.«

Sie bohrte ihre Stiefelabsätze in den Sand.

»Sie finden, es hätte schlimmer kommen können«, sagte Kathryn. »Oder?«

»Ja.«

»Mattie hätte im Flugzeug sein können.«

»Ja.«

»Stimmt. Das wäre unerträglich. Buchstäblich unerträglich.«

Er rieb seine Hände gegeneinander, wischte den nassen Sand ab.

»Sie könnten verreisen«, sagte er. »Mattie und Sie.«

»Verreisen?«

»Nach Europa. Ein paar Wochen, bis sich der Rummel gelegt hat.«

Kathryn überlegte. Eine Europareise mit Mattie? Dann schüttelte sie den Kopf.

»Das geht nicht«, sagte Kathryn. »Sie würden alle denken, die Geschichte mit Jack sei wahr. Es sähe nach Weglaufen aus. Und außerdem, Mattie würde nicht mitgehen. Wenigstens kann ich es mir nicht vorstellen.«

»Manche Angehörige tun das.«

»Und was? Nach Heathrow reisen und in einem Motel mit hundert anderen Familien wohnen, die nicht bei Verstand sind? Oder nach Irland fahren und warten, daß die Taucher irgendwelche Körperteile finden? Nein, danke.«

Sie tastete in ihren Parkataschen. Ein gebrauchtes Papiertaschentuch. Münzen. Eine abgelaufene Kreditkarte. Ein paar Dollarscheine. Eine Rolle Pfefferminz.

»Möchten Sie eins?« Sie hielt ihm die Rolle hin.

»Danke«, sagte er.

Steif vom Hocken, setzte er sich in den Sand und lehnte sich an den Felsen. Er macht seinen Mantel schmutzig, dachte sie.

»Es ist schön hier«, sagte er. »Ein schönes Stückchen Erde.«

»Stimmt.«

Sie streckte ihre Beine aus. Der Sand war zwar naß, aber eigentümlich warm.

»Bis es vorbei ist, sind die Medien gnadenlos«, sagte er. »Tut mir leid.«

»Das ist nicht Ihre Schuld.«

»So etwas wie am Tor habe selbst ich noch nie erlebt.«

»Es war beängstigend.«

»Sie sind hier an ein ruhiges Leben gewöhnt.«

»Ein ruhiges, *gewöhnliches* Leben«, sagte sie.

Er hatte die Ellenbogen auf die Knie gestützt, die Hände gefaltet.

»Wie war Ihr Leben vorher?« fragte er. »Wie war Ihr Alltag?«

»Jeder Tag anders, je nachdem, welcher Tag war. Welchen Tag möchten Sie?«

»Oh, weiß nicht. Donnerstag.«

»Donnerstag.« Sie dachte eine Weile nach. »Donnerstags spielt Mattie Hockey. Ich habe mittags Probe mit der Band. Pizza-Tag in der Cafeteria. Abends gibt es Obst. Im Fernsehen gucken wir Seinfeld, die Comedy Show, und ER – Emergency Room.«

»Und Jack?«

»Wenn Jack da war, war er einfach da. Machte alles mit. Die Spiele. Das Obstessen. Seinfeld. Und Sie? Was machen Sie, wenn Sie nicht für die Gewerkschaft arbeiten?«

»Ich arbeite als Lehrer«, sagte er. »Ich gebe in meiner Freizeit auf einem Flughafen in Virginia Flugstunden. Der Flughafen ist eigentlich ein besserer Acker, mit ein paar ausrangierten Cessnas. Macht viel Spaß, außer wenn sie nicht runterkommen wollen.«

»Nicht runterkommen?«

»Die Schüler auf ihren ersten Alleinflügen.«

Sie lachte.

Sie saßen schweigend, unbefangen, an die Felsen gelehnt. Das schläfrige Rauschen der See hatte etwas Friedliches, wenigstens in diesem Augenblick.

»Ich sollte mir über den Gottesdienst Gedanken machen«, sagte sie nach einer Weile.

»Haben Sie eine Vorstellung, wo er stattfinden soll?«

»Vermutlich in St. Joseph in Ely Falls«, sagte sie. »Das ist die nächste katholische Kirche.«

Sie hielt inne.

»Die wundern sich bestimmt, wenn ich da auftauche«, sagte sie.

»Ach, Gott«, sagte Robert.

Kathryn dachte: Was für eine komische Antwort, als Robert hastig aufstand und sie am Ärmel griff. Verwirrt ließ sie sich hochziehen, drehte sich um, wollte sehen, was Robert gesehen hatte. Ein junger Mann mit Pferdeschwanz zielte mit einer Kamera, so groß wie ein Fernseher, auf sie beide. Kathryn sah ihrer beider Spiegelbild in der riesigen Linse.

Sie hörte das leise, professionelle Klick, Klick, Klick eines Mannes, der seinen Job erledigte.

Als sie zurückkamen, standen sie in der Küche, Somers, der ein Fax in der Hand rollte, Rita, den Telefonhörer unters Kinn geklemmt. Ohne ihre Jacke auszuziehen, kündigte Kathryn an, sie habe eine kurze Erklärung abzugeben. Somers sah vom Fax zu ihr auf.

»Bei meinem Ehemann, Jack Lyons, gab es nie irgendwelche Anzeichen von Labilität, Drogenkonsum, Alkoholmißbrauch, Depression oder sonstiger Krankheit«, sagte sie.

Sie sah, wie Somers das Fax zusammenfaltete.

»Soweit ich weiß«, fuhr sie fort, »war er körperlich und geistig gesund. Wir waren glücklich verheiratet. Wir waren eine glückliche, normale Familie in einer kleinen Gemeinde. Ich werde keine Fragen mehr ohne die Anwesenheit eines Rechtsanwalts beantworten und verbitte mir, daß irgendwelche Gegenstände ohne rechtskräftigen richterlichen Beschluß aus diesem Haus entfernt werden.

Wie Sie wissen, befindet sich meine Tochter bei meiner Großmutter hier in der Stadt. Ich untersage Ihnen jeglichen Kontakt oder Gespräche mit beiden. Das war's.«

»Mrs. Lyons«, sagte Somers. »Haben Sie mit Jacks Mutter Kontakt aufgenommen?«

»Seine Mutter ist tot«, sagte sie schnell.

Und dann, in der darauffolgenden Stille, begriff sie, daß etwas nicht stimmte. Vielleicht hatte Somers einen Hauch die Stirn gerunzelt, eine Spur gelächelt. Oder vielleicht bildete sie sich das nachträglich nur ein. Die Stille war so total, daß sie trotz der neun Leute im Raum nur das Summen des Eisschranks hörte.

»Das ist wohl nicht der Fall«, sagte Somers leise und steckte das glänzende, gefaltete Fax in seine Brusttasche.

Der Boden schwankte, als führe sie Achterbahn.

Aus einer anderen Tasche zog Somers ein Blatt, das offenbar aus einem Notizbuch herausgerissen war.

»*Matigan Rice*«, las er. »*Adam Street siebenundvierzig, Wesley, Minnesota.*«

Die Achterbahn beschleunigte, fiel zwanzig Meter tief. In Kathryns Kopf drehte sich alles.

»*Dreiundsiebzig Jahre*«, las er. »*Dreimal verheiratet. Dreimal geschieden. Erste Ehe mit Jack Francis Lyons, Dover Street einundzwanzig, Hyde Park, Massachussetts. Ein Kind, männlich, Jack Fitzwilliam Lyons, geboren am 18. Juli 1947 im Faulkner Hospital, Boston.*«

Kathryns Mund war trocken, und sie fuhr sich mit der Zunge über die Oberlippe. Vielleicht hatte sie falsch verstanden.

»Matigan Rice lebt?« fragte sie.

»Ja.«

»Jack hat immer erzählt...«

Sie stockte. Sie dachte daran, was Jack ihr immer erzählt hatte. Seine Mutter sei gestorben, als er neun war. An

Krebs. Kathryn warf Robert Hart einen Blick zu, sah, wie bestürzt auch er war. Wie überheblich, wie selbstgewiß hatte sie eben noch ihre Erklärung abgegeben.

»Das hat er offenbar«, sagte Somers.

Der Ermittler genoß die Situation.

»Wie haben Sie sie entdeckt?« fragte Kathryn.

»Es stand in seiner Militärakte.«

»Und Jacks Vater?«

»Verstorben.«

Kathryn setzte sich auf den nächstbesten Stuhl und schloß die Augen. Ihr war schwindlig, der Raum drehte sich um sie.

Die ganze Zeit, dachte sie, und sie hatte nichts gewußt. Die ganze Zeit hatte Mattie eine Großmutter gehabt. Eine Großmutter, nach der sie hieß.

Sie gehen im Dunst den Strand entlang. In der Ferne hört sie das Nebelhorn. Die Möwen schreien lauter an grauen Tagen – warum, hat Kathryn nie verstanden. Vielleicht sind sie gar nicht lauter, denkt sie, vielleicht liegt es daran, daß die See so still ist. Mattie in ihrer Red-Sox-Baseballjacke läuft voraus und sucht Krabben. Der Strand ist eben und seicht, geschwungen wie eine Muschel. Der Sand ist so braun wie verwittertes Holz, seine angetrocknete Oberfläche von Seetang wie mit einer Schrift überzogen. Hinter der Strandmauer stehen die Sommerhäuser, jetzt leer. Zu spät denkt Kathryn, daß Mattie besser die Schuhe ausgezogen hätte.

Jack zieht vor Kälte die Schultern hoch. Er trägt immer seine Lederjacke, selbst an bitterkalten Tagen, will keinen Parka, vielleicht aus Eitelkeit, sie weiß es nie genau. Ihr Flanellhemd hängt unter ihrer Jacke hervor. Sie hat ihren Wollschal doppelt um den Hals geschlungen.

»Ist was?« fragt sie.

»Nichts«, sagt er. »Mir geht's gut.«

»Du bist irgendwie bedrückt.«

»Schon gut.«

Er geht, Hände in den Taschen, Blick geradeaus. Sie überlegt, was ihn aus der Fassung gebracht hat. Sein Mund ist eine harte Linie.

»Mattie spielt morgen Fußball«, sagt sie.

»Gut«, sagt er.

»Kannst du dabeisein?« fragt sie.

»Nein, ich habe Dienst.«

Sie sagen beide nichts.

»Weißt du«, sagt sie. »Ab und zu könntest du schon dafür sorgen, daß du mehr Freizeit hast, mehr Zeit zu Hause.«

Er schweigt.

»Mattie vermißt dich.«

»Komm«, sagt er. »Mach es nicht schlimmer, als es schon für mich ist.«

Sie läßt Mattie nicht aus den Augen, aber sie ist abgelenkt, fühlt sich so stark zu dem Mann, der neben ihr geht, hingezogen – es kommt ihr unnatürlich vor. Sie sieht Mattie mit ihren Schuhen ins Wasser laufen und überlegt, ob es ihm gutgeht. Vielleicht ist er einfach müde, denkt sie. Sie kennt die Geschichten, die Statistik: Die meisten Piloten sterben, bevor sie mit sechzig den Ruhestand erreicht haben. An Streß, am anstrengenden Dienstplan. Dem Raubbau, den sie mit ihrem Körper betreiben.

Sie rückt näher, hakt sich bei ihm ein. Sein Arm ist starr. Er sieht unverwandt geradeaus.

»Jack, sag, was ist?«

»Laß, bitte.«

Gekränkt läßt sie seinen Arm los und geht weg. Mattie wirbelt wie ein Kreisel über den Strand.

»Es liegt am Wetter«, sagt er, als er sie einholt. »Ich weiß nicht.« Einlenkend. Besänftigend.

»Was liegt am Wetter?« fragt sie abweisend, will nicht so leicht besänftigt werden.

»Das Grau. Der Regen. Ich hasse das.«

»Ich glaube, keiner mag das besonders«, sagt sie gleichmütig.

»Kathryn, das verstehst du nicht.«

Er zieht die Hände aus den Taschen und stellt seinen Jackenkragen gegen die Kälte hoch. Er vergräbt sich in seiner Lederjacke, wirkt kleiner, als er ist.

Er bleibt stehen und dreht sich um, blickt auf die See.

»Du hast Glück«, sagt er. »Du hast Glück, daß du Julia hattest. Du sagst immer, du hättest keine Eltern gehabt, aber das stimmt nicht.«

Ist das Eifersucht?

»Ja, ein Glück, daß ich Julia hatte«, gesteht sie ruhig ein.

Sein Gesicht ist angespannt und rot. Seine Augen tränen vor Kälte.

»War es sehr schlimm, als deine Mutter starb?« fragt sie.

»Darüber rede ich nicht gern.«

»Ich weiß«, sagt sie zärtlich. »Aber manchmal hilft reden.«

»Das bezweifle ich.«

»War sie lange krank?«

Er zögert. »Nein, nicht so lange. Es ging schnell.«

»Was hatte sie?«

»Hab ich doch gesagt. Krebs.«

»Ja, ich weiß«, sagt sie. »Ich meine, welche Sorte?«

Er seufzt. »Brustkrebs«, sagt er. »Damals gab es noch keine gute Therapie...«

Sie legt ihre Hand auf seinen Arm.

»Ich weiß«, sagt sie. »Schrecklich, in dem Alter seine Mutter zu verlieren.«

So alt wie Mattie, denkt sie plötzlich und bekommt eine Gänsehaut. Welche Qual, sich vorzustellen, Mattie hätte keine Mutter mehr.

»Du hattest deinen Vater«, sagt sie.

*Jack flucht: »*Vater *ist nicht ganz das richtige Wort. Mein Vater war ein Arschloch.«*

Das Wort, sonst von Jack selten benutzt, schockiert sie.

Sie blickt suchend über den Strand zu Mattie, ob sie nicht im Wasser ist. Eine Welle kann ein Kind verschlingen. Sie rückt nahe an ihn, öffnet seine Jacke, umarmt ihn.

»Jack«, sagt sie.

Er rührt sich, zieht ihren Kopf näher heran. Es riecht nach Leder und Seeluft.

»Ich weiß nicht, was es ist«, sagt er. »Manchmal habe ich Angst. Manchmal denke ich, ich habe keine Mitte. Nichts, woran ich glaube.«

»Du hast mich«, sagt sie schnell.
»Ja.«
»Du hast Mattie«, sagt sie.
»Ja. Kann man an euch glauben?«
»Wenn du es zuläßt«, sagt sie.
Er küßt sie auf den Kopf.
»Na, dann«, sagt er.

Teil zwei

Manchmal kamen ihr die elf Tage wie drei, vier Jahre vor. Dann wieder schien es nur Minuten her, daß Robert Hart vor ihrer Tür gestanden und die zwei Worte gesagt hatte – *Mrs. Lyons?* –, die ihr Leben veränderten. Sie konnte sich nicht erinnern, wann sich die Zeit je so überschlagen hatte, außer vielleicht in jenen ersten köstlichen Tagen, als sie Jack Lyons kennengelernt und sich in ihn verliebt hatte und das Leben eher die Minuten als die Stunden zählte.

Sie lag auf der Liege im Gästezimmer, Arme ausgestreckt, ein Kissen im Nacken, so daß sie an dem rotlackierten Stuhl vorbei auf die See hinaus blicken konnte. Als sie zum Haus gefahren war, hatte die Sonne geschienen, aber jetzt überzogen Wolkenwirbel den Himmel, als hätte jemand Milch in ein Wasserglas geschüttet. Sie zog die Schmetterlingsspange aus ihrem Haar und ließ sie fallen; sie schlitterte über die gewachsten Dielen und blieb an der Fußleiste liegen. Heute morgen hatte sie sich vorgenommen, im Haus mit dem Saubermachen anzufangen, die Spuren der vergangenen elf Tage zu tilgen, damit Mattie und sie von Julia heimkehren und wieder ihr Leben aufnehmen konnten. Eigentlich eine löbliche Absicht. Aber schon in der Küche hatte Kathryn der Mut verlassen. Überall hatten Zeitungen gelegen, auf deren Titelseite Jack, sie und Mattie prangten – eine war zu Boden gefallen, die Seiten standen wie kleine Zelte auf den Fliesen. Auf dem Tisch lagen steinharte Brötchen in einer Frischhalte-Tüte, ein halbes Dutzend leerer Diätcola-Dosen auf der Anrichte; jemand hatte vorsorglich den Mülleimer geleert, so daß es nicht so schrecklich roch, wie Kathryn befürchtet hatte. Dann war sie die Treppe hinaufgegangen, hatte die Tür zu Jacks Arbeitszimmer geöffnet, hatte die herausgezogenen Schubladen, die über den Boden verstreuten Papiere gesehen, den ungewohnt leeren Schreibtisch ohne Computer. Sie hatte mit dem Hausdurchsuchungsbefehl gerechnet, aber wann genau, war ihr unklar gewesen. Zwei Tage vor Weihnachten hatte der Gedenkgottesdienst stattgefunden. Danach war sie nicht mehr im Haus gewesen. Auch Robert Hart nicht, er war gleich nach dem Gottesdienst nach Washington zurückgekehrt. Kathryn schloß die Tür zu Jacks Arbeitszimmer und ging über den Flur ins Gästezimmer, wo sie sich aufs Bett legte.

Wie dumm von ihr, so bald zurückzukommen, aber sie konnte das Haus nicht endlos alleinlassen: Jemand mußte aufräumen. Kathryn wußte, daß Julia ihr die Arbeit abgenommen hätte, aber das konnte sie nicht zulassen. Julia war erschöpft, kurz vor dem Zusammenbruch, nicht nur der Gedenkgottesdienst und die Sorge um Kathryn und Mattie hatten ihre Spuren hinterlassen, auch die Pflichten, die sie sich obendrein auferlegte: Julia hatte unbeirrt alle Weihnachtsbestellungen erledigt, die in ihrem Laden eingegangen waren. Im stillen hatte Kathryn befürchtet, der falsche Ehrgeiz brächte ihre Großmutter um, aber diese ließ sich von ihrem Pflichtbewußtsein nicht abbringen. Also hatten sie beide, dann und wann mit Matties Hilfe, mehrere Nächte lang eingepackt, Pakete gepackt, Adressenlisten abgearbeitet. Und eigentlich war diese Arbeit eine gute Therapie gewesen. Julia und Kathryn waren erst zu Bett gegangen, wenn sie die Augen nicht mehr offenhalten konnten; und so waren ihnen schlaflose Nächte erspart geblieben, die ihnen sonst angesichts ihrer Gedanken und Ängste und unbeantwortbaren Fragen in ihren einsamen Betten gedroht hätten.

An diesem Morgen hatte Kathryn aber darauf bestanden, daß Julia im Bett blieb, und diese hatte, eigentlich nicht verwunderlich, schließlich klein beigegeben. Auch Mattie schlief, blieb vielleicht, wie seit Tagen, bis zum frühen Nachmittag im Bett. Momentan wünschte Kathryn ihrer Tochter ein monatelanges friedliches Koma – daß sie erst aufwachte, wenn die Erinnerung verblaßt sei und sie nicht wieder und wieder aufs neue diesen unsinnigen Schmerz durchlitte. Sicher schlief Mattie so lange, weil sie das schreckliche *Wissen* hinauszögern wollte – das unmögliche, unbegreifliche Wissen.

Auch Kathryn wäre gern in ein Koma versetzt worden. Statt dessen war eher das Gegenteil eingetreten: Sie bewegte sich inmitten eines, wie sie es nannte, privaten Wettersystems, war ständig hin- und hergerissen zwischen Nachrichten und Meldungen; manchmal erstarrte sie in Gedanken an unmittelbar Bevorstehendes, dann erwärmte sie wieder die Freundlichkeit der anderen (Robert, Fremde, Julia), überschwemmten sie Erinnerungen ohne Sinn für Umstände und Orte, oder sie war dem schier unerträglichen, hitzigen Eifer der Reporter, Fotografen und Schaulustigen ausgesetzt. Aber das Wettersystem hatte keine Logik, fand sie, kein Vorbild, keine Form. Manchmal konnte sie nicht schlafen oder nicht essen oder, was am merkwürdigsten war, nicht lesen – selbst einen einzelnen Artikel nicht bis zum Ende. Und nicht, weil Jack oder die Explosion das Thema waren, sondern weil sie die nötige Konzentration nicht aufbrachte. Dann wieder beendete sie im Gespräch mit Julia oder Mattie einen Satz nicht, weil sie dessen Anfang vergessen hatte, oder konnte sich nicht erinnern, was sie eigentlich gerade erledigen wollte. Gelegentlich hatte sie den Telefonhörer am Ohr, hatte gewählt und schon vergessen, wen sie anrufen wollte und warum. Ihr Kopf kam ihr vollgestopft vor, als lauere am Rande ihres Bewußtseins etwas Bedenkliches, eine Erinnerung, die sie aufgreifen sollte, die Lösung zu einem Problem, die eigentlich auf der Hand lag.

Aber schlimmer war, daß in Augenblicken relativer Ruhe sich plötzlich eine Wut breitmachte, um so verwirrender, weil diese Wut nicht immer etwas mit den entsprechenden Personen und Situationen zu tun hatte. Sie schien zusammengestückelt, winzige Steinchen in einem häßlichen Mosaik: Ärger über Jack, als stünde er neben ihr, Ärger über Nebensächlichkeiten: daß er ihr nie den Namen ihres Versicherungsagenten gesagt hatte (der übrigens leicht herauszufinden war: Ein Anruf bei der Versicherungsgesellschaft genügte); oder über die schlichte Tatsache, daß er sie für immer verlassen hatte – was sie beinah zur Weißglut brachte. Oder Zorn über Arthur Kahler, seit Jahren Jacks Tennispartner, der Kathryn in Ingerbretsons Laden wie eine Aussätzige behandelte; oder wie erbost sie auf ein Paar reagierte, das vor Julias Laden koste (dieses andere Paar, das es so gut hatte, und sie und Jack nicht) – harmlose Touristen, die von der ganzen Geschichte keine Ahnung hatten, und dennoch brachte Kathryn kein Wort heraus, als sie den Laden betraten.

Kathryn wußte, daß es eigentlich passendere und offensichtlichere Adressaten für ihre Aggressionen gab. Denen stand sie unerklärlicherweise meist stumm und hilflos gegenüber: den Medien, der Fluggesellschaft, den Agenturen und all denen, die sich den Mund zerrissen – gestörte, beängstigende Gemüter, die sie am Telefon belästigten, auf der Straße, beim Gedenkgottesdienst und einmal sogar, sie konnte es nicht fassen, auf dem Fernsehbildschirm: eine Frau, die bei einer Umfrage zum Absturz vor der Kamera Kathryn attackierte und sie beschuldigte, sie halte Beweismaterial zu der Explosion zurück.

Kurz nach ihrem Gespräch mit dem Ermittler der Sicherheitsbehörde war Robert Hart mit Kathryn zur St. Joseph-Kirche gefahren, einem dunklen Backsteinbau, dessen Fassade eine Reinigung gutgetan hätte. Es war kein offizieller Termin; er wollte sie lediglich aus dem Haus bringen, weg von Somers. Sie fuhren durchs Marschland nach Ely Falls, vorbei an stillgelegten Fabriken und Läden mit Firmenzeichen noch aus den sechziger Jahren. Robert parkte vor dem Pfarrhaus, in dem Kathryn noch nie war. Mit ihren Freundinnen war sie früher im Bus nach Ely Falls gefahren und mit ihnen samstags nachmittags zur Beichte gegangen. Damals saß sie allein in St. Joseph in einer dunklen Bankreihe und betrachtete fasziniert die feuchten Steinwände; die kunstvoll geschnitzten Beichtstühle mit ihren rotbraunen Vorhängen, hinter denen die Freundinnen ihre Sünden beichteten (welche, überstieg heute Kathryns Vorstellungskraft); die irritierenden Kreuzwegbilder (einmal versuchte ihre beste Freundin Patty Regan vergeblich, sie ihr zu erklären); und die Kerzen in den kitschigroten Glaslämpchen, die Patty beim Hinausgehen ansteckte und Geld dafür in einen Kasten warf. Die Kirche, in die Kathryn als Kind ging, St. Matthäus auf der High Street in Ely, war dagegen geradezu provozierend steril gewesen, eine mit braunen Holzschindeln abgedeckte Kirche mit hellen Holzornamenten und langen kleinteiligen Fenstern, durch die am Sonntagmorgen üppig die Sonne schien, als sei ihr Architekt speziell beauftragt gewesen, die protestantische Atmosphäre in seinem Entwurf einzufangen. Julia hatte Kathryn zur Sonntagsschule gebracht, allerdings nur bis zur fünften Klasse, als die biblischen Geschichten ihre magische Anziehungskraft verloren hatten. Danach war Kathryn selten in die Kirche gegangen, außer zu Ostern und Weihnachten mit Julia. Manchmal hatte Kathryn heute ein schlechtes Gewissen, daß sie als Mutter ihrer Tochter keine Gelegenheit bot, sich mit dem Christentum auseinanderzusetzen wie sie damals. (Sie hatte sich *dagegen* entschieden: Sie fand die Religion gefühlsmäßig in Ordnung, aber einer rationalen Betrachtung hielt sie nicht stand.) Vielleicht spielte Gott für Mattie keine Rolle, aber womöglich irrte sich Kathryn.

Zu Beginn in ihrer Ehe hatte Jack kein gutes Haar an der katholischen Kirche gelassen; als Junge in Chelsea war er zur Schule des Heiligen Namens gegangen, eine Konfessionsschule der schlimmen Sorte, in der die Kinder geschlagen wurden. Aber wesentlich schlimmer als in der Grundschule in Ely Falls war es sicher nicht gewesen, wo nur auswendig gelernt wurde und die Zeit stillstand; bei ihrer Schule fiel Kathryn nur ein Bild ein: öde Flure, in denen träge die Staubpartikel flirrten.

Sie klopften an die Pfarrhaustür, und ein Geistlicher öffnete. Robert Hart erklärte ihr Anliegen. Der Geistliche hieß Vater Paul, und offenbar wußte er, wer Kathryn war. Er führte sie beide in sein Arbeitszimmer, und dort redeten sie lange – womöglich stundenlang.

Vater Paul war ein großer Mann Ende vierzig mit dunklem, drahtigem Haar, das sie an Topfkratzer erinnerte. Vielleicht war er griechischer Herkunft. In seinem schwarzen Hemd wirkte er ungewöhnlich muskulös und durchtrainiert, und sie überlegte, was Geistliche wohl unternahmen, um so gut in Form zu bleiben – ob sie ins Fitneßcenter gingen? Sie wolle Jack die letzte Ehre erweisen, erklärte sie Vater Paul; wie, wußte sie nicht, aber er verstand sie offenbar. Überhaupt kam es Kathryn so vor, als kenne der katholische Geistliche ihre Nöte und ihre unmittelbare Zukunft besser als sie. Sie erzählte, sie sei nicht katholisch, nur ihr Mann, der am Heiligkreuz-College studiert habe, aber schon lange kein Kirchgänger mehr gewesen. Kathryn brauchte Zeit, und Vater Paul hörte sich alles geduldig an, dann machte er Vorschläge zur Gestaltung des Gedenkgottesdiensts. Ob noch weitere Familienmitglieder zu informieren seien, fragte er, hakte aber nicht nach, als sie zögernd verneinte. Er schlug vor, daß der Gottesdienst noch vor Weihnachten stattfinden sollte; so könnten die Feiertage zum Heilungsprozeß beitragen und stünden nicht im Zeichen der Tragödie (was Kathryn bezweifelte.) Er würde die Organisation nicht allein dem Beerdigungsinstitut überlassen, sondern sich selbst darum kümmern. Kathryn fragte sich im stillen, welchen Sinn ein Beerdigungsinstitut ohne Leiche hatte. Robert Hart betonte, wie wichtig Sicherheitsvorkehrungen seien, und auch darin kannte Vater Paul sich aus, auch wenn er die Situation im nachhinein betrachtet verharmloste. Später behauptete Robert, Kathryn habe bei diesem ersten, eigentümlich unwirklichen Treffen immer und immer wieder von der *Letzten Ehre* gesprochen.

Wenn sie heute an Vater Paul dachte, dann mit einem großen Seufzer der Erleichterung; hätte er die Sache nicht in die Hand genommen, der Gedenkgottesdienst wäre ein einziges Fiasko geworden.

Ohnehin mußten sie, Julia und Mattie eine Stunde vor Beginn des Gottesdienstes zur Kirche gehen; später waren die Straßen so verstopft, daß nicht einmal ein Krankenwagen durchgekommen wäre. Mattie trug einen langen, grauen Seidenrock mit schwarzer Jacke, und als Vater Paul sagte, ihr Vater sei nun sicher gelandet, weinte sie herzzerreißend. Julia und Kathryn trugen Kostüme (eigentlich absurd, fand Kathryn) und hielten sich an der Hand. Oder vielmehr, Julia hielt Kathryns Hand, Kathryn hielt Matties Hand, und so gab eine der anderen Kraft, bewußt Kraft; Kathryn und sicher auch Mattie half es, den Gottesdienst zu überstehen. Viele Kirchenbänke waren mit Piloten in dunklen Anzügen, Piloten von vielen Fluggesellschaften gefüllt gewesen, die meisten hatten Jack gar nicht gekannt; in den Reihen dahinter saßen Kathryns Schüler, manche, die schon längst erwachsen und extra zu diesem Ereignis gekommen waren. Erst hinterher, als Kathryn von ihrem Platz aufstand, sich umdrehte und den Kirchenraum sah, wurden ihr die Knie weich und sie strauchelte, und diesmal war es Mattie, die sie, in einem plötzlichen Rollentausch, hielt und stützte. Mattie, Kathryn und Julia waren dann auf dem langen Gang durch die Kirche geschritten, und inzwischen fand Kathryn, daß dies vielleicht der längste Gang ihres Lebens war. Denn beim Gehen hatte sie es deutlich empfunden: Wenn sie die Kirchentür erreichte und draußen in den schwarzen Wagen einstiege, wäre ihr Leben mit Jack endgültig vorbei.

Am nächsten Morgen war in den Zeitungen ein Foto von Kathryn, wie sie aus der Kirche kam; nicht nur, daß ihr Bild auf der Titelseite von Dutzenden von Zeitungen zu sehen war, überraschte sie, sondern auch das Bild selbst: Trauer verwandelte ein Gesicht, stellte sie fest, Trauer machte ein Gesicht hohl, prägte Linien ein und weichte Konturen auf – ihr Gesicht war kaum wiederzuerkennen. Auf dem Foto stützte Kathryn sich auf den Arm ihrer Tochter und wirkte wie am Boden zerstört, um Jahre älter, als sie war.

Wenn sie an dieses Bild dachte und die anderen Bilder, schauderte ihr. Das unglückselige Bild von ihr und Robert Hart in der kleinen Bucht am Strand: Robert, der sie am Ärmel zog, sie beide sahen wie auf frischer Tat ertappt aus. Dieses Foto fand sie besonders gemein, denn in Wirklichkeit war Robert über den schamlosen Opportunismus des Fotografen aufgebracht gewesen, und sie hörte immer noch seine Stimme, wie er im Hinaufklettern den Mann anschrie und über den Rasen verfolgte. Roberts Wut und die Verfolgungsjagd hatten Kathryn dermaßen mit berechtigtem Zorn erfüllt, daß sie nach ihrer Rückkehr ins Haus ihre Stellungnahme abgab – die Stellungnahme, die, als Somers ihr erklärte, daß Jacks Mutter noch lebte, so schnell an Gewicht verlor.

Der Gedanke an Jacks Mutter, die Vorstellung, daß eine alte Frau, die womöglich wie Jack aussah, in einem Altersheim saß, verunsicherte Kathryn wie ein irritierendes Geräusch, das Sirren einer Mücke vielleicht, die sie gern verjagt hätte. Es war nicht nur die Entdeckung, daß Jack sie belogen hatte, die Kathryn beunruhigte; es war die Existenz der Frau selbst: Kathryn wußte nicht, was sie mit ihr anfangen sollte.

Am Abend nach dem Gedenkgottesdienst hatte Kathryn versucht, Jacks Mutter anzurufen. Eine junge Frau, wahrscheinlich eine Schwester, hatte am anderen Ende der Leitung erklärt, Matigan Rice sei nicht in der Verfassung, ans Telefon zu kommen, sie sei außerdem schwerhörig und könne sowieso nicht telefonieren. Und als die Schwester hinzufügte, daß sie außerdem der dritte Anrufer sei, der nach Matigan Rice verlange, hing sie ein, ohne ihren Namen zu nennen. Später dachte Kathryn, sie hätte zumindest fragen sollen, seit wann Mrs. Rice im Altersheim lebte, doch dann überlegte sie, was es eigentlich ändere. Jack hatte aus Gründen, die nur er kannte, seine Mutter verleugnet, und so hatte sie praktisch nicht existiert – jedenfalls nicht für Kathryn oder Mattie. Und Kathryn war sich nicht sicher, welchen Sinn es hätte, wenn Matigan Rice zu neuem Leben erweckt würde. Hatte Jack sich geschämt und deshalb seine Mutter verschwiegen? Hatte er sich mit seiner Mutter unwiderruflich zerstritten? Manchmal war Kathryn ausgesprochen neugierig, was Jacks Mutter anging, dachte aber zugleich, angesichts aller übrigen Probleme, ungern an diese Frau.

Nach jenem Morgen in Ingerbretsons Laden hatte Kathryn keine Zeitung mehr gelesen, nicht mehr ferngesehen. Der Besuch bei Julia nach dem Gedenkgottesdienst hatte sich bis über Weihnachten hinausgezogen. Wie Mattie wollte auch Kathryn nicht zurück in ihr Haus, und sie konnte Mattie nicht zu einer Rückkehr überreden, bis nicht alle Anzeichen der Katastrophe aus dem Haus geschafft wären. Sonst hätte Mattie auf dem Absatz kehrtgemacht. Nur einmal war der Fernseher bei ihrer Großmutter unabsichtlich eingeschaltet, so daß vor Kathryns Augen, ehe sie sich versah, eine Tricksimulation über den Bildschirm flimmerte, bei der die Explosion im Cockpit des Vision-Flugs 384 nachgestellt wurde. Demzufolge trennte sich das Cockpit vom Flugzeugrumpf, der dann nach einer zweiten Explosion in kleinere Bruchstücke zerbarst. Die Simulation zeigte die Flugbahn der verschiedenen Teile, auch des Cockpits, das durch den Wind leicht vom Kurs abkam und in den Ozean fiel. Dem Reporter zufolge dauerte der Absturz etwa neunzig Sekunden. Kathryn sah gebannt auf den Bildschirm und folgte dem kleinen Trickfilm-Cockpit, das in hohem Bogen ins Wasser fiel, wie im Comic aufspritzte und versank.

Die milchigen Wolkenwirbel verdichteten sich, dämpften das Licht im Fenster des Gästezimmers. Kathryn wußte, daß die Untersuchung lange dauern würde und daß sie nichts tun konnte, um ihren peniblen, unbarmherzigen Lauf aufzuhalten. Nur einmal zuvor war sie so mit dem Unvermeidlichen konfrontiert worden, und zwar, als sie ihr Kind zur Welt brachte und die Geburt nach einer unaufhaltsamen eigenen Gesetzmäßigkeit ablief. Es konnte Jahre dauern, bevor das Ergebnis der Ermittlungen vorlag.

Als sie Schritte im Flur hörte, setzte sie sich im Bett auf. Sicher war es Julia, dachte sie, die ihr doch noch helfen wollte. Aber als sie aufsah, stand nicht Julia in der Tür, sondern Robert Hart.

»Ich war bei Ihrer Großmutter«, sagte er sofort. »Und sie hat mich hierher geschickt.«

Seine Hände steckten in den Taschen eines Trenchcoats, der eine undefinierbare, weiche Farbe hatte, maulwurfbraun vielleicht. Er sah anders aus in Jeans. Sein Haar war vom Wind zerzaust, eben mit den Händen gekämmt.

»Ich bin nicht offiziell hier«, sagte er. »Ich habe ein paar Tage Ferien. Ich wollte sehen, wie es Ihnen geht.« Er trat ins Zimmer.

Sie überlegte, ob er an die Hintertür geklopft hatte, und wenn, warum sie ihn nicht gehört hatte.

»Schön, daß Sie da sind«, sagte sie – womit sie nicht gerechnet hatte.

Und es stimmte. Sie fühlte, wie ein Gewicht – nicht das ganze Gewicht, aber ein kleines, undefinierbares – von ihren Schultern wich.

»Wie geht es Mattie?« fragte er, durchquerte das Zimmer und setzte sich auf den rotlackierten Stuhl.

Wie ein Foto, dachte Kathryn plötzlich: der Mann auf dem rotlackierten Stuhl vor der limonengrünen Wand. Ein attraktiver Mann. Ein anziehendes Gesicht. Die leichten Geheimratsecken und das staubigblonde Haar, seine Körperhaltung, wie er lässig mit den Händen in den Taschen dasaß; er sah ein bißchen britisch aus, wie ein Schauspieler in einem Spionagefilm, dachte sie.

»Schrecklich«, antwortete sie, erleichtert, daß sie mit jemandem über Mattie sprechen konnte. Julia war so erschöpft gewesen, daß Kathryn sie nicht mit ihren Sorgen belasten wollte. Julia hatte genug zu tragen, mehr, als einer fünfundsiebzigjährigen Frau zukam.

»Mattie ist völlig durcheinander«, sagte Kathryn einfach zu Robert. »Sie ist sprunghaft. Sie kann sich auf nichts konzentrieren. Sogar Fernsehen ist für sie riskant. Nicht nur die Nachrichten, alles mögliche erinnert sie an ihren

Vater. Gestern abend war sie mit anderen Mädchen bei ihrer Freundin Taylor und kam untröstlich zurück. Ein Freund von Taylors Vater hatte gefragt, ob es ein Gerichtsverfahren gebe, und Mattie brach in Tränen aus. Taylors Vater mußte sie nach Hause fahren.«

Kathryn sah, wie Robert Hart sie eingehend betrachtete.

»Ich weiß nicht«, sagte sie. »Ich mache mir Sorgen, Robert, wirklich Sorgen. Mattie ist so zerbrechlich. Sie ist ganz dünn. Sie ißt nichts. Manchmal lacht sie hysterisch. Sie reagiert völlig unangemessen. Obwohl ich gerne wüßte, was angemessen ist. Ich habe Mattie erklärt, das Leben fällt nicht einfach auseinander, wir können nicht alle Regeln brechen, und Mattie sagte mit Recht, alle Regeln seien bereits gebrochen.«

Er schlug die Beine übereinander, wie Männer es oft tun: legte einen Unterschenkel auf das andere Bein.

»Wie war Weihnachten?« fragte er.

»Traurig«, sagte sie. »Kläglich. Jede Minute war kläglich. Am schlimmsten war, wie sehr Mattie sich zusammengerissen hat. Als sei sie das Julia und mir schuldig. Als sei sie es irgendwie ihrem Vater schuldig. Rückblickend hätte man das Ganze seinlassen sollen. Wie war Ihr Weihnachten?«

»Traurig«, sagte er. »Kläglich.«

Kathryn lächelte.

»Was tun Sie hier oben?« fragte er und sah sich im Zimmer um, als ob etwas darin ihm eine Antwort geben könnte.

»Ich drücke mich davor, das Haus sauberzumachen. Dies ist mein geheimer Ort. Hier verkrieche ich mich. Was tun Sie hier oben? frage ich Sie.«

»Ich habe ein paar Tage Ferien«, sagte er.

»Und?«

Er stellte seine Beine nebeneinander und schob die Hände in die Hosentaschen. »Jack hat die letzte Nacht nicht in der Wohnung der Flugbesatzung verbracht«, sagte er.

Die Luft im Zimmer wurde dick und schwer.

»Wo war er?« fragte Kathryn ruhig.

Wie schnell manche Fragen herausrutschten, auf die man gar keine Antwort wollte, dachte Kathryn nicht zum erstenmal. Als ließe sich ein Teil ihrer Psyche vom anderen nicht unterwerfen.

»Wir wissen es nicht«, sagte Robert. »Er war ja der einzige Amerikaner in der Besatzung. Nach Ankunft des Flugzeugs fuhren Martin und Sullivan mit ihren Wagen nach Hause. Niemand hat Jack danach gesehen. Wir wissen, daß er kurz in der Wohnung war, weil er zweimal telefoniert hat, einmal mit Ihnen, und einmal hat er einen Tisch in einem Restaurant bestellt. Aber das Zimmermädchen gibt an, daß niemand in jener und der nächsten Nacht in der Wohnung geschlafen habe. Die Sicherheitsbehörde weiß das offenbar schon eine Weile. Es kommt heute in den Nachrichten. Heute mittag.«

Kathryn legte sich zurück aufs Bett und starrte an die Decke. Sie war nicht zu Hause gewesen, als Jack anrief, und er hatte eine Nachricht auf dem Anrufbeantworter hinterlassen. *Hallo, Schatz,* hatte er gesagt. *Ich bin angekommen. Ich gehe jetzt nach unten was essen, und dann lege ich mich aufs Ohr. Wie war Matties Test? Liebe dich.*

»Ich wollte nicht, daß Sie aus allen Wolken fallen«, sagte er. »Ich wollte nicht, daß Sie allein sind.«

»Mattie...«, sagte sie.

»Ich habe es Julia gesagt.« Er stand auf, durchquerte das Zimmer und setzte sich ans Fußende der Liege, an die äußerste Kante. Sein Hemd war aus dunklem Baumwollstoff, dunkelgrau vielleicht, oder war es auch maulwurfbraun, überlegte Kathryn.

»Scheiße«, sagte sie.

»Irgendwann ist es vorbei«, sagte er.

»Es war kein Selbstmord.« Sie mußte es noch einmal betonen. Sie wußte es genau.

Er streckte seine Hand aus und legte sie auf die ihre. Instinktiv wollte sie ihre Hand wegziehen, aber er hielt sie fest.

Sie wollte nicht fragen, aber sie mußte es, und sie wußte, daß er auf die Frage wartete. Sie setzte sich langsam auf, zog ihre Hand fort, und diesmal ließ Robert sie los.

»Der Tisch war für wie viele Personen?« fragte sie.

»Für zwei.«

Sie preßte die Lippen aufeinander. Es hieß nichts, dachte sie. Es konnte einfach für Jack und jemanden von der Besatzung gewesen sein. Sie sah, wie Robert kurz zum Fenster, dann wieder zu ihr blickte.

»Wie haben Sie Jack unterwegs erreicht?« fragte Robert.

»Er hat mich angerufen«, sagte sie. »Das war einfacher, weil mein Stundenplan immer gleich war. Er rief an, sobald er im Hotel war. Wenn ich ihn sprechen wollte, habe ich eine Nachricht im Hotel hinterlassen. Das hatten wir so vereinbart, weil ich nie wußte, wann er in der Zwischenzeit schläft.«

Sie dachte über die Vereinbarung nach. War sie ihre oder Jacks Idee gewesen? Sie galt seit so vielen Jahren, sie konnte sich nicht mehr erinnern, wie sie zustande gekommen war. Und sie war ihr immer sinnvoll vorgekommen, eine praktische Lösung, die sie nie in Frage gestellt hatte. Merkwürdig, dachte sie, wie etwas von einer Seite betrachtet eine Sache war und von der anderen Seite eine völlig andere. Oder vielleicht nicht so merkwürdig.

»Die Besatzung können wir leider nicht fragen«, sagte sie.

»Nein.«

Sie stand auf und ging zu den Fenstern hinüber. Sie trug ein altes Sweatshirt und Jeans mit zerschlissenen Knien, schon seit Tagen. Selbst ihre Socken waren nicht sauber. Sie hatte nicht damit gerechnet, einen Bekannten zu treffen. Leute, die sie nicht kannte, waren ihr inzwischen sowieso egal. Trauernden, dachte sie, kam zuerst das Aussehen abhanden. Oder war es die Würde?

»Ich kann nicht mehr weinen«, sagte sie. »Der Teil ist vorbei.«

»Kathryn...«

»Das gibt es doch nicht«, sagte sie. »Das gibt es doch einfach nicht. Kein Pilot ist je beschuldigt worden, Selbstmord per Flugzeug begangen zu haben.«

»Stimmt nicht«, sagte Robert. »Es gab einen Fall.«

Kathryn drehte sich vom Fenster weg.

»In Marokko. Ein Flugzeug der Royal Air Maroc stürzte im August 1994 bei Agadir ab. Die marokkanische Regierung erklärte nach der Auswertung des CVR-Tonbands, der Kapitän habe Selbstmord begangen. Der Mann hatte offenbar den Autopiloten außer Kraft gesetzt und das Flugzeug Richtung Boden gesteuert. Das Flugzeug brach schon vor der Bruchlandung auseinander. Vierundvierzig Menschen starben.«

»Mein Gott«, sagte sie.

Sie hielt die Hände vor die Augen. Sie sah es genau vor sich, wenigstens einen Moment: Der Kopilot, der entsetzt zusieht, wie sein Kapitän versucht, sich umzubringen; die Panik der Passagiere, die spüren, wie die Kabine abrupt an Höhe verliert.

»Wann wird das Band freigegeben?« fragte sie. »Jacks Band.«

Robert schüttelte den Kopf. »Ich bezweifle sehr, daß es je freigegeben wird«, sagte er. »Sie sind dazu nicht verpflichtet. Weil der Inhalt dieser Bänder so brisant ist, gilt das Recht auf Information nicht. Wenn in jüngerer Zeit Bänder veröffentlicht wurden, war der Inhalt entweder unwesentlich, oder er war stark zensiert.«

»Also muß ich das Band nie hören.«

»Vermutlich nicht.«

»Aber... wie erfahren wir jemals den wahren Hergang?«

»Dreißig verschiedene Stellen beschäftigen sich mit diesem Absturz«, sagte Robert. »Glauben Sie mir, mehr als jeder anderen Institution geht der Gewerkschaft dieser Selbstmordvorwurf gegen den Strich – schon der geringste Selbstmordverdacht. Jeder Kongreßabgeordnete in Washington schreit nach strengeren psychologischen Tests für Piloten – aus gewerkschaftlicher Sicht ein Alptraum. Je schneller der Fall geklärt wird, desto besser für sie.«

Kathryn rieb sich ihre Arme, sie waren ganz lahm. »Es ist ein Politikum, oder?«

»Wie immer.«

»Deshalb sind Sie hier.«

Er schwieg und setzte sich auf die Liege. Er strich die Decke darüber glatt. »Nein«, sagte er. »Im Augenblick nicht.«

»Also sind Sie hier als...«

»Ich bin hier«, sagte er und sah sie an. »Ich bin einfach hier.«

Sie nickte langsam. Sie wollte lächeln. Sie wollte Robert Hart sagen, wie froh sie war, daß er da war, wie schwer es war, dies alles allein durchzustehen, ohne die Person, die sie so vermißte, Jack.

»Ist das ein gutes Hemd?« fragte sie schnell.

»Nicht besonders«, sagte er.

»Ist Ihnen nach Hausputz?«

Sie gingen von Zimmer zu Zimmer, wischten Staub, saugten Staub, wuschen Kacheln ab, sammelten Müll ein, machten Betten, sortierten Schmutzwäsche. Robert Hart verrichtete diese Arbeiten auf typisch männliche Art: Bettenmachen war nicht seine Stärke, aber in der Küche war er wirklich gut, machte sich über den Fußboden her, als sei dieser sein ärgster Feind. Riskante Gegenstände in ihrem, in Matties Schlafzimmer wurden durch Roberts Anwesenheit entschärft: Ein Hemd, das über einem Stuhl hing, war nur ein Hemd – Robert warf es zur übrigen Wäsche auf den Boden. Bettwäsche war Bettwäsche, fällig für die Waschmaschine. In Jacks Arbeitszimmer hob er die Papiere vom Fußboden auf und stopfte sie allesamt, ohne sie genauer zu betrachten – was sie sonst getan hätte –, in eine Schublade. In Matties Zimmer spürte Kathryn Roberts prüfenden Blick, spürte seine Sorge, ihr Mut könne sinken, doch überraschend für beide arbeitete sie besonders flink und tüchtig. Mit stoischer Gelassenheit hatte sie Robert geholfen, den Weihnachtsbaum wegzuwerfen, gemeinsam hatten sie den vertrockneten Baum durch die Küche und den hinteren Flur gezerrt, und der Baum hatte seine Nadeln wie Konfetti über Dielen und Fliesen verstreut. Als sie die Reinigungsaktion beendeten, waren die milchigen Wolkenwirbel verschwunden, und der Himmel hing bleiern und niedrig.

»Es soll Schnee geben«, sagte er und wischte das Spülbecken aus.

Sie öffnete den Schrank unter der Spüle und verstaute

den Badezimmerreiniger, das Pine Sol, das Comet. Sie wusch sich über der Spüle die Hände und trocknete sie an einem Geschirrtuch.

»Ich habe Hunger«, sagte sie, zufrieden über das saubere Haus.

»Gut.« Er drehte sich um. »Im Wagen habe ich zwei Hummer.«

Sie runzelte die Stirn.

»Von Ingerbretsons«, erklärte er. »Ich habe sie auf dem Hinweg gekauft. Ich konnte nicht anders.«

»Und wenn ich Hummer nicht mag?« sagte sie.

»Ich habe die Gabeln und Hummerscheren in der Besteckschublade gesehen.«

»Aufmerksam«, sagte sie.

»Manchmal.«

Aber als sie da stand, hatte sie plötzlich das Gefühl, Robert Hart sei eigentlich immer aufmerksam. Immer wachsam.

Robert kochte die Hummer, und Kathryn deckte im vorderen Wohnzimmer den Tisch. Ein Schneeschauer zog vorüber, trockene Schneeflocken wirbelten still gegen die Fenster. Robert hatte Brot mitgebracht und ließ Butter aus. Kathryn nahm zwei Flaschen Bier aus dem Eisschrank. Sie öffnete eine und wollte schon die andere öffnen, als ihr einfiel, daß Robert nicht trank. Sie fühlte sich ertappt und wollte die beiden Flaschen unbemerkt in den Eisschrank zurückstellen.

»Bitte.« Robert schaute vom Herd auf. »Trinken Sie ruhig etwas. Bier stört mich nicht. Es stört mich mehr, wenn Sie nichts trinken.«

Kathryn sah auf die Uhr. Zwanzig nach zwölf. Alle Zeit der Welt. Wieder riß die Zeithülle auf. Es war Donnerstag. Eigentlich war sie sonst in der Schule, fünfte Stunde. Eigentlich trank sie sonst kein Bier. Aber es waren ja Weihnachtsferien; die Schule begann erst am zweiten Januar. Bisher hatte sie sich keine Gedanken gemacht, wie sie wohl im Unterricht zurechtkäme. Schüler, Schulflure kamen ihr in den Sinn, doch sie schob die Vorstellung beiseite.

Kurz vor zwölf hatte Robert das Telefon leise gestellt. Die Dinge konnten warten, hatte er gesagt, und sie hatte zugestimmt.

Also hatte sie ein rotgeblümtes Tischtuch auf den Tisch am Fenster gelegt – der bunte Stoff stand in eigentümlichem Gegensatz zum düsteren Himmel draußen. Robert hatte Musik aufgelegt: B.B. King. Kathryn hätte gern Blumen gehabt. Aber was feierte sie eigentlich? meldete sich ihr Gewissen. Daß sie die letzten elf Tage überstanden hatte? Daß sie das Haus saubergemacht hatte? Sie legte Hummerbesteck neben jeden Teller, stellte Schüsseln für die Hummerschalen, Brot, heiße Butter und eine Rolle Küchenkrepp auf den Tisch. Robert hatte die Hummer aus dem kochenden Wasser geholt und brachte die Teller ins Wohnzimmer. Auf seinem Hemd waren Wasserspritzer.

»Ich sterbe vor Hunger«, sagte er, stellte die Teller ab und setzte sich ihr gegenüber.

Sie betrachtete ihren Teller. Und genau da packte sie eine Erinnerung, wie ein Schock, schnell und schmerzlich. Hastig sah sie auf, dann aus dem Fenster. Sie faßte sich an den Mund.

»Was ist?« fragte Robert.

Sie schüttelte schnell den Kopf, hin, her. Sie bewegte sich nicht, weder vor noch zurück, aus Furcht vor dem Abgrund. Sie holte Luft, atmete ein, aus, legte die Arme auf den Tisch.

»Mir ist gerade etwas eingefallen«, sagte sie.

»Was?«

»Jack und ich.«

»Hier?«

Sie nickte.

»So?«

Es war so, wollte sie sagen, aber doch nicht so. Es war im Frühsommer, und vor den Fenstern waren Fliegengitter. Mattie war in der Schule oder vielleicht bei einer Freundin, und es war später, vielleicht vier Uhr oder fünf. Das besondere Licht fiel ihr ein, schimmernd und grün wie eine gläserne See. Sie hatten Sekt getrunken. Was hatten sie gefeiert? Sie wußte es nicht mehr. Vielleicht nichts, vielleicht nur sich. Sie hätte gern mit ihm geschlafen und er auch, aber keiner wollte den schönen heißen Hummer kaltwerden lassen, also aßen sie erst auf – es knisterte vor Erwartung. Genüßlich hatte sie die Hummerbeine ausgelutscht, und Jack hatte gelacht und behauptet, sie mache ihn ganz schön an. Was ihr gefiel. Ihn anzumachen. Sonst tat sie das selten...

»Tut mir leid«, sagte Robert. »Wie unbedacht von mir. Ich bringe die Teller in die Küche.«

»Nein.« Sie bremste seine Hand, als er ihren Teller nehmen wollte. »Woher sollen Sie das wissen. Und außerdem, es passiert mir ständig. Hundert kleine Erinnerungen, auf die ich nicht gefaßt bin. Vermintes Gebiet, das jederzeit explodieren kann. Ehrlich, Gedächtnisschwund muß wunderbar sein.«

Er zog seine Hand unter ihrer fort, legte sie auf ihre Hand. Ein guter Freund. Seine Hand fühlte sich warm an; Kathryns Hand war mit einemmal ganz kalt. Immer wenn ihr etwas einfiel, wurden ihre Hände und Füße ganz kalt. Auch wenn sie Angst hatte.

»Sie haben mir sehr geholfen«, sagte sie.

Zeit verging. Wieviel? Sie konnte es nicht abschätzen – Sekunden, Minuten. Sie schloß die Augen. Das Bier machte sie schläfrig. Am liebsten hätte sie ihre Hand umgedreht, damit er ihre Handfläche berührte. Damit er über ihre Handfläche, ihr Handgelenk strich. Sie konnte seine warme Hand spüren, wie sie innen ihren Arm entlang bis über den Ellenbogen fuhr.

Ihre Finger entspannten sich unter Roberts Griff, und sie spürte, wie die Anspannung in ihrem Körper nachließ. Es war erotisch und auch nicht, sie ließ ihren Gefühlen freien Lauf. Sie sah nicht mehr klar, weder Robert noch sonst etwas, nur Helligkeit in den Fenstern. Dieses Licht, diffus und schwach, schaffte eine angenehm träge Atmosphäre. Und eigentlich hätte dieser Zustand, in dem sie sich mit Robert befand, sie beunruhigen müssen, doch mit der Dämmerung war ein Gefühl der Nachsicht über sie gekommen, ein bloßer Schwebezustand. So daß, als Robert ihre Hand fester drückte – vielleicht damit sie sich fing –, sie erschrocken in der Gegenwart landete.

»Sie sind irgendwie wie ein Geistlicher«, sagte sie.

Er lachte. »Nein, bestimmt nicht.«

»Ich glaube, ich sehe Sie so.«

»Vater Robert«, lächelte er.

Und dann dachte sie: Wer erfuhr davon, wenn dieser Mann ihren Arm streichelte? Wen ging das etwas an? Waren nicht alle Regeln inzwischen gebrochen? Hatte Mattie das nicht gesagt?

Der Schnee fiel und hüllte sie in Schweigen. Sie sah, daß er Mühe hatte zu begreifen, wo sie jetzt stand und warum; doch sie konnte ihm nicht helfen, denn sie wußte es selbst nicht. Das Wohnzimmer war zur Winterzeit immer leicht kühl, und sie fröstelte trotz der warmen, zischenden Heizkörper. Draußen wurde der Himmel jetzt so dunkel, als sei bald Nacht.

Er zog seine Hand zurück, ließ ihre auf dem blumenbedruckten Tischtuch zurück. Sie vermißte seine Hand und fühlte sich preisgegeben.

Sie trank noch eine Flasche Bier. Sie aßen alles Brot und beide Hummer auf. Zwischendurch stand Robert auf und legte eine andere CD auf. Von B.B. King zu Brahms.

»Sie haben schöne Musik.« Er kehrte zum Tisch zurück.

»Mögen Sie Musik?«

»Klaviermusik, ja.«

»Welche?«

»Alle mögliche. Gehört die Sammlung Ihnen oder Jack?« fragte er und setzte sich.

Sie sah ihn fragend an.

»Meist ist die Musik entweder Sache des Manns oder der Frau, selten, daß beide sich dafür begeistern«, erklärte er. »Jedenfalls nach meiner Erfahrung.«

Sie dachte darüber nach.

»Meine Sache«, sagte sie. »Jack konnte keinen Ton halten. Er mochte höchstens Rock and Roll. Und Matties Musik – den Rhythmus, wahrscheinlich. Und bei Ihnen?«

»Auch meine«, sagte er. »Aber die Stereoanlage und die CD-Sammlung sind bei meiner Frau geblieben. Einer meiner Söhne hat ein gutes Ohr. Er spielt Saxophon. Den anderen interessiert es nicht.«

»Ich habe versucht, Mattie Klavierunterricht zu geben«, sagte Kathryn. »Es war eine Tortur.«

Kathryn dachte an die Hunderte von Stunden, in denen sie mit Mattie am Klavier gesessen und diese ihren Widerwillen übertrieben demonstriert hatte, indem sie sich plötzlich wie wild an einer unmöglichen Stelle am Rücken kratzte oder den Klavierschemel verstellte oder endlos brauchte, um den richtigen Fingersatz zu finden. Es war schon eine Leistung, wenn Mattie ein Stück wenigstens einmal spielte, geschweige denn mehrere Male. Oft war Kathryn am Ende vor Wut kochend aus dem Zimmer geflüchtet, worauf Mattie anfing zu weinen. Kein Jahr verging, bis Kathryn wußte, daß sie es völlig mit ihrer Tochter verderben würde, wenn sie auf den Klavierstunden bestünde.

Inzwischen konnte Mattie ohne Musik kaum existieren – in ihrem Zimmer, im Auto, mit ihrem Walkman in die Ohren gestöpselt, als käme aus den Kopfhörern die Luft, die sie zum Atmen brauchte.

»Spielen Sie Klavier?« fragte Kathryn.

»Früher einmal.«

Sie betrachtete ihn, fügte dieses Detail dem Bild hinzu, das sie sich von ihm gemacht hatte, seit er ihr Haus betreten hatte. Genauso war es, dachte Kathryn. Man machte sich ein Bild von einem Menschen, füllte aus, was fehlte, wartete, bis das Bild Gestalt und Farbe annahm.

Er tunkte ein Stück Hummerschwanz in die Butter, daß es tropfte, und steckte es in den Mund.

»An dem Abend, bevor Jack losfuhr«, sagte Kathryn, »ist er in Matties Zimmer gekommen und hat sie gefragt, ob sie mit ihm am Freitagabend zu den Celtics ginge. Ein Freund hatte ihm gute Plätze besorgt. Ich möchte gern wissen: Fragt ein Mann seine Tochter, ob sie mit ihm zu den Celtics geht, wenn er vorhat, sich vorher umzubringen?«

Robert wischte sich das Kinn und dachte eine Weile nach.

»Würde ein Mann, der richtig gute Plätze für ein Spiel der Celtics hat, sich umbringen, bevor er das Spiel gesehen hat?«

Sie machte große Augen.

»Tut mir leid«, sagte er hastig. »Nein. Es ergibt keinen Sinn, wenigstens nicht für den gesunden Menschenverstand.«

»Und Jack hat mich gebeten, Alfred anzurufen«, sagte Kathryn. »Er sagte, ich solle Alfred für Freitag bestellen, damit er die tropfende Dusche repariert. Hätte Jack nicht vorgehabt wiederzukommen, hätte er das nicht getan. Jedenfalls nicht so, schon auf dem Weg zum Wagen. Und er wäre mir gegenüber anders gewesen. Er hätte sich anders verabschiedet. Ganz bestimmt. Irgendeine Kleinigkeit, die mir im Augenblick nicht aufgefallen wäre, aber später. Irgend etwas.«

Robert trank einen Schluck Wasser und schob seinen Stuhl ein wenig vom Tisch zurück.

»Wissen Sie noch«, fragte sie, »wie mich die Sicherheitsbehörde befragt hat? Sie wollten wissen, ob Jack jemanden in England kennt.«

»Ja.«

Sie schaute auf die Schüssel mit den abgegessenen Schalen.

»Mir fällt gerade etwas ein«, sagte sie. »Ich bin gleich wieder da.«

Als sie die Treppe hinaufging, überlegte sie, in welchem Wäschekorb sie zuerst nachsehen sollte. Sie hatte die Jeans zwei Tage getragen und hatte sie dann in den Wäschekorb geworfen. Aber nicht in ihren, sondern in Matties. Und Matties Sachen hatte Kathryn noch nicht gewaschen, weil Mattie nicht da war. Matties andere Wäsche hatte sie bei Julia gewaschen.

Die Jeans lagen unter einem Berg Schmutzwäsche, vergraben unter Kleidungsstücken, die Robert und sie erst vor Stunden in den Wäschekorb geworfen hatten. Sie fand die zusammengefalteten Papiere und Quittungen, sie waren ein wenig klamm von einem Handtuch, das schon lange tief unten im Korb lag.

Als sie ins Wohnzimmer zurückkam, blickte Robert nachdenklich in den Schnee hinaus. Dann sah er ihr zu, wie sie ihren Teller beiseite schob und die Papiere auseinanderfaltete.

»Sehen Sie mal«, sagte sie und reichte Robert das Lotterielos. »Diese Papiere habe ich am Tag, als Jack verunglückt ist, in der Hosentasche seiner Jeans gefunden, die am Haken an der Badezimmertür hing. Ich habe damals nichts Besonderes dabei gedacht und sie in meine Hosentasche gesteckt. Aber sehen Sie die Zahl hier hinten? Woran erinnert die Sie?«

Robert betrachtete die Zahl, und an seinem Blick erkannte sie, daß er das Gleiche dachte wie sie.

»Eine englische Telefonnummer, meinen Sie?«

»Eine Londoner Nummer, oder? 0171?«

»Möglich.«

»Stimmt die Reihenfolge?«

»Keine Ahnung.«

»Das läßt sich leicht herausfinden, oder?« Sie streckte ihre Hand aus, und Robert reichte ihr, wenn auch zögernd, das Los.

»Ich bin neugierig«, verteidigte sie sich. »Wenn dies eine Telefonnummer ist, warum steht sie auf diesem Los? Und es ist relativ neu. Er muß das Los am Tag vor seiner Abreise gekauft haben.« Sie suchte nach dem Datum auf dem Los. »Ja«, sagte sie, »vierzehnter Dezember«.

Was ich jetzt tue, ist absolut vernünftig, dachte sie, als sie zum Telefon neben dem Sofa ging. Sie nahm den Hörer ab und wählte. Beinahe augenblicklich hörte sie ein fremdes Läuten, ein Telefonläuten, das sie in ihrer Vorstellung eher mit altmodischen schwarzen Telefonen in Paris verband.

Eine Stimme antwortete am anderen Ende, und Kathryn blickte verwirrt, auf diese Stimme unvorbereitet, zu Robert. Sie wußte nicht, was sie sagen sollte. Eine Frau sagte noch einmal *Hallo*, diesmal ein wenig ärgerlich. Keine alte Frau, kein Mädchen.

Kathryn wollte der Name nicht einfallen. Sie wollte fragen: *Kennen Sie einen Jack Lyons?*, aber plötzlich kam ihr die Frage absurd vor.

»Ich glaube, ich bin falsch verbunden«, sagte Kathryn schnell. »Entschuldigen Sie die Störung.«

»Wer ist da?« fragte die Frau, diesmal argwöhnisch.

Kathryn konnte ihren Namen nicht sagen.

Dann klickte es hart und gereizt, die Leitung war unterbrochen.

Kathryn legte mit zitternden Händen den Hörer auf und setzte sich hin. Sie war aufgewühlt wie früher als Mädchen in der Schule, wenn sie einen Jungen angerufen hatte, für den sie schwärmte, und sich nicht getraut hatte, ihren Namen zu sagen.

»Ganz ruhig«, sagte Robert am Tisch.

Kathryn rieb mit den Händen seitlich über ihre Jeans, bis das Zittern aufhörte.

»Hören Sie zu«, sagte sie. »Können Sie etwas für mich herausfinden?«

»Was?«

»Können Sie sämtliche Namen der Besatzungsmitglieder herausfinden, mit denen Jack je geflogen ist? Besonders die in England?«

»Warum?«

»Vielleicht erkenne ich einen Namen wieder. Oder mir fällt ein Gesicht wieder ein.«

»Wenn Sie wirklich wollen«, sagte er langsam.

»Was ich wirklich will, ist schwer zu sagen.«

Sie breitete die zerdrückten Papiere auf dem rotgeblümten Tischtuch aus: Geldscheine – Ein-Dollar-Scheine und ein Zwanziger; die Quittung von Ames für die Verlängerungsschnur, Glühbirnen, eine Dose Right Guard (wenigstens am Rasierschaum ließ sich nichts herumdeuten); den

Zettel von der Reinigung; eine Quittung von Staples (das Druckerkabel und zwölf Stifte (das Druckerkabel war für den Computer, den Jack Mattie zu Weihnachten schenken wollte und den schließlich Kathryn Mattie geschenkt hatte – eine unglückselige Entscheidung, denn Mattie ging das Geschenk so zu Herzen, daß sie nicht einmal die Kartons auspacken konnte); eine Quittung der Post in Portsmouth über zweiundzwanzig Dollar (vielleicht doch nicht für Briefmarken, dachte sie bei genauerer Betrachtung); eine Quittung vom Buchladen für *The Flanders Panel* und *The Book of Irish Verse*. Sie faltete das weiße Blatt auseinander, auf dem Jack das Gedicht abgeschrieben hatte.

Hier in der engen Passage und im unbarmherzigen Norden,
ewiger Verrat, gnadenloser, ergebnisloser Kampf.
Zielloses Wüten der Dolche im Dunkel: Überlebenskampf
der hungrigen blinden Zellen im Mutterleib.

Sie schaute auf und sah hinter den Fenstern bloß Weiß. Auf dem Rasen häufte sich schon beträchtlich Schnee, und sie dachte, eigentlich müsse sie sich bei Julia und Mattie melden, ob alles in Ordnung sei. Ob Mattie noch wach war?

Sie faltete das zweite linierte Blatt auseinander – der Merkzettel. *Verlängerungsschnur.* Wieder für den Computer. *Dachdecker anrufen.* Das Dach hatte eine große undichte Stelle. *Mattie Farbdrucker.* Wieder Matties Weihnachtsgeschenk. *Bergdorf Morgenmantel, Mail Order am 20.*

Merkwürdig, dachte sie, aber am zwanzigsten war kein Mail-Order-Päckchen gekommen. Sie war sich ganz sicher.

Als sie vom Tisch aufstand, gingen ihr die Gedichtzeilen wieder durch den Kopf. Noch konnte sie wenig damit anfangen, aber vielleicht fand sie das ganze Gedicht und hätte mehr Anhaltspunkte. Sie ging aus dem Wohnzimmer in Jacks Arbeitszimmer, stand suchend vor dem Bücherregal. Es war aus Holz gezimmert reichte beinahe bis zur Decke. Jack las Bücher über Flugzeuge, Biographien berühmter Männer, spannende Bücher. Sie selbst las hauptsächlich Romane von Frauen, zeitgenössische Romane, obwohl sie auch eine Vorliebe für Edith Wharton und Virginia Woolf hatte. Sie suchte nach dem *Book of Irish Verse*. Mühelos fand sie *The Flanders Panel*, aber die Gedichtanthologie tauchte selbst nach zweimaligem Suchen nicht auf. Dann entdeckte sie das Buch auf dem Boden neben dem Telefonbuch. *Irische Gedichte vom Sechsten Jahrhundert bis zur Gegenwart*, lautete der Untertitel.

Sie nahm das Buch mit ins Schlafzimmer und setzte sich aufs Bett, legte es auf ihren Schoß und blätterte. Sie sah nichts, das ihr ins Auge sprang. Also beschloß sie, vorn anzufangen, Seite für Seite, bis sie die Zeilen fand. Aber dann begriff sie, daß dieses Vorgehen unnötig war: Die Gedichte waren chronologisch geordnet – am Anfang stand Dedulius Scottus, *The Hag of Beare*. Also schlug sie das Buch in der Mitte auf. Überflog die Gedichte von W.B. Yeats, J.M. Synge und anderen, die ähnlich klangen wie der Autor des Gedichts, das sie suchte. Sie blätterte systematisch. Aus Jacks Arbeitszimmer drang das Ende-Signal des Faxgeräts.

Draußen fiel der Schnee immer dichter, trieb gegen das Fenster. Der Wetterbericht hatte zwanzig bis fünfundzwanzig Zentimeter vorausgesagt, wußte Robert. Wenigstens war Mattie sicher bei Julia und nicht unterwegs.

Kathryn verließ das Schlafzimmer und betrat Jacks Arbeitszimmer, wo Robert am Schreibtisch saß. Er schien sie zu erwarten. In seinen Händen hielt er das frische Fax. Und plötzlich, als sie Robert auf Jacks Stuhl sitzen sah, wurde ihr klar, daß Robert den Inhalt des Tonbands kannte – natürlich kannte er ihn.

»Erzählen Sie mir von dem Tonband«, sagte sie.

»Hier ist die Liste aller Personen, die je mit Jack bei Vision geflogen sind«, sagte er und reichte ihr das Fax.

»Danke«, sagte sie und nahm die Liste, ohne einen Blick daraufzuwerfen. Sie konnte sehen, daß er mit dieser Frage nicht gerechnet hatte. »Bitte«, sagte sie. »Erzählen Sie mir, was Sie wissen.«

Er verschränkte die Arme und rollte mit dem Bürostuhl vom Schreibtisch weg, legte ein wenig Distanz zwischen sie. »Ich habe das Band nicht selbst gehört«, sagte er. »Keiner von uns hat das.«

»Das weiß ich.«

»Ich kann Ihnen nur erzählen, was mir ein Freund, der auch bei der Gewerkschaft arbeitet, berichtet hat.«

»Ich weiß.«

»Wollen Sie das wirklich hören?«

»Ja«, sagte sie mutig, obwohl sie unsicher war – wie konnte sie sicher sein? Diese Frage könnte sie frühestens dann beantworten, wenn sie alles gehört hätte.

Er stand mit einem Ruck auf und ging zum Fenster, kehrte Kathryn den Rücken zu. Er sprach schnell und sachlich, als wolle er den Worten ihren emotionalen Gehalt nehmen.

»Der Flug verläuft die ersten sechsundfünfzig Minuten normal«, sagte er. »Jack wird offenbar überrumpelt.«

»Überrumpelt?«

»Er verläßt das Cockpit, sechsundfünfzig Minuten und vierzehn Sekunden nach Abflug. Er sagt keinen Grund, nur daß er gleich zurück ist. Sie – die Leute, die das Band gehört haben – nehmen an, daß er auf die Toilette mußte.« Er schaute in ihre Richtung, sah sie jedoch nicht an.

Sie nickte.

»Zwei Minuten später merkt der Erste Offizier, Roger Martin, daß seine Kopfhörer nicht funktionieren. Er fragt Trevor Sullivan, den Ingenieur, ob er ihm seine leihen kann. Sullivan reicht Martin seine Kopfhörer, sagt: *Probieren Sie die mal.* Martin probiert die Kopfhörer des Ingenieurs aus, stellt fest, daß sie funktionieren, und sagt zu ihm: *Also, am Stecker liegt es nicht. Meine Kopfhörer sind wohl kaputt.*

»Roger Martins Kopfhörer sind kaputt«, wiederholte Kathryn.

»Ja. Roger reicht also Sullivan die Kopfhörer zurück, und dann sagt Sullivan: *Warte mal. Vielleicht hat er noch welche.* Offenbar löst er dann seinen Sicherheitsgurt und zieht Jacks Flugtasche hervor. Sie wissen, wo die Flugtaschen verstaut sind?«

»Neben den Piloten?«

»An der äußeren Wand neben jedem Piloten. Ja. Und Sullivan holt dann etwas aus der Tasche, womit er nicht gerechnet hat. Denn er sagt: *Verflucht, was soll das...?*«

»Einen Gegenstand, den er nicht erwartet hat.«

»Scheint so.«

»Keine Kopfhörer.«

»Wir wissen es nicht.«

»Und dann?«

»Und dann kommt Jack ins Cockpit zurück. Sullivan sagt: *Lyons, soll das ein Witz sein?*«

Robert machte sich eine Pause. Er lehnte, halb sitzend, gegen das Fensterbrett.

»Vielleicht gab es dann ein Handgemenge«, sagte Robert. »Die Berichte darüber sind unterschiedlich. Wenn, dann ging es schnell. Denn Sullivan sagt gleich darauf: *Verdammt, was soll das?*«

»Und?«

»Und dann sagt er: *Mein Gott.*«

»Wer sagt: *Mein Gott?*«

»Sullivan.«

»Und?«

»Das ist alles.«

»Sonst sagt keiner was?«

»Das Band ist zu Ende.«

Sie blickte nachdenklich hoch zur Decke und überlegte, was das Ende des Bands bedeutete.

»Oh, Gott«, sagte sie ruhig.

Robert richtete sich auf, steckte seine Hände in die Hosentaschen.

»Wenn nur ein Satz auf dem Band anders ist«, sagte Robert, »verändert sich der ganze Sinn. Selbst wenn der Wortlaut stimmt, beweist das Band nichts. Das wissen Sie. Darüber haben wir schon mal geredet.«

»War Jack mit Sicherheit zu dem Zeitpunkt im Cockpit?«

»Man hört deutlich das Türschloß. Danach spricht Sullivan ihn an.«

»Was ich nicht verstehe«, sagte sie, »ist, wie Jack etwas dermaßen Gefährliches in seiner Flugtasche verstecken konnte.«

»Ach«, sagte Robert, »das ist das kleinste Problem.« Er sah hinaus auf den Schnee. »Das ist kein Problem. Absolut kein Problem. Jeder tut das.«

»Tut was?«

»Viele Piloten auf internationalen Strecken tun das, fast jeder von der Flugbegleitung, den ich kenne«, sagte Robert. »Meist ist es Schmuck. Gold und Silber, manchmal Edelsteine. Schmuck für die Ehefrau oder die Freundin. Geschenke«, fügte er erklärend hinzu.

Sie wußte nicht, ob sie richtig verstanden hatte. Der Schmuck fiel ihr ein, den sie im Laufe der Jahre von Jack bekommen hatte: ein dünnes goldenes Armband zu einem Hochzeitstag; eine goldene Gliederkette zum Geburtstag; einmal Diamantohrstecker zu Weihnachten.

»Wenn man hundertmal auf dem gleichen Flughafen ist, kennt man die Sicherheitsleute bestens«, sagte Robert.

»Man hält ein Schwätzchen und wird durchgewunken. Eine Gefälligkeit. Als ich noch flog, hat selten jemand meine Flugtasche kontrolliert. Meinen Ausweis mußte ich vielleicht jedes fünfzigste Mal zeigen.«

Kathryn schüttelte den Kopf. »Das wußte ich nicht«, sagte Kathryn. »Jack hat das nie erzählt.«

»Das behalten manche Piloten lieber für sich. Vielleicht weil das Geschenk nur halb so schön ist, wenn die Ehefrau weiß, daß es so billig war. Ich weiß nicht.«

»Haben Sie das auch getan?« fragte sie. »Wertsachen geschmuggelt?«

»Immer zu Weihnachten«, sagte er. »*Und was hast du diesmal?* war die große Frage, wenn man sich vor der Fahrt zum Flughafen in der Hotelhalle traf.«

Sie schob die Hände in ihre Jeanstaschen, stand mit hochgezogenen Schultern da.

»Jack hat gelogen, als er behauptete, seine Mutter sei tot.«

»So?«

»Er hat nicht im Hotel übernachtet.«

»Das reicht nicht.«

»Jemand hat die Bombe in seine Tasche gepackt.«

»Wenn es eine Bombe war, hat jemand sie da hineingepackt. Das nehme ich mal an.«

»Und Jack muß es gewußt haben«, sagte sie. »Es war schließlich seine Flugtasche.«

»Das nehme ich nicht unbedingt an.«

»Der marokkanische Pilot hat mit dem vollbesetzten Flugzeug Selbstmord begangen.«

»Das war ganz anders.«

»Woher wissen wir, daß es anders war?«

»Das ist doch nicht Ihr Ernst«, sagte Robert engagiert. »Sie glauben doch nicht wirklich, daß Jack das getan hat.«

»Ich weiß nicht, was ich noch glauben soll«, sagte sie.

Robert stöhnte und drehte ihr den Rücken zu.

»Sie wollten wissen, was auf dem Band ist«, sagte er, »und ich habe es Ihnen erzählt.«

Sie faltete das Fax, das sie unter den Arm geklemmt hatte, auseinander. Viele Namen standen darauf, neun, zehn Seiten Namen, angefangen von Jacks letzter Besatzung bis zurück zu 1986, als er bei der Fluggesellschaft begonnen hatte. Sie überflog die Liste: Jack Haverstraw, Paul Kennedy, Michael DiSantis, Richard Goldthwaite... Gelegentlich tauchte ein bekanntes Gesicht auf, ein Mann, mit dem sie und Jack einmal Essen gegangen waren, oder ein anderer, den sie auf einer Party kennengelernt hatte, aber die meisten Namen sagten ihr nichts. In gewisser Hinsicht, dachte sie, führte ein Pilot ein merkwürdiges Leben, der Beruf war beinah antisozial. Die anderen Besatzungsmitglieder wohnten manchmal fast hundert oder sogar zweihundert Kilometer entfernt.

Und dann sah sie den Namen, von dem sie nicht einmal gewußt hatte, daß sie ihn suchte, den ungewöhnlichen Namen, der ihr wie ein Stromstoß durch Mark und Bein ging.

Muire Boland.

Flugbegleiterin, Oktober 1992.

Kathryn sagte den Namen laut.

Muire Boland.

Eigentlich ein schöner Name, dachte sie, er zerging auf der Zunge. Kathryn bückte sich und öffnete die große untere Schublade in Jacks Schreibtisch. Der Reklameumschlag mit dem gekritzelten Namen war nicht da, aber sie sah ihn so deutlich vor sich wie den gedruckten Namen auf der Liste in ihren Händen. Auf einem Werbeumschlag der Chase Manhattan Bank. Sie wußte, wenn sie jetzt zögerte, würte sie sich nicht mehr entschließen können. Instinktiv zog sie das Lotterielos aus der Hosentasche und wählte noch einmal die Nummer. Eine Stimme antwortete, die gleiche Stimme wie zuvor.

»Hallo«, sagte Kathryn schnell. »Ist Muire da?« Kathryn war sich nicht einmal sicher, ob sie den Namen richtig aussprach.

Am anderen Ende der Leitung war es still.

»Nein«, sagte die Frau.

»Oh, schade«, sagte Kathryn und war seltsam erleichtert. Sie wollte nur noch das Gespräch beenden.

»Muire *war* hier«, sagte die englische Stimme. »Aber sie ist wieder in ihrer eigenen Wohnung. Sind Sie eine Freundin?«

»Eine Freundin?« wiederholte Kathryn gedankenverloren. Sie stützte sich am Schreibtisch ab.

»Wer sind Sie?« fragte die Frau in London.

Kathryn konnte ihr nicht antworten. Sie öffnete den Mund und konnte ihren Namen nicht sagen. Sie drückte den Hörer an ihre Brust.

M bei A stand auf dem Lotterielos vor ihr. Muire, 15.30 hatte auf dem Reklameumschlag gestanden. Zwei Notizen in Jacks Handschrift, geschrieben im Abstand von etwa vier Jahren, verbunden durch eine Telefonnummer.

Nach einer Weile nahm Robert ihr den Telefonhörer aus der Hand und legte ihn wieder auf die Gabel.

»Warum wollten Sie Muire sprechen?« fragte er ruhig. »Sie sind ganz blaß.«

»Nur eine Vermutung«, sagte sie. »Nur eine Vermutung.« Sie ließ sich auf den Bürostuhl fallen. Suchte sie etwas, das es nicht gab? Bestand wirklich eine Verbindung zwischen beiden Notizen?

»Robert, können Sie über einen bestimmten Namen mehr herausfinden?« fragte sie atemlos. »Die Adresse?«

»Wenn Sie das wirklich wollen.«

»Es ist die Hölle«, sagte sie.

»Dann lassen Sie es sein.«

Sie überlegte. Sollte sie es seinlassen?

»Könnten Sie das?« fragte sie.

»Sie wollte unbedingt fernsehen«, sagte Julia. »Ich mußte sie irgendwie ablenken. Ich habe ihr ein Video gegeben, *It's a Wonderful Life.* Den alten Capra-Film, hat mir mal wer zu Weihnachten geschenkt.«

Robert war nicht mehr im Arbeitszimmer. Vermutlich war er unten.

»Ich war das.«

»Jetzt ist sie gut beschäftigt. Um zwei ist sie aufgestanden. Sie hat gegessen.«

»Laß sie nicht fernsehen« sagte Kathryn. »Im Ernst. Zur Not trenn das Kabel durch.«

Kathryn drehte sich im Bürostuhl und besah das Schneepolster, das draußen auf der Fensterbank wuchs. Sie kam sich wie im Aquarium vor. *Muire war hier*, hatte die Stimme gesagt.

»Ist Robert Hart bei dir?« fragte Julia.

»Ja.«

»Er war zuerst hier.«

»Ich weiß.«

»Dann weißt du auch...«

»Das Hotel? Ja.« Kathryn zog ein Bein hoch, umfaßte ihr Knie.

»Verlier deinen Glauben nicht«, sagte Julia.

»Welchen Glauben?«

»Du weißt genau, was ich meine.«

»Ich gebe mir Mühe.«

Kathryn empfand mit einemmal Angst, Schweißperlen standen ihr auf der Stirn.

»Im Wetterbericht heißt es jetzt dreißig bis vierzig Zentimeter«, sagte Julia.

»Ich mache mich besser auf den Weg«, sagte Kathryn und wischte sich mit dem Ärmel über die Stirn.

»Mach keinen Unsinn. Geh nicht unnötig raus. Hast du etwas zu essen da?«

Typisch, daß Julia an Essen dachte.

»Ich habe gegessen«, sagte Kathryn. »Kann ich Mattie sprechen?«

Am anderen Ende der Leitung war Stille.

»Weißt du«, sagte Julia vorsichtig, »Mattie ist beschäftigt. Es geht ihr gut. Wenn du mit ihr redest, ist sie nur wieder traurig und abweisend. Sie braucht ein paar Tage Ruhe, alte Filme und Popcorn sind genau das richtige. Das ist jetzt ihre Droge, und die braucht sie so lange wie möglich. Heilen braucht Zeit, Kathryn.«

»Aber ich möchte mit ihr zusammensein«, protestierte Kathryn.

»Kathryn, du warst zehn Tage lang jede Minute des Tages mit ihr zusammen. Verstehst du, daß ihr euch gegenseitig durch eure bloße Anwesenheit zerfleischt? Du hältst ihren Kummer nicht aus, und sie erträgt den Gedanken nicht, wie sehr du leidest. Normalerweise seid ihr nie soviel zusammen.«

»Dies ist nicht normalerweise.«

»Vielleicht tut uns allen ein bißchen Normalsein jetzt gut«, sagte Julia.

Kathryn ging ans Fenster und wischte das Kondenswasser innen von den Scheiben. Der Schnee lag tatsächlich hoch, und die Auffahrt war nicht geräumt. Auf den Wagen lagen bestimmt bald dreißig Zentimeter.

Sie seufzte. Gegen Julias Vernunft war sie machtlos, besonders, weil sie so oft recht hatte.

»Geh nicht raus«, wiederholte Julia.

Den langen Nachmittag über fiel stetig Schnee, immer dichter. Von Zeit zu Zeit pfiff und heulte der Wind, ließ aber gleich wieder nach. Der Sturm wuchs sich doch nicht zum Blizzard aus. Kathryn trieb es von Zimmer zu Zimmer, sie stand da, mitten auf dem Teppich, auf den Dielen, sah die Wände an, aus dem Fenster hinaus, verschränkte ihre Arme, löste sie wieder, wanderte ins nächste Zimmer, stand wieder da, starrte die Wände an und wieder aus dem Fenster. Seit einiger Zeit waren Stehen und Denken die einzigen Tätigkeiten, zu denen sie noch fähig war.

Nach einer Weile ging sie ins Badezimmer. Sie zog sich aus und drehte das Wasser in der Dusche an, ließ es fast kochend heiß werden. Sie stellte sich unter die Dusche, ließ das Wasser lange auf ihren Nacken prasseln. Sie spürte, wie sich die Gedanken in ihrem Kopf lösten und davonspülten, und das Gefühl war so angenehm, daß sie den Boiler leerlaufen ließ, bis kaltes Wasser kam.

Als sie den Wasserhahn zudrehte, hörte sie Musik. Keine CD, sondern Klaviermusik.

Sie zog den Kragen ihres fast bodenlangen grauen Frotteebademantels zurecht. Aus dem Spiegel blickte ihr eine uralte Frau entgegen, ein ausgemergeltes Gesicht mit tiefen Augenhöhlen.

Im Gehen bürstete sie ihr Haar, folgte der Musik die Treppe hinab ins Wohnzimmer, wo Robert Klavier spielte.

Sie kannte das Stück: Chopin. Sie legte sich aufs Sofa, wickelte den Bademantel fest um Bauch und Beine.

Sie schloß die Augen. *Fantaisie Impromptu* war ein schwelgerisches Stück, unverschämt schön und üppig. Robert spielte es, wie sie es selten gehört hatte, unsentimental, dennoch voll köstlicher Erinnerungen und vergessener Geheimnisse. Die Glissandi erinnerten sie an verstreute Diamanten.

Das Klavier stand in der Ecke, seitlich vom Fenster.

Robert hatte die Ärmel aufgekrempelt, und sie beobachtete seine Hände, dann seine Unterarme. Der Schnee verbesserte die Akustik im Zimmer, oder vielleicht lag es an der allgemeinen Stille, jedenfalls klang das Klavier besser als sonst, auch wenn es seit Monaten nicht gestimmt worden war.

So war es vielleicht vor Jahren, dachte sie beim Zuhören. Kein Fernsehen, kein Radio, keine Videos, einfach ein langer weißer Nachmittag mit eigener Zeit und eigenem Klang. Der keine Gefahr bedeutete. Sie konnte ihre Gedanken wandern lassen, mußte nicht an den Absturz oder Jack oder Mattie denken. Das Klavier hatte nie zu Jacks und ihren Gemeinsamkeiten gehört. Es war allein Kathryns Sache, ein einsames Vergnügen, das sie höchstens mit Julia teilte.

»Das wußte ich ja gar nicht«, sagte sie, als er aufhörte.

»Lange her«, sagte er und wandte sich ihr zu.

»Sie sind ein Romantiker«, sagte sie lächelnd. »Ein heimlicher Romantiker. Sie spielen wunderschön.«

»Danke.«

»Spielen Sie noch etwas?«

Da begriff sie, was sie vorher fast übersehen hatte, daß Robert ein Mann mit einer Vergangenheit war – natürlich war er das. Sie wußte kaum etwas von seinem Leben, ein Leben, in dem er Klavierspielen gelernt hatte, Fliegen gelernt hatte, Alkoholiker geworden war, geheiratet und Kinder in die Welt gesetzt hatte, von seiner Frau geschieden wurde und dann diese eigentümliche, außergewöhnliche Arbeit gefunden hatte.

Die Jazz-Melodie kannte sie: »The Shadow of Your Smile«. Im Handumdrehen wechselte die Stimmung.

Als er aufhörte, kratzte er sich im Nacken und blickte in den Schnee hinaus. »Draußen liegen mindestens dreißig Zentimeter«, sagte er.

»Die Auffahrt ist nicht geräumt«, sagte sie. »Wie spät ist es?«

Er sah auf seine Uhr. »Drei«, sagte er. »Ich glaube, ich mache mal einen Gang«, sagte er.

»Bei dem Wetter?«

»Nur zum Ende der Auffahrt und zurück. Ich brauche frische Luft.«

»Sie wissen hoffentlich, daß Sie heute abend nicht ins Hotel müssen. Es gibt jede Menge Betten. Viele Zimmer. Sie können auf der Liege im Gästezimmer schlafen«, fügte sie hinzu. »Da ist es gemütlich. Dazu ist es da.«

»Zum Verkriechen, sagten Sie.«

»Ja.«

»Die Information, die Sie haben wollten, liegt auf Jacks Schreibtisch«, sagte er.

Sie wollte etwas sagen, doch er schüttelte den Kopf.

»Von allen Menschen«, sagte er, »sollten Sie die letzte sein, der so etwas zustößt.«

Kathryn döste kurz auf dem Sofa und ging dann ein wenig wacklig hinauf ins Schlafzimmer, um ein Nachmittagsschläfchen zu halten. Aber beim Eintreten sah sie wieder das Buch mit den Gedichten.

Sie legte sich bäuchlings aufs Bett und blätterte unentschlossen, immer noch auf der Suche. Sie überflog Gedichte von Seamus O'Sullivan und Padraic Colum, Gedichte in irischer Mundart. Fast in der Mitte des Buchs stach ihr das Wort *Verrat* ins Auge, sie hatte das Gedicht gefunden. Doch bevor sie die Zeilen auch nur lesen konnte, sah sie, gleich neben dem Wort Verrat, eine schwache Notiz innen am Rand.

M!

Mit Bleistift, leicht und umkringelt.

Dennoch da. Unmißverständlich da.

Mit einem Ruck setzte sie sich auf und fixierte gebannt das Gedicht, las. Das Gedicht hieß *Antrim* und war von Robinson Jeffers, es handelte wohl von vergangenen Kämpfen in einem kleinen Land, wahrscheinlich die nordirische Grafschaft Antrim. Von Blut, das aus vielen Gründen vergossen wurde, von Hinterhalt und Verrat, Patriotismus und den Menschen, die geopfert wurden, deren Körper nun Staub waren, Staub, der der Auferstehung harrte. Es klang nicht wie ein Gedicht, das Jack las oder interessant fand. Sie hatte ihn nie Irland auch nur erwähnen hören, höchstens wenn es in den Nachrichten auftauchte. Aber die Zeilen auf dem weißen Blatt Papier waren in seiner Handschrift; daran gab es keinen Zweifel. Mehr denn je wünschte sie sich jetzt, sie könne mit ihm reden, ihn fragen.

Sie ließ das Buch neben dem Bett zu Boden fallen. Sie drehte ihr Gesicht in das Kissen. Ein Gefühl überkam sie, als sei sie tausende von Kilometern gereist.

Als sie erwachte, sah sie gleich nach der Uhr auf dem Nachttisch. Es war halb vier morgens. Sie hatte neun Stunden geschlafen. Welcher Tag war es? Der achtundzwanzigste? Der neunundzwanzigste?

Sie erhob sich mühsam und taumelte hinaus auf den Flur. Die Tür zum Gästezimmer war zu. Robert Hart war sicher von seinem Spaziergang zurückgekehrt und schlafengegangen. Oder hatte er etwas gegessen? Ferngesehen? Ein Buch gelesen?

Aber in der Küche deutete nichts darauf hin, daß jemand Essen zubereitet hätte. Kathryn kochte eine Kanne Kaffee, goß sich eine Tasse ein. Durch die Fenster sah sie, daß es aufgehört hatte zu schneien. Sie ging zur Hintertür, öffnete sie, und auf der Stelle sprühte feiner Schnee eiskalt vom Dach. Sie blinzelte und schüttelte den Kopf. Als ihre Augen sich an die Dunkelheit gewöhnt hatten, erkannte sie, daß die Welt in eine dicke weiße Decke gehüllt war, eine Steppdecke mit luftig weißer Stickerei. Bäume, Sträucher und Fahrzeuge waren nur Hügel. Tatsächlich lag so viel Schnee, daß sie sich fragte, ob die vorhergesagten vierzig Zentimeter nicht gewaltig untertrieben waren. Sie schloß die Tür, lehnte sich dagegen.

M bei A.

Muire, 15.30.

M!

Sie wickelte ihren Bademantel fest um sich und ging hinauf in Jacks Arbeitszimmer, auf dessen staubige Leere sie immer noch nicht gefaßt war. Auf Jacks Schreibtisch lag das Papier, von dem Robert gesprochen hatte.

Muire Boland, las sie, hatte die Fluggesellschaft im Januar 1994 verlassen, vier Monate nachdem sie mit Jack geflogen war. Geboren in Chicago, in London von Vision Airlines ausgebildet, drei Jahre als Flugbegleiterin. Nachdem sie die Fluggesellschaft verlassen hatte, war sie nach England gezogen; dann folgte die Adresse. Kathryn sah das Geburtsdatum: Muire Boland war jetzt einunddreißig.

Neben der Adresse stand in Roberts Handschrift: *Habe es mehrfach versucht. Unter dieser Nummer nicht bekannt.* Darunter standen eine Reihe Telefonnummern. Im Londoner Telefonbuch gab es sieben M. Boland.

Kathryn legte sich eine Frage zurecht, eine einleuchtende Frage. Kannte die angerufene Person einen Jack Lyons? Wenn ja, durfte Kathryn ihr einige Fragen stellen? Waren ihre Fragen ungewöhnlich?

Kathryn sah sich im Arbeitszimmer um – nichtssagendes Metall, eine männliche Ästhetik. Daß Jack eine Muire Boland gekannt hatte, mußte nichts heißen. Dennoch, war es nicht eigenartig, daß er diese Bekanntschaft nie erwähnte? Sie überlegte, ob sie Freunde hatte, von denen Jack nichts wußte.

Sie nahm das Telefon und wählte die erste Nummer. Ein Mann nahm ab, klang, als habe sie ihn geweckt. Wie spät war es in London – halb zehn morgens. Sie fragte, ob sie Muire sprechen könnte.

Der Mann hustete in den Hörer, ein Raucherhusten.

»Wen möchten Sie sprechen?« fragte er, als habe er die Frage falsch verstanden. Vielleicht sprach Kathryn den Namen falsch aus.

»Muire Boland«, wiederholte sie.

»Hier gibt's keine Muire Boland«, sagte er ein mit Nachdruck.

»Entschuldigung«, sagte Kathryn und hing ein.

Sie strich die erste Nummer durch und versuchte die zweite. Niemand hob ab. Sie versuchte die dritte Nummer. Ein Mann antwortete, er klang sachlich, dienstlich.

»Michael Boland«, sagte er erwartungvoll.

»Entschuldigung«, sagte Kathryn, »falsch verbunden.«

Sie strich die dritte Nummer durch und versuchte die vierte. Eine Frau antwortete: »Hallo?«

»Hallo«, sagte Kathryn. »Ich suche eine Muire Boland.«

Die Stille am anderen Ende war so total, daß Kathryn in der Leitung ein anderes transatlantisches Gespräch wie ein leises Echo hörte.

»Hallo?« wiederholte Kathryn.

Die Frau am anderen Ende der Leitung hing ein. Kathryn saß da, den Hörer noch am Ohr. Sie wollte den Stift nehmen und die vierte Nummer ausstreichen, aber dann zögerte sie.

Statt dessen rief sie die fünfte Nummer an. Dann die sechste. Dann die siebte. Als sie fertig war, betrachtete sie die Liste. Darauf waren ein Mann, der keine Muire kannte;

eine Nummer, wo niemand zu Hause war; ein Michael Boland, Geschäftsmann; eine Frau, die nicht redete; noch eine Nummer, wo niemand zu Hause war; ein Anrufbeantworter, der erklärte, daß Kate und Murray zurückriefen, wenn sie ihre Nummer hinterließe; ein Mädchen, die keine Muire kannte und deren Mutter Mary hieß.

Sie wählte noch einmal die vierte Nummer.

»Hallo«, sagte die gleiche Frauenstimme.

»Entschuldigen Sie die Störung«, sagte Kathryn, bevor die andere Frau einhängen konnte. »Aber ich suche eine Muire Boland.«

Das gleiche unheimliche Schweigen wie vorher. Ein Hintergrundgeräusch. Musik? Eine Spülmaschine? Und dann hörte Kathryn, wie die Frau einen kleinen kehligen Laut ausstieß, den Anfang eines Worts vielleicht. Dann wieder Schweigen, diesmal kürzer.

»Hier wohnt keine Muire«, sagte die Stimme schließlich.

Kathryn glaubte, es habe an der Verzögerung zwischen ihren Gedanken und ihrer Stimme gelegen, denn als sie den Mund öffnen und etwas sagen wollte, war die Leitung tot.

Als Robert am Morgen zu ihr herunterkam, saß sie am Tisch im Wohnzimmer. Die Sonne schien, und der Schnee draußen vor den Fenstern war so gleißend hell, daß Robert die Augen zusammenkniff, damit er sie sah. In dem grellen Licht sah sie jede Falte, jede Pore in seinem Gesicht.

»Ist das hell hier«, sagte er und sah in die andere Richtung.

»Manchmal braucht man in diesem Zimmer eine Sonnenbrille«, sagte sie. »Jack trug oft eine.«

Sie sah zu, wie Robert sein Hemd in die Hose steckte.

»Wie haben Sie geschlafen?« fragte er.

»Gut«, sagte sie. »Und Sie?«

»Großartig.«

Sie konnte sehen, daß er in seinen Sachen geschlafen hatte. Wahrscheinlich war er zum Ausziehen zu erschöpft gewesen.

Als Robert sich an das Licht gewöhnt hatte, sah er Kathryns Gesicht deutlicher.

»Ist was?« fragte er.

Kathryn rutschte auf dem Stuhl vor. »Können Sie eine Adresse ausfindig machen, wenn Sie nur die Telefonnummer haben?« fragte sie hastig.

Er sah sie an. Vielleicht wollte er sie nach dem Grund fragen. Aber er ließ es.

»Von hier aus nicht, weil der Computer nicht mehr da ist. Aber ich kann in meinem Büro anrufen und darum bitten.«

»Würden Sie das für mich tun?« fragte sie.

Er zögerte.

»Ich fliege nach London«, sagte sie.

Und er zögerte nicht. Er zögerte keinen Augenblick.

»Ich komme mit«, sagte er.

Am Flugsteig standen sie für sich. Hinter den Panoramafenstern auf dem Vorfeld lagen hohe Schneehügel, unwirkliche, immer noch weiße Schutzwälle. Robert hatte seinen Mantel zweimal gefaltet und auf den Plastiksitz gelegt. Sein Bordgepäck hatte er auf den Mantel gestellt (etwas, das eine Frau nie tun würde, dachte Kathryn.) Er las das Wall Street Journal. Kathryn hielt ihren Mantel überm Arm und betrachtete das Flugzeug draußen, das mit seiner Ziehharmonika-Gangway wie durch eine Nabelschnur mit dem Flugsteig vertäut war. Das Flugzeug sah schön aus, weiß mit leuchtend roten Markierungen, das Vision-Logo darauf in flotter Schrift. Sie konnte ins Cockpit der T-900 blicken, sah hemdsärmelige Männer, Gesichter im Schatten, Arme, die sich über dem Instrumentenbrett bewegten und den Routine-Check vornahmen. Sie überlegte, ob sie wohl jemanden von der Besatzung kannte: Ob einer von ihnen bei dem Gedenkgottesdienst war?

Ihre Füße taten weh, und sie hätte sich gern gesetzt. Aber es gab nur noch einen Sitzplatz zwischen zwei Passagieren mit Unmengen Gepäck. In wenigen Sekunden würden sie sowieso an Bord gehen. Der Bodensteward hatte es schon angekündigt. Kathryn trug das Kostüm aus schwarzem Wollkrepp, ihr Beerdigungskostüm, und sie glich eher einer Geschäftsfrau als einer Lehrerin. Eine Rechtsanwältin womöglich, die wegen einer Beweisaufnahme nach London reiste; oder vielleicht eine leitende Angestellte bei American Express, die nach England flog, um mit einer arabischen oder Schweizer Bank zu verhandeln. Sie hatte ihr Haar zu einem losen Knoten geschlungen und trug Perlenohrringe. In einer Hand hielt sie ihre Lederhandschuhe, und um den Hals hatte sie einen schwarzen Chenille-Schal gebunden. Sie fand, gemessen an den Umständen sehe sie eigentlich gut aus, jedenfalls besser in Schuß als seit Wochen. Ihr Gesicht war schmaler geworden, und sie sah älter aus als vor zwölf Tagen.

Ab und zu spürte sie, wie ein Passagier sie anstarrte, so als überlegte er, ob er sie nicht schon einmal gesehen habe. Sie hatte gehofft, diesen Flug unbehelligt zu überstehen, aber der Bodensteward erkannte den Namen auf ihrer Bordkarte, und sprach leicht nervös Kathryn sein Beileid aus. Kathryn bedankte sich unsicher und hätte besser den Bodensteward gebeten, ihre Anwesenheit im Flugzeug nicht an die große Glocke zu hängen. Denn der Steward informierte beinah umgehend die Besatzung im Cockpit, die Flugbegleitung und seinen eigenen Vorgesetzten und führte dann Kathryn und Robert ein wenig wichtigtuerisch vorbei an drängelnden Passagieren, die rätselten, warum ihnen das Gesicht dieser Frau bekannt vorkam, zum Warteraum der Ersten Klasse.

Im Erster-Klasse-Warteraum bestellte Kathryn einen Gin Tonic. Sie wußte nicht warum – denn eigentlich trank sie nur Bier oder Wein –, aber die Unternehmung hatte insgesamt bereits den gewohnten Rahmen verlassen. Und auch die fragenden, irritierten Blicke der übrigen Passagiere waren ihr egal: Hielten sie es für ein schlechtes Omen, daß Kathryn Lyons im gleichen Flugzeug saß? Oder noch schlimmer, nahmen sie an, sie würde sich, wie ihr Mann, umbringen wollen?

Robert hatte Kaffee bestellt und war in seine Zeitung vertieft. Ihr war, als könne sich ein Rätsel wie ein verworrenes Knäuel lösen, dessen Faden sie hielt und nur zu ziehen brauchte, um das Ende zu finden. Sie wollte wissen, wer *M* war. Natürlich hätte sie der Sicherheitsbehörde von Jacks möglicher Verbindung zu M erzählen können, aber sie hatte Somer's Demütigung noch nicht verwunden. Als sie nun dasaß, beschloß sie, sich nicht mehr zu sorgen und die Verantwortung Robert zu überlassen.

Sie machte es sich bequem, schlug die Beine übereinander. Wieder dachte sie an die Stimme am anderen Ende der Telefonleitung. Die transatlantische Stille.

War dies womöglich nichts als ein mühseliger Umweg, ein zeitraubendes und kostspieliges Ablenkungsmanöver angesichts ihrer unmittelbaren Zukunft? Einer Zukunft, die aufreibend und sogar trostlos sein konnte. In fünf Tagen begann für sie und Mattie wieder die Schule – die Pflicht. Mattie war kaum fähig, ein normales Leben zu führen, und brauchte ständige Rückendeckung, womöglich eine Therapie. Das Geld war knapp, bis die Fluggesellschaft die Unfallursache geklärt hätte. Kathryn war schon von Rita im Namen des Chefpiloten telefonisch darauf vorbereitet worden, daß die Fluggesellschaft ihr womöglich keine Rente zahlen könne, falls sich (was aber höchst unwahrscheinlich sei, versicherte Rita) im Ermittlungsverfahren als Unfallursache eine Straftat herausstellte. Dagegen war das Geld von der Lebensversicherung kein Problem. Kathryn wußte, daß gegen allen gesunden Menschenverstand Selbstmord kein Hinderungsgrund für das Auszahlen der Versicherungssumme war. Nicht wenn, wie in Jacks Fall, der Versicherte länger als zwei Jahre versichert gewesen war.

Ohne Jacks Rente mußte Kathryn vielleicht das Haus aufgeben. Mit ihrem Gehalt konnte sie dort nicht wohnen. Kathryn hatte die Sicherheitsbehörde um Kopien der beschlagnahmten Bankauszüge gebeten, hatte sie erhalten und festgestellt, daß beträchtlich weniger Geld auf Jacks

Konto war, als sie angenommen hatte. Vielleicht existierten weitere Summen auf zusätzlichen Konten.

Sie sah zu Robert hinüber, er schaute von seiner Zeitung hoch und lächelte sie an. Ganz spontan hatte er sich entschlossen, sie nach London zu begleiten. Nach seiner Motivation wollte sie ihn lieber nicht fragen, sonst, fürchtete sie, würde er es sich vielleicht anders überlegen. Und sie war ehrlich froh, daß er mitreiste. Nicht nur als moralische Stütze – darin war er fabelhaft –, sondern auch, ganz egoistisch, einfach als Begleiter. Sie wußte, er würde sie heil durch Heathrow schleusen und das Hotel finden sowie die gesuchte Adresse.

Bisher hatte er sich um alles gekümmert. Er hatte über einen Gewerkschaftsassistenten die Adresse herausgefunden, die Kathryn haben wollte. Er hatte ihre Flüge und das Hotel in London reserviert. Am Bostoner Flughafen Logan hatte er eine Karte der Britischen Inseln gekauft und ihr auf der Innenstadtkarte von London ihr Hotel und die gesuchte Wohnung gezeigt. Sie lagen offenbar fast nebeneinander. Die linke Hälfte der Karte mit Irland hatte Robert zusammengefaltet gelassen. Beinah masochistisch hatte sie sie aufgeschlagen und den winzigen Namen gefunden: Malin Head. Der Ort, wo Taucher immer noch Leichen bargen.

Jacks Leiche war noch nicht gefunden worden. Man hatte ihr erklärt, manche Körper seien bei der Explosion zerstückelt worden – sie seien für immer unauffindbar.

An dem Morgen, nachdem Robert den Flug gebucht hatte, war sie zu Julia gefahren, um Mattie zu erzählen, was sie vorhatte. Vielleicht hätte Kathryn Mattie mitgenommen, hätte diese darauf bestanden; ob das gut gegangen wäre, darüber war sie sich allerdings im unklaren, denn sie konnte Mattie kaum mit zu der Adresse nehmen, die auf dem Zettel in ihrer Handtasche stand. Aber Mattie, die noch schlief und geweckt werden mußte, war es anscheinend einerlei, daß Kathryn nach London reisen wollte – einerlei, daß sie überhaupt gekommen war, und das schmerzte Kathryn. Der einzige Kommentar, den sie Mattie – außer Seufzern und genervtem Stöhnen – entlocken konnte, war ein gnädiges *Egal.*

»Ich fliege nur für zwei Tage«, hatte Kathryn gesagt.

»Cool«, hatte Mattie geantwortet. »Kann ich jetzt wieder ins Bett gehen?«

In der Küche verteidigte Julia Matties scheinbares Desinteresse.

»Sie ist fünfzehn«, sagte Julia, die seit Stunden auf den Beinen war. Sie trug ihre Alltagskluft: Jeans mit elastischer Taille und ein grünes Sweatshirt. »Sie muß ihre Aggressionen loswerden und jemandem die Schuld geben, also gibt sie dir die Schuld. Sie tut das völlig irrational. Du weißt es sicher nicht mehr, aber als deine Eltern starben, hast du eine Zeitlang deine Aggressionen an mir ausgelassen.«

»Das habe ich nicht«, sagte Kathryn aufgebracht.

»Doch, das hast du. Du hast es mir nie auf den Kopf zugesagt, aber es war ganz klar. Und es ging vorüber. Wie dies auch vorübergehen wird. Im Augenblick möchte Mattie eigentlich ihrem Vater für alles die Schuld geben. Sie ist wütend, weil er sie verlassen und ihr Leben dermaßen aus der Bahn geworfen hat. Aber diese Schuldzuweisung darf nicht sein. Mattie ist praktisch seine einzige Verteidigerin. Mit der Zeit werden sich ihre Aggressionen von dir lösen und ihr wahres Ziel finden. Wichtig ist nur, daß sie diese Aggressionen nicht gegen sich richtet und sich selbst die Schuld am Tod ihres Vaters gibt.«

»Dann sollte ich hierbleiben«, sagte Kathryn schwach.

Aber Julia bestand darauf, daß Kathryn fuhr. Die Reise würde sie von der unmittelbaren Sorge ablenken, wie sie ihr Leben neu gestalten sollte. Kathryn begriff, daß Julia nicht ihretwegen, sondern Mattie zuliebe Kathryn eine Weile aus dem Haus haben wollte. Wenn Mattie, bevor sie in fünf Tagen wieder in die Schule gehen mußte, Zeit für sich brauchte, dann sollte sie sie haben.

Der Luxus der Ersten Klasse machte gehörigen Eindruck auf sie, als sie die vollbesetzten übrigen Sitzreihen hinter sich sah. Als Angehörige, selbst als Witwe eines Angestellten der Fluggesellschaft, hatte sie ein Anrecht auf einen freien Platz in der Ersten Klasse auf allen Vision-Flügen. Sie machte Robert ein Zeichen, daß sie ihm den Fensterplatz überließ und lieber am Gang saß. Ihr Gepäck verstaute sie unter dem Vordersitz. Sie klinkte ihren Sicherheitsgurt ein, und gleich fiel ihr die abgestandene Flugzeugluft auf, der unverwechselbare, künstliche Geruch. Die Tür zum Cockpit stand offen, und Kathryn konnte die Besatzung sehen. Die Größe des Cockpits überraschte sie immer aufs neue: Manche waren kleiner als der Platz, den Fahrer und Beifahrer in einem Personenwagen haben. Wie konnte auf so engem Raum das Szenario stattfinden, das auf dem Tonband festgehalten war? Die drei Männer hatten kaum Platz zum Sitzen, geschweige denn zum Gehen oder für ein Handgemenge.

Eine Stewardeß kam mit zwei Gläsern Sekt für sie beide. Kathryn nahm ihr Glas, Robert lehnte dankend ab und bat um eine Diätcola. Von ihrem Sitz sah sie nur ein Drittel des Cockpit-Inneren, Teilansichten der hemdsärmeligen Piloten. Unmöglich, sich bei diesem Anblick – den kräftigen Armen, den vertraueneinflößenden Gesten – nicht auf dem linken Sitz Jack vorzustellen. Sie sah die typische Schulterlinie vor sich, seinen kantigen Ellenbogen, seine Unterarme, die innen ganz weiß waren. Sie hatte es nie erlebt – war nie mitgeflogen, wenn Jack der Pilot war.

Der Kapitän erhob sich, drehte sich um und ging auf die Kabine zu. Sein Blick suchte Kathryn, und sie wußte, daß er ihr sein Beileid ausdrücken wollte, wünschte dringend, er würde es nicht tun. Der ältere Mann strahlte große Erfahrung aus, genau der Mann, dem Passagiere ohne Zögern ihr Vertrauen schenkten. Er hatte graues, ins Gesicht gekämmtes Haar und ein liebenswürdiges Gesicht mit blaßblauen Augen. Beinahe sah er zu freundlich aus für diese Verantwortung. Seine Beileidswünsche waren hilflos, die abgedroschenen Worte blieben ihm im Hals stecken, das Trauer-Vokabular war ihm nicht geläufig. Sie mochte ihn, weil er so sprachlos war. Sie dankte ihm, brachte sogar ein Lächeln zustande. Es gehe ihr den Umständen entsprechend gut, erklärte sie – mehr wollte niemand hören. Er fragte, ob sie mit den anderen Familienangehörigen weiter nach Malin Head reise, und sie verneinte dies schnell und vielleicht zu nachdrücklich. Ihm war peinlich, daß er danach gefragt hatte. Ihr Blick ging zu Robert Hart, und sie stellte ihn dem Kapitän vor. Der Kapitän musterte Robert, als komme er ihm bekannt vor. Dann entschuldigte er sich, kehrte ins Cockpit zurück und verriegelte die Tür hinter sich. Zur Sicherheit. Zu ihrer Sicherheit.

Sie dachte darüber nach, wie selbstverständlich Passagiere einem Piloten vertrauten.

Während sie auf dem Rollfeld manövrierten, beobachtete sie das Terminal der Vision-Fluggesellschaft, das Gebäude, in dem Jack ein- und ausgegangen war. Der flache Betonwürfel, vor dem die silbernen und weißen Flugzeuge aufgereiht standen, wirkte steril, anonym, kein Ort für menschliches Versagen oder übertriebene Gefühle.

Die Stewardeß nahm ihr das Sektglas ab, und Kathryn bemerkte erst jetzt, daß sie es geleert hatte. Wann, wußte sie nicht; sie hatte nur noch den Geschmack im Mund. Draußen war es bereits dunkel. Sie sah auf ihre Uhr. Vierzehn Minuten nach acht. In London war jetzt Nacht, vierzehn Minuten nach eins.

Schwerfällig bewegte sich das Flugzeug auf die Rollbahn. Der Pilot – der Kapitän mit den blaßblauen Augen – ließ zum Start die Motoren aufheulen. Ihr Herz setzte einen langen Schlag aus, tat dann in ihrer Brust einen stechenden Satz. Ihr Blickfeld schrumpfte auf einen Punkt zusammen, wie das Bild eines alten Fernsehapparats, den Julia früher hatte. Kathryn umklammerte die Armlehnen und schloß die Augen. Sie biß sich auf die Unterlippe.

Es war, als löste sich vor ihr ein Schutzfilm, und sie sah alles, was womöglich geschehen war: Sitze und Fußbodenbeläge wurden aus der Kabine gerissen; ein Mensch, vielleicht ein Kind, an den Sitz geschnallt, wirbelte durch die Luft; Feuer, das in einem Gepäckfach ausbrach und sich in der Kabine ausbreitete.

Das Flugzeug beschleunigte mit unnatürlicher Wucht. Die schwankende, schwere Masse der T-900 würde sich nicht vom Boden lösen. Sie schloß die Augen und betete das einzige Gebet, das ihr einfiel: *Vater unser...*

Angst hatte sie bisher nicht gekannt. Selbst in den schlecht gewarteten Frachtmaschinen nicht, in denen sie Jack manchmal mitgenommen hatte. Selbst auf den rauhesten Überseeflügen nicht. Jack war im Flugzeug immer entspannt gewesen, als Pilot und als Passagier. Seine Ruhe hatte sich wie durch eheliche Osmose auf sie übertragen.

Doch dieser Schutz war jetzt weg. Wenn sie sich im Flugzeug sicher gefühlt hatte, weil Jack Sicherheit ausstrahlte, war es dann nicht logisch, daß sie auch wie er im Flugzeug sterben konnte? Gleich würde sie sich übergeben, ekelhaft, eine Schande. Robert legte seine Hand auf ihren Rücken.

Als das Flugzeug in der Luft war, machte Robert der Stewardeß ein Zeichen. Sie brachte kaltes Wasser, kühle

Handtücher und eine diskrete Papiertüte. Die Tatsache, daß sie nun flogen, bedeute für Kathryn keine Erleichterung. Ihr Körper rebellierte. Sie erbrach Sekt und Gin Tonic. Wie extrem verinnerlicht die eigene Todesangst doch war, dachte sie: Bei der Nachricht von Jacks Tod mußte sie sich nicht so übergeben.

Peinlich, daß Kathryn vor aller Augen übel geworden war: vor Robert, der Stewardeß, den meisten Erster Klasse-Passagieren. Sie wischte mit dem kühlen Handtuch über ihre Stirn. Als das Sitzgurt-Zeichen erlosch, stand sie auf und ging auf wackligen Beinen zur Toilette. Eine Stewardeß reichte ihr ein Plastiketui mit Zahnbürste, Zahnpasta, Waschlappen, einem Stück Seife und einem Kamm – wahrscheinlich war dieses Etui extra für Passagiere, denen schlecht wurde, dachte Kathryn.

In der winzigen Toilette wusch Kathryn ihr Gesicht. Ihr Unterrock und ihre Bluse waren verschwitzt, und sie rieb Schultern und Hals mit Papiertüchern trocken. Das Flugzeug schlingerte, und sie stieß mit dem Kopf gegen ein Schränkchen. Sie putzte sich, so gut es ging, die Zähne, wobei ihr plötzlich das vielbenutzte Waschbecken unsympathisch war. Sie dachte daran, wie oft sie auf Passagiere herabgesehen hatte, die Flugangst hatten.

Als sie an ihren Platz kam, stand Robert auf und nahm ihren Arm.

»Ich weiß nicht, was los war.« Sie setzte sich, und auch er nahm wieder Platz. »Wahrscheinlich war es Angst. Ich hatte das Gefühl, das Flugzeug käme nicht vom Boden und würde mit voller Geschwindigkeit zerschmettern.«

Er drückte sacht ihren Arm.

»Ich hatte noch nie Angst. Nie.«

Sie verstellte ihre Rückenlehne, veränderte den Abstand zu Robert. Sie war wie benommen, wie nach einer Bombendetonation in unmittelbarer Nähe. Aber dann dachte sie: Das ist lächerlich. Ich habe nicht die geringste Ahnung, was eine Bombenexplosion in nächster Nähe bedeutet.

Auch Robert verstellte seine Rückenlehne. Zögernd nahm er eine Zeitung aus seiner Aktentasche.

Sie drehte an ihrem Ehering.

Über die Sprechanlage kam die wohlklingende, beruhigende Stimme des Kapitäns. Dennoch fühlte sich der Flug immer noch ungut an. Sie konnte sich nicht mit dem Flugzeug anfreunden, mit seinem Gewicht, dem Aussetzen der Schwerkraft, dem Schwebezustand. Die aerodynamischen Gesetze waren ihr vertraut, die physikalischen Gesetze, die dem Fliegen zugrunde lagen, aber ihr Herz wollte im Augenblick nichts davon wissen. Ihr Herz wußte, daß das Flugzeug vom Himmel fallen konnte.

Als sie aufwachte, war es dunkel, im Flugzeug und draußen. Über ihr lief auf einer Leinwand stumm und verschwommen ein Film. Sie waren in die Dunkelheit geflogen, dem Morgen entgegen. Als Jack gestorben war, hatte er auch das Flugzeug in die Dunkelheit gesteuert, wie im Wettlauf mit der Morgensonne.

Durch die Fenster sah sie Wolken. Wo waren sie? Über Neufundland? Dem Atlantik? Malin Head?

Hörte das Herz auf zu schlagen, wenn die Bombe losging, oder hörte es mit dem Bewußtsein auf, daß man sterben müsse, oder hörte es vor Angst auf, wenn man durch die Dunkelheit fiel, oder hörte es erst zu schlagen auf, wenn der Körper aufs Wasser schlug?

Wie war es, wenn das Cockpit von der Kabine abriß und man nur zusehen konnte und dann selbst, noch angeschnallt, auf seinem Sitz durch die Nacht fiel, immer schneller, bei vollem Bewußtsein; wenn man am Ende mit aller Wucht aufs Wasser schlug? Bei vollem Bewußtsein – wie Jack womöglich. Hatte er Kathryns Namen geschrien? Oder am Ende Matties? Oder hatte Jack auch in einem letzten verzweifelten Aufschrei nach seiner Mutter gerufen?

Sie hoffte, ihr Mann habe keinen Namen mehr geschrien, habe nicht gewußt, wie ihm geschah.

Der Regen machte das Gerüst und die Eisenträger noch häßlicher. Der Flughafen schien keinen Ausgang zu haben. Sie sah die Bagger und die blechernen Trennwände und dachte, daß Jack hunderte Male hiergewesen war. Wie glanzlos sich sein Beruf in Wirklichkeit darstellte. Ankommen, den Flughafen verlassen, hinein in den Bus, ins Flughafen-Hotel, ein angemietetes gesichtsloses Hotel, berühmt-berüchtigt für sein schlechtes Essen. Abgesehen von der respekteinflößenden, auch neiderregenden Uniform war Jacks Leben kaum anders gewesen als das eines Handlungsreisenden.

Neben ihr streckte Robert Hart seine Beine aus. Die Goldknöpfe an seinem Blazer hatten bei der Sicherheitskontrolle Alarm ausgelöst. Er trug eine graue Hose, ein weißes Hemd, eine schwarzrote Krawatte mit Paisley-Muster. Er sah irgendwie dünner als gestern aus.

Sie strich sich übers Haar, versuchte eine Strähne festzumachen. Zwischen ihnen stand ihr Bordgepäck, zwei Taschen, erstaunlich klein. Sie hatte hastig und ohne viel Nachdenken gepackt. Sie hatte nur Unterwäsche zum Wechseln und ein Paar Strümpfe dabei, eine andere Bluse.

Nicht nur am Linksverkehr hätte sie gleich gemerkt, daß sie in London waren. Ein bestimmter Geruch, der Verkehrslärm, Höhe und Art der Gebäude, einfach die Luft – ein Dutzend eindeutiger Indizien bewiesen noch vor irgendwelchen eindeutigen Wahrzeichen: europäische Stadt. London.

Sie war neugierig auf ihr Hotel. Es war keins, in dem sie

je gewohnt hatte. Neben ihr legte Robert den Arm auf seine Tasche und streckte in dem geräumigen Taxi die Beine von sich. War Jack häufig mit dem Taxi in die Innenstadt gefahren? Und wo genau war das Restaurant, in dem er den letzten Abend seines Lebens verbracht hatte?

Nach einiger Zeit waren sie dann wirklich in London, fuhren durch angenehme Wohngegenden. Plötzlich hielt das Taxi am Straßenrand.

Im Regen erkannte Kathryn eine Straße mit weißen, stuckverzierten Wohnhäusern, eine makellose Reihe fast identischer Fassaden. Die Häuser hatten vier Stockwerke und hübsche Bogenfenster. Zierliche schmiedeeiserne Zäune standen an der Gehwegseite, und in jedem Hauseingang hing von einem säulengetragenen Vordach eine Laterne. Nur die Haustüren zeigten Individualität. Manche waren aus massivem, gebeiztem Holz; manche hatten kleine Fenster; andere waren dunkelgrün lackiert. Soweit vom Taxi aus sichtbar, hatten die Häuser Hausnummern auf unaufdringlichen Messingschildern. Sie parkten vor Nummer 21.

Kathryn rutschte tiefer in den Polstersitz.

»Noch nicht«, sagte sie.

»Soll ich für Sie hineingehen?« fragte er.

Sie erwog das Angebot und strich ihren Rock glatt. Der Taxifahrer ließ ungerührt von der Unterbrechung den Motor laufen.

»Was würden Sie drinnen tun?« fragte sie.

Sein Kopfschütteln deutete an, daß er darüber noch nicht nachgedacht hatte. Oder daß er tun würde, worum sie ihn bat.

»Was werden Sie sagen?« stellte er die Frage aller Fragen.

Kathryn war mit einemmal schwindlig, und wieder fand

sie, daß sie ihre Handlungen und Körperreaktionen nicht mehr mit Sicherheit voraussagen konnte. Das Verdrängen der unmittelbaren Zukunft hatte den Nachteil, daß man sich unvorbereitet in der Wirklichkeit wiederfand.

Die Fahrt zum Hotel war kurz, die Straße, in der es lag, glich auf unheimliche Weise jener, die sie gerade verlassen hatten. Das Hotel war aus sieben oder acht Wohnhäusern entstanden. Der Eingang war wenig aufwendig, und die oberen Stockwerke hatten altmodische weiße Balkongitter.

Robert hatte zwei nebeneinanderliegende Zimmer ohne Verbindungstür gebucht. Er trug ihre Tasche zum Aufzug.

»Es ist beinahe Mittagszeit«, sagte er.

Ihr Zimmer war klein, aber vollkommen ausreichend. Die Tapete hatte ein unaufdringliches Paisleymuster, und an den Wänden hingen Messinglämpchen. Es gab einen Schreibtisch und ein Bett, eine Bügelfaltenpresse, worüber sie lächeln mußte, und einen Erker, in dem sie sich Tee oder Kaffe zubereiten konnte.

Sie duschte, zog frische Unterwäsche sowie eine frische Bluse an und kämmte sich. Sie sah in den Spiegel und faßte nach ihrem Gesicht. Hier in dieser Stadt erwartete sie – was? Etwas entwirrte sich, der rote Faden. War sie mutig genug, ihm zu folgen, egal wohin? Sie wußte es nicht. Sie wußte es wirklich nicht. Manchmal hieß Mut einfach einen Fuß vor den anderen setzen, ohne anzuhalten.

Der Pub war dunkel mit getäfelten Nischen. Aus dem Lautsprecher kam irische Folkmusik. Enya. An den Wänden hingen in goldenen Rahmen Pferdedrucke mit grünen Passepartouts. Fünf, sechs Männer saßen an der Theke und hatten große Gläser Bier vor sich stehen, und in den

Nischen saßen Geschäftsleute zu zweit. Sie entdeckte Robert. Er saß gegenüber der Tür, die Ellenbogen auf dem Tisch, und sah zufrieden aus, vielleicht mehr als zufrieden. Er winkte ihr zu.

Sie durchquerte den Raum und legte ihre Handtasche auf die gepolsterte Sitzbank.

»Ich habe mir erlaubt, dir etwas zu trinken zu bestellen.«

Sie betrachtete das Glas Bier. Robert hatte sich Mineralwasser bestellt. Sie rutschte auf den Platz neben ihm, hielt ihren engen Rock fest. Ihre Füße berührten seine, aber es kam ihr unfreundlich vor, sie wegzuziehen.

»Ich sterbe vor Hunger«, sagte er.

Sie studierte die Speisekarte – sie hatte es geahnt: Würstchen, Bohnen, Pommes Frites, Ploughman's Lunch, Blumenkohl mit Käse überbacken.

»Ach, Robert«, sagte sie und legte die Karte beiseite. »Dies ist idiotisch. Ich weiß, du denkst, ich bin nicht ganz bei Trost. Tut mir wirklich leid, daß ich dich hier hineingezogen habe.«

»Nein, das ist okay«, sagte er. »Schon gut.«

»Vielleicht sind wir ganz umsonst hier.«

»Ich mag London.« Er wollte ihre gemeinsame Aktion nicht so schnell in Frage stellen. »Du mußt etwas essen«, sagte er. »Ich hasse irische Musik. Warum ist sie immer so rührselig?«

Sie lächelte. »Woher kennst du das Hotel?« wechselte sie das Thema. »Es ist richtig elegant.«

»Ich bin öfter hier«, sagte er. »Wir arbeiten mit unserer britischen Schwesterorganisation eng zusammen.«

Sie studierte die Speisekarte, legte sie auf die blankpolierte, wenn auch klebrige Tischplatte.

»Du siehst wunderschön aus«, sagte er plötzlich.

Sie wurde rot. Das hatte ihr lange niemand mehr gesagt. Es war ihr peinlich, daß sie rot geworden war und er sehen konnte, daß es ihr etwas ausmachte. Sie nahm noch einmal die Speisekarte. »Ich kann nichts essen, Robert. Ich kann einfach nicht.«

»Ich möchte dir etwas sagen«, begann er.

Sie hob ihre Hand. Sie wollte nicht, daß er irgend etwas sagte, worauf sie antworten müßte. Sie wollte ihm nicht sagen müssen, daß es alles viel zu früh war. Vielleicht nie sein würde.

»Tut mir leid.« Er wandte den Blick ab. »Das ist wohl nicht der Moment.«

»Ich dachte gerade, wie erfreulich das hier ist«, sagte sie ruhig.

Und dann sah sie überrascht, wie enttäuscht er angesichts dieser lauen Zuneigungsbekundung war.

»Ich muß los«, sagte sie.

»Ich komme mit.«

»Nein«, sagte sie. »Das muß ich allein machen.«

Er beugte sich zu ihr und küßte sie auf die Wange.

»Paß gut auf«, sagte er.

Sie ging blindlings auf die Straße, folgte einem inneren Antrieb, den sie nicht in Frage zu stellen wagte. Das Taxi setzte sie vor dem schmalen Reihenhaus ab, das sie vor kaum mehr als einer Stunde erst gesehen hatte. Sie warf einen Blick die Straße entlang, sah eine kleine rosa Lampe in einem Erdgeschoßfenster. Sie bezahlte den Taxifahrer. Sicher hatte sie ihm zu viele Münzen und wahrscheinlich nicht die richtigen gegeben, dachte sie, als sie auf dem Gehweg stand.

Der Regen goß über ihren Schirmrand, ihre Beine wurden hinten ganz naß, die Strümpfe fleckig. Einen Augenblick lang, als sie auf den Stufen vor der beeindruckenden Holztür stand, dachte sie: Ich muß es nicht tun. Gleichzeitig wußte sie, daß sie es bestimmt tun würde –

daß sie sich lediglich den Luxus der Unentschlossenheit gönnte.

Sie hob den schweren Messingtürklopfer.

Sie hörte, wie jemand drinnen eine Treppe hinunterkam, dann, wie ein Kind kurz jammerte.

Die Tür öffnete sich mit einem Ruck, als ob jemand darauf gewartet hätte.

Es war eine Frau, eine große, schmale Frau mit dunklem Haar bis ans Kinn. Die Frau war dreißig, vielleicht fünfunddreißig. Sie trug ein kleines Kind auf der Hüfte, ein Kind, so erstaunlich, daß Kathryn fast einen Schrei ausgestoßen hätte.

Kathryn, in ihrem Mantel, zitterte. Sie hielt den Schirm ganz schräg.

Die Frau mit dem Kind sah sie überrascht einen Augenblick fragend an. Und dann wich die Überraschung.

»Diesen Augenblick habe ich mir seit Jahren ausgemalt«, sagte die Frau.

Das Kind auf dem Arm der Frau war ein Junge. Ein Junge mit blauen Augen. Die beiden Blautöne waren eine Spur verschieden, doch nicht so deutlich wie bei seinem Vater.

Die Zeithülle zerriß und riß Kathryn mit sich.

Sie mußte sich zwingen, sich nicht an der Tür abzustützen, so erschrocken war sie beim Anblick des Jungen.

»Kommen Sie herein.«

Die Einladung brach das lange Schweigen zwischen den beiden Frauen. Auch wenn es keine Einladung im üblichen Sinn war, kein Lächeln, kein Zurücktreten in den Flur, um den Gast hineinzulassen. Es war eher eine Feststellung, einfach und ohne besondere Betonung, als wollte die Frau eigentlich sagen: Jetzt haben wir beide keine andere Wahl.

Und instinktiv wollte sie natürlich über die Schwelle, wollte eintreten, weg von der Nässe. Sich hinsetzen.

Kathryn schloß den Regenschirm und trat ein. Die Frau hielt ihr mit einer Hand die Tür auf, mit der anderen hielt sie das Kind. Das Kind schaute, vielleicht weil es so still war, die Fremde neugierig an. Selbst das andere Kind im Flur hörte auf zu spielen und beobachtete, was vor sich ging.

Kathryn ließ den Schirm auf das blanke Parkett tropfen. In den wenigen Sekunden, die sie im Eingang gestanden hatte, hatte sie mit einem Blick die braunen Augen erfaßt, die kurzen dunklen Wimpern, den Schwung der Haare ums Kinn. Ein guter Haarschnitt, im Gegensatz zu Kathryns. Sie schob ihr Haar zurecht und bedauerte die Geste sofort.

Sie registrierte die engen Jeans, die langen Beine. Die elfenbeinfarbenen Ballerinaschuhe, ausgetreten wie Pantoffeln. Das rosa Hemd mit den hochgekrempelten Ärmeln. Im Flur war es heiß, extrem heiß und stickig. Kathryn spürte, wie der Schweiß innen in ihrer Bluse rieselte.

»Sie sind Muire Boland«, sagte Kathryn.

Das Kind auf Muire Bolands Arm, auch wenn es ein Junge war, auch wenn es dunkleres Haar hatte, sah verblüffend aus wie Mattie als Baby im gleichen Alter – fünf Monate, schätzte Kathryn. Die Feststellung erzeugte einen Mißklang, ein Kreischen in ihren Ohren, als trüge diese unbekannte Frau Kathryns Kind.

Jack hatte einen Jungen.

Die dunkelhaarige Frau machte kehrt und ging aus dem Flur in ein Wohnzimmer, was hieß, daß Kathryn ihr folgen sollte.

Das andere Kind im Flur, ein wunderschönes Mädchen mit großen Augen und Herzmund, nahm seine Bauklötze und schob sich, ohne seinen Blick von Kathryn zu wenden, dicht hinter seiner Mutter an der Wand entlang ins Wohnzimmer.

Kathryn stellte ihren Schirm in einer Ecke ab und betrat das Wohnzimmer. Muire Boland stand mit dem Rücken zum Kamin, wartete, bot ihr aber keinen Sitzplatz an, jetzt nicht und später nicht.

Der Raum war hoch und zitronengelb gestrichen. Der kunstvolle Stuck glänzte weiß. Vorn vor den Bogenfenstern hingen lange durchscheinende Gardinen an dekorativen Stangen. Mehrere schmiedeeiserne Sessel mit großen weißen Kissen standen um einen geschnitzten niedrigen Tisch – ein bißchen orientalisch, fand Kathryn. Über dem Kamin, hinter dem Kopf der Frau, hing ein massiver goldener Spiegel, in dem Kathryn sich sah, als sie weiter ins Zimmer trat. Kathryn und Muire Boland – im gleichen

Spiegelbild gerahmt. Auf dem Kaminsims stand ein Foto in einem Intarsienrahmen, eine rosa-goldene Glasvase, eine Bronzefigur. Auf beiden Seiten des Bogenfensters befanden sich hohe Bücherregale. Der Teppich war gedämpft grau und grün. Alles wirkte hell und luftig, trotz der schweren Architektur des Hauses, trotz des trüben Wetters.

Kathryn mußte sich setzen. Sie stützte sich auf einen Holzstuhl, der gleich hinter der Tür stand. Sie ließ sich auf seinen Sitz fallen, ihre Beine versagten ihr plötzlich den Dienst.

Sie fühlte sich älter als die Frau vor ihr, die vielleicht gleich alt war. Es war das kleine Kind, dieser frische Liebesbeweis, zumindest der Beweis gegenseitiger sexueller Anziehung. Oder die Jeans im Gegensatz zu Kathryns dunklem Kostüm. Oder wie Kathryn dasaß, steif, die Handtasche auf dem Schoß.

Ihr rechtes Bein schmerzte, als habe sie eben einen Berg erklommen.

Das Kind quengelte, gab kleine, ungeduldige Schreie von sich. Muire Boland bückte sich und nahm einen Schnuller vom Tisch, nahm ihn in den Mund, saugte mehrmals daran und steckte ihn dem Kind in den Mund. Der Junge trug eine dunkelblaue Kordlatzhose und ein Ringelhemd.

Wie gebannt sah Kathryn, wie Muire Boland am Schnuller saugte. Die dunkelhaarige Frau hatte einen vollen, ebenmäßigen ungeschminkten Mund.

Als sie ihren Blick von der Frau mit dem Kind löste, sah sie das Foto auf dem Kaminsims. Als sie es deutlich sah, fuhr sie mit einem Ruck zusammen, wäre beinah vom Sitz aufgesprungen. Auf dem Foto war Jack, sie erkannte ihn selbst auf diese Entfernung. Unverwechselbar, auch von weitem. Auf dem Arm hielt er einen Säugling, ein Neugeborenes. Mit dem anderen Arm fuhr er einem Kind durch die Wuschellocken, dem Mädchen, das jetzt bei ihnen saß. Das Mädchen auf dem Bild machte ein feierliches Gesicht. Das Trio war offenbar am Strand aufgenommen. Jack strahlte.

Leibhaftiges Zeugnis eines anderen Lebens. Auch wenn Kathryn diesen Beweis nicht gebraucht hätte.

»Sie tragen einen Ring«, sagte Kathryn beinahe unfreiwillig.

Muire fühlte mit dem Daumen nach dem Goldreif.

»Sind Sie verheiratet?« fragte Kathryn ungläubig.

»Ich war es.«

Einen Augenblick verstand Kathryn nicht, bis sie begriff, was Muire Boland mit der Vergangenheitsform ausdrücken wollte.

Muire wechselte das Kind auf die andere Hüfte.

»Wann?« fragte Kathryn.

»Vor viereinhalb Jahren.«

Die Frau bewegte beim Reden kaum den Mund. Konsonanten und Vokale vereinten sich zu einem melodischen Singsang. Also keine Engländerin dachte Kathryn.

»Wir haben kirchlich geheiratet, katholisch«, erklärte Muire.

Kathryn zuckte zusammen, ging instinktiv in Deckung.

»Und Sie wußten …?« fragte sie.

»Von Ihnen? Ja, natürlich.«

Als ob es selbstverständlich wäre. Die dunkelhaarige Frau hatte alles gewußt. Kathryn dagegen hatte nichts gewußt.

Sie legte ihre Handtasche beiseite, zog den Mantel aus. Die Wohnung war zu heiß, und Kathryn schwitzte. Sie fühlte, daß ihr Haar feucht war, ihr Nacken.

»Wie heißt er?« fragte Kathryn. Sie wunderte sich, wie höflich sie blieb, als sie die Frage stellte.

»Dermot«, sagte Muire. »Nach meinem Bruder.«

Die Frau neigte plötzlich den Kopf und küßte das Kind auf seinen haarlosen Schädel.

»Wie alt ist er?« fragte Kathryn.

»Fünf Monate. Heute.«

Und sofort dachte Kathryn – wer hätte dies nicht getan –, daß Jack sonst sicher hiergewesen wäre, in dieser Wohnung, um dem kleinen Ereignis beizuwohnen.

Das Kind schlief nun beinahe.

Trotz allem, was in den vergangenen Minuten enthüllt worden war, trotz der prekären Beziehung zwischen ihr und diesem Kind (der Existenz dieses Kindes überhaupt) sehnte sich Kathryn geradezu danach, das Kind auf ihren Arm zu nehmen und an sich zu drücken. Die Ähnlichkeit mit Mattie im gleichen Alter war unheimlich. Als sei Mattie wieder klein. Kathryn schloß die Augen.

»Alles in Ordnung?« fragte Muire.

Kathryn öffnete die Augen, wischte sich mit dem Jackenärmel über die Stirn.

»Ich dachte ...« begann Muire. »Ich habe mich gefragt, ob Sie kommen würden. Als Sie anriefen, dachte ich, Sie wüßten alles. Ich war mir sicher, daß mit seinem Tod alles herauskommen würde.«

»Ich wußte nichts«, sagte Kathryn. »Eigentlich gar nichts. Erst als ich das Kind gesehen habe. Jetzt gerade.«

Oder hatte sie etwas gewußt? Hatte sie es, als sie die transatlantische Stille hörte, gewußt?

Um die Augen der dunkelhaarigen Frau waren kleine Falten, schwache Linien um ihren Mund, die eines Tages stärker würden.

Das Kind erwachte plötzlich und begann – für Kathryn eine vertraute Erinnerung – ungehemmt lustvoll zu jammern. Muire beruhigte den Jungen, legte ihn an ihre Schulter, streichelte ihm den Rücken. Aber es half nichts.

»Ich lege ihn ins Bett«, sagte Muire.

Und als sie das Zimmer verließ, zockelte das Mädchen hinterher, wollte nicht allein mit der Fremden bleiben.

Jack hatte katholisch geheiratet. Die dunkelhaarige Frau hatte gewußt, daß er bereits verheiratet war.

Kathryn wollte aufstehen und spürte dann, daß sie es nicht konnte. Sie schlug die Beine übereinander, vielleicht sah sie dann nicht ganz so mitgenommen aus. Nicht ganz so am Boden zerstört.

Die beiden Frauen behandelten einander mit ausgesuchter Höflichkeit. Gradezu grotesk. Kathryn war sich gewiß, daß sie dem Wahnsinn noch nie so nahe gewesen war.

Langsam drehte sie den Kopf, sah sich im Zimmer um. Die Messingwandleuchten mit den elektrischen Kerzen. Die rosa-goldene Vase mit getrockneten weißen Rosen, das Ölbild einer Straße in einem Arbeiterviertel. Sie wußte nicht, warum, aber sie empfand keinerlei Wut. Als hätte ihr jemand ein Messer in den Körper gestoßen und sie so tief verletzt, daß sie noch keinen Schmerz spürte, nur den Schock. Und der Schock erzeugte die Höflichkeit.

Muire hatte diesen Tag kommen sehen.

Kathryn nicht.

An einer Wand stand ein Schrank, in dem vermutlich Fernseher und Stereoanlage waren. Plötzlich fielen Kathryn die Pink-Panther-Videos ein, die Jack, Mattie und sie mit Hingabe angesehen hatten – Jack und Mattie waren aus dem Lachen nicht mehr herausgekommen. Sie kannten ganze Passagen auswendig.

Von der Tür kam ein Geräusch, und Kathryn wandte sich um. Muire Boland stand da und betrachtete sie von der Seite.

Sie durchquerte den Raum und setzte sich auf einen der weißen Sessel. Sie öffnete ein Holzkästchen auf dem niedrigen Tisch und nahm sich eine Zigarette, zündete sie mit einem Plastikfeuerzeug an.

Jack hielt keine Raucher in seiner Nähe aus, hatte er immer behauptet.

»Sie wollen wissen, wie es passiert ist«, sagte Muire.

Schmal und knochig, wie sie war, wirkte sie doch sinnlich. Sicher durch das Kind, dachte Kathryn. Das Stillen. Sie hatte ein bißchen Bauch – auch vom Kind.

Wieder bedrängte Kathryn unerwartet eine Erinnerung, ein Bild, das Jack einmal fotografiert hatte. Kathryn hatte in ihrem Bademantel auf dem Bauch in ihrem ungemachten Bett gelegen, die Arme unterm Kopf verschränkt, und geschlafen. Jack hatte ihr die ebenfalls schlafende, fünf Monate alte Mattie unten auf den Rücken gelegt. Zusammen hatten Kathryn und Mattie ein Schläfchen gehalten, und Jack hatte Mutter und Säugling fotografiert.

Muire machte es sich im Sessel bequem, legte einen Arm auf die Rückenlehne. Sie schlug die Beine übereinander. Sie maß sicher einen Meter achtzig, beinahe so groß wie Jack. In Gedanken versuchte Kathryn sie sich nackt vorzustellen, sie und Jack zusammen.

Aber etwas in ihr weigerte sich, und das Bild kam nicht zustande. Genauso wie das Bild von Jack tief unten auf dem Meeresgrund zunächst nicht zustande kam. Später aber würden die Bilder kommen, wenn man sie am wenigsten erwartete oder wollte.

»Ja«, sagte Kathryn.

Muire zog an der Zigarette, beugte sich vor und streifte die Asche ab.

»Vor fünf Jahren sind wir zusammen geflogen, ich war Stewardeß bei Vision Airlines«.

»Ich weiß.«

»Wir haben uns verliebt«, sagte die Frau einfach. »Mehr kann ich dazu nicht sagen. Es hat uns beide erwischt. Wir waren einen ganzen Monat zusammen, damals. Wir hatten …«

Die Frau zögerte, vielleicht aus Taktgefühl, vielleicht weil sie nicht wußte, wie sie es ausdrücken sollte.

»Wir hatten eine Affäre«, sagte sie schließlich. »Jack war hin- und hergerissen. Er wollte Mattie nicht verlassen. Er hätte es seiner Tochter nie antun können.«

Der Name *Mattie* erzeugte eine Irritation, eine knisternde Hochspannung zwischen beiden Frauen. Muire Boland hatte den Namen zu leicht ausgesprochen, als ob sie das Mädchen kannte.

Kathryn dachte: Er wollte seine Tochter nicht verlassen, aber er konnte seine Frau betrügen.

»Wann genau war das?« fragte Kathryn. »Die Affäre.«

»Juni 1991.«

»Oh.«

Was hatte sie selbst im Juni 1991 getan? überlegte sie.

Die Frau hatte eine zartweiße Haut, fast makellos. Als ginge sie selten nach draußen. Obwohl sie wie eine Läuferin aussah.

»Sie wußten von mir«, wiederholte Kathryn.

Ihre Stimme klang fremd. Zu langsam und gedehnt, wie unter Drogen.

»Ich wußte von Anfang an von Ihnen«, sagte Muire. »Jack und ich hatten keine Geheimnisse voreinander.«

Die größere Vertrautheit.

Ein bewußter Messerstich.

Der Regen fiel gegen die Bogenfenster, die Wolken verdunkelten den Tag – es hätte auch früh abends sein können. Aus einem Zimmer oben hörte Kathryn die verzerrte Fernsehstimme einer Comicfigur. Sie schwitzte immer noch, zog die Jacke aus und stand auf, stellte dabei fest, daß ihre Bluse aus dem Bündchen gerutscht war. Sie versuchte, sie in den Rock zurückzustecken. Dabei spürte sie den abschätzenden Blick der Frau gegenüber, einer Frau, die womöglich Jack besser gekannt hatte als sie. Kathryn hoffte inständig, ihre Beine würden ihr keinen Streich spielen. Dann ging sie zum Kamin.

Vom Kaminsims nahm sie das Foto in seinem Intarsienrahmen. Jack trug ein Hemd, das Kathryn noch nie gesehen hatte, ein verwaschenes schwarzes Polohemd. Er hielt das winzige Neugeborene im Arm. Das Mädchen, das Kathryn eben mit Bauklötzen hatte spielen sehen, hatte lockiges Haar und eine Stirn wie Jack, aber nicht seine Augen.

»Wie heißt sie?« fragte Kathryn.

»Dierdre.«

Jack fuhr dem Mädchen mit der Hand durchs Haar. War Jack mit Dierdre so umgegangen wie mit Mattie?

Kathryn schloß einen Moment die Augen. Der Schmerz war eigentlich unerträglich. Aber der Schmerz, den er Mattie zugefügt hatte, war geradezu obszön. Offensichtlich – unübersehbar – war das Mädchen auf dem Foto außergewöhnlich schön. Ein hinreißendes Gesicht mit dunklen Augen und langen Wimpern, roten Lippen. Ein richtiges Schneewittchen.

Hatten sich mit dem anderen Kind Erlebnisse wiederholt, die Mattie als ihre ureigensten Erinnerungen hütete?

»Wie konntet ihr das tun?« Kathryn wirbelte herum, richtete die Frage auch an Jack.

Der Rahmen rutschte ihr aus den schweißfeuchten Händen und fiel mit einem Knall gegen einen Beistelltisch. Es geschah unabsichtlich, und sie fühlte sich bloßgestellt, daß sie etwas zerbrochen hatte.

Die Frau im Sessel zuckte zusammen, aber sie gönnte dem Schaden keinen Blick.

Auf diese Frage gab es keine Antwort. Auch wenn die Frau sie beantworten wollte.

»Ich habe ihn geliebt«, sagte Muire. »Wir haben uns geliebt.«

Als ob diese Erklärung genügte.

Kathryn sah zu, wie Muire ihre Zigarette ausdrückte. Wie kühl sie war. Kalt.

»Über manches kann ich nicht reden«, sagte Muire.

Du Biest, dachte Kathryn, und ihre Wut zerplatzte wie eine Blase an der Oberfläche. Sie versuchte sich zu beruhigen. Schwer vorstellbar, daß diese Frau Stewardeß war, in einer Uniform mit kleinen Flügeln auf dem Revers. Daß sie mit einem Lächeln die Passagiere begrüßte.

»Bitte, setzen Sie sich«, sagte Muire.

Kathryn hielt sich am Kaminsims fest, neigte den Kopf. Sie atmete tief durch. Die Wut war wie ein weißes Rauschen in ihren Ohren.

Sie stieß sich vom Kaminsims ab und setzte sich wie befohlen. Sie hockte auf der Stuhlkante, als müsse sie jeden Augenblick aufstehen und davongehen.

»Ich war bereit, alle Konsquenzen zu tragen«, sagte Muire Boland.

Sie strich sich das Haar aus der Stirn.

»Einmal habe ich versucht, ihn rauszuwerfen. Aber ich konnte es nicht.«

Kathryn faltete die Hände im Schoß, wog die Schwäche ab, die Muire gestand. Die Sinnlichkeit der stillenden Frau, der kleine Bauchansatz, dazu die Größe, die eckigen Schultern und die langen Arme waren anziehend, unleugbar attraktiv.

»Wie haben Sie es angestellt?« fragte Kathryn. »Ich meine, wie funktionierte es?«

Muire Boland hob den Kopf. »Wir hatten so wenig Zeit zusammen«, sagte sie. »Wir haben getan, was wir konnten. Wir haben uns verabredet, ich habe ihn am Hotel abgeholt und ihn hierhergebracht. Manchmal hatten wir nur die Nacht. Wann anders …«

Wieder zögerte sie.

»Manchmal tauschte Jack seinen Dienstplan«, sagte Muire.

Die typische Sprache von Pilotenfrauen.

»Das verstehe ich nicht«, warf Kathryn ein. Eigentlich doch, dachte sie angeekelt.

»Gelegentlich arrangierte er, daß er in London stationiert war und hier eingesetzt wurde. Aber das war natürlich riskant.«

Kathryn fielen all die Monate ein, in denen Jack einen fürchterlichen Dienstplan gehabt hatte. Fünf Tage unterwegs, zwei Tage frei, nur über Nacht zu Hause.

»Sie wissen ja, daß er nicht immer die London-Route flog«, fuhr Muire fort. »Manchmal flog er Amsterdam-Nairobi. Dann habe ich mir in Amsterdam ein Apartment gemietet.«

»Das hat er bezahlt?« fragte Kathryn plötzlich.

Dachte, er hat mir Geld weggenommen. Mattie Geld weggenommen.

»Diese Wohnung gehört mir.« Muire deutete in den Raum. »Ich habe sie von einer Tante geerbt. Ich könnte sie verkaufen und in einen Vorort ziehen, aber mir graust schon bei der bloßen Vorstellung.«

Kathryn wohnte in einem Vorort.

»Er hat Ihnen Geld gegeben?« beharrte Kathryn.

Muire wich ihrem Blick aus; als Mutter konnte sie nachempfinden, wie gemein es war, wenn ein Mann in die Familienkasse griff, um seine Geliebte zu finanzieren.

»Gelegentlich«, sagte sie. »Ich habe auch eigenes Geld.«

Kathryn überlegte, ob Liebe durch permanente Trennung an Intensität gewann. Intensität durch Geheimhaltung.

Sie hob ihre Hand an den Mund, preßte ihre Fingerknöchel gegen die Lippen. War ihre Liebe zu Jack nicht stark genug gewesen? Hatte sie ihren Mann noch geliebt, als er starb? War seine Existenz für sie selbstverständlich gewesen?

Oder schlimmer, hatte Jack Muire zu verstehen gegeben, daß er sich von Kathryn nicht genug geliebt fühlte?

Bei diesem Gedanken lief es ihr kalt den Rücken herunter. Sie atmete tief durch und richtete sich auf.

»Woher kommen Sie?« fragte Kathryn, als sie wieder sprechen konnte.

»Antrim.«

Kathryn stieß einen Laut aus und schaute weg. Deswegen das Gedicht.

»Sie sind also Irin?« fragte Kathryn.

»Eigentlich nicht. Ich bin britische Staatsangehörige.«

»Aber Sie haben sich hier kennengelernt«, sagte Kathryn. »Sie haben Jack in London kennengelernt.«

»Wir haben uns in der Luft kennengelernt.«

Kathryn blickte auf den Teppich, malte sich dieses Kennenlernen in der Luft aus.

»Wo wohnen Sie hier?« fragte Muire.

Kathryn warf der Frau einen fragenden Blick zu. Der Name des Hotels fiel ihr nicht ein.

Muire lehnte sich vor und nahm noch eine Zigarette aus dem Kästchen.

»Im Kensington Exeter«, erinnerte Kathryn sich.

»Wenn es Sie beruhigt«, sagte Muire. »Ich bin mir sicher, daß er sonst mit keiner etwas hatte.«

Es beruhigte sie nicht. »Woher können Sie das wissen?« fauchte Kathryn.

In der Wohnung wurde es dämmrig. Eigentlich Zeit, Licht zu machen. Muire faßte sich an ihren Hals.

»Wie haben Sie es herausgefunden?« fragte sie. »Uns entdeckt?«

Kathryn hörte das Uns.

Sie wollte darauf nicht antworten. Die Sucherei kam ihr jetzt albern vor.

»Was geschah während Jacks Flug?« fragte sie statt dessen.

Muire schüttelte den Kopf, ihr seidiges Haar schwang hin und her. »Ich weiß es nicht«, sagte sie. Aber vielleicht klang sie eine Spur ausweichend, war sie eine Spur blasser geworden. »Daß es Selbstmord sein soll, ist unerhört«, sagte sie und beugte sich vor, stemmte die Ellenbogen auf die Knie, stützte den Kopf auf. »Jack würde nie, nie …«

Der plötzliche Gefühlsausbruch überraschte Kathryn, diese Gewißheit, die sonst doch nur sie hatte. Zum ersten Mal, seit sie diese Wohnung betreten hatte, zeigte die Frau Gefühle.

»Ich habe Sie um den Gedenkgottesdienst beneidet«, sagte Muire und blickte hoch. »Den Priester. Da wäre ich gern dabeigewesen.«

Mein Gott, dachte Kathryn.

»Ich habe das Foto von Ihnen gesehen«, sagte Muire. »In der Zeitung. Das FBI ermittelt, oder?«

»Angeblich.«

»Werden Sie verhört?«

»Nein. Nicht mehr.«

»Sie wissen, daß Jack das nie tun würde.« Muire lehnte sich zurück.

»Natürlich weiß ich das«, sagte Kathryn.

Schließlich war Kathryn die erste Frau, die eigentliche Frau, oder nicht? Aber dann überlegte sie: Wer war für den Mann die wichtigere Ehefrau – die Frau, die er beschützte, und deshalb ein Doppelleben führte? Oder die andere, mit der er all seine Geheimnisse teilte?

»Als Sie ihn das letzte Mal gesehen haben …«, begann Kathryn.

»An jenem Morgen. Gegen vier Uhr früh. Bevor er zum Dienst ging. Ich bin wach geworden …«

»Abends waren Sie zum Essen ausgegangen«, sagte Kathryn.

»Ja.« Muire sah Kathryn überrascht an. Sie fragte nicht, woher sie das wußte.

Kathryn überlegte, ob sie Jack je verdächtigt hatte, eine Affäre zu haben? Sie glaubte nicht. Wie verheerend ihr Vertrauen gewesen war! Zwar hatte sie manchmal gelästert, die üblichen Pilotenwitze gemacht. Aber gerade die Witze hatten jeden Gedanken an Untreue vertrieben – kein Pilot konnte sich so lächerlich verhalten.

»Sind Sie nur deswegen gekommen?« fragte Muire und zupfte einen Tabakkrümel von ihrer Unterlippe. Sie hatte sich wieder gefangen.

»Reicht das nicht?« fragte Kathryn.

Muire stieß eine lange Rauchfahne aus. «Nein, ich meine, fahren Sie weiter nach Malin Head?«

»Nein«, sagte Kathryn. »Waren Sie da?«

»Ich konnte nicht«, sagte sie.

Da war noch etwas anderes. Kathryn spürte es.

»Warum?« fragte Kathryn.

Die Frau rieb sich die Stirn. »Nichts.« Sie schüttelte den Kopf. »Wir hatten eine Affäre«, fuhr sie fort. »Ich wurde schwanger. Jack wollte heiraten. Mir war es nicht so wichtig. Das Heiraten. Er wollte kirchlich heiraten.«

»Er ist nie in die Kirche gegangen.«

»Er war fromm«, sagte Muire und fixierte Kathryn.

»Dann war er zwei verschiedene Personen«, sagte Kathryn ungläubig. Kirchlich heiraten, weil die Geliebte es will, war eine Sache – ein frommer Mann sein eine ganz andere. Kathryn faltete die Hände, damit sie nicht zitterten.

»Er ging, so oft er konnte, zur Messe«, sagte Muire.

Jack? Zur Messe? In Ely hatte er keinen Fuß in eine Kirche gesetzt. Wie konnte ein Mensch zwei so verschiedene Personen sein?

Aber dann fiel ihr etwas anderes ein, etwas Unerfreuliches: Jack konnte doch nicht immer zwei verschiedene Personen gewesen sein? Als Liebhaber, zum Beispiel. War er zu Muire Boland im Bett so gewesen wie zu Kathryn? Könnte Kathryn sich dazu bringen, diese Frage zu stellen, hätte sie dann nicht mit dieser Frau, die ihr gegenübersaß, etwas gemeinsam?

Oder war es ein völlig anderes Stück gewesen? Anderes Textbuch? Verschiedene Dialoge? Fremde Kulissen?

Kathryn öffnete die Hände, drückte ihre Handflächen gegen die Knie. Muire beobachtete sie wachsam. Vielleicht ging auch ihr manches durch den Kopf.

»Ich muß zur Toilette.« Kathryn erhob sich fahrig wie eine Betrunkene.

Muire erhob sich auch. »Gleich oben«, sagte sie.

Sie ging mit Kathryn aus dem Wohnzimmer, durch den Flur. An der Treppe deutete sie hinauf. Kathryn schob sich an ihr vorbei, die beiden Körper berührten sich beinah. Kathryn kam sich neben der großen Frau klein vor.

Die Toilette war so eng, Kathryn hatte vor Beklemmung Herzklopfen. Im Spiegel sah sie ihr Gesicht, rot und mit hektischen Flecken. Sie zog die Klammern aus ihrem Haar und schüttelte es. Sie setzte sich. Die Blümchentapete verschwamm vor ihren Augen.

Viereinhalb Jahre. Jack und Muire Boland hatten vor viereinhalb Jahren kirchlich geheiratet. Vielleicht hatten sie Gäste eingeladen. Hatte jemand die Wahrheit gewußt? Hatte Jack gezögert, bevor er sein Jawort gab?

Sie schüttelte heftig den Kopf. Bei jedem Gedanken kamen ihr Bilder in den Sinn, die sie nicht sehen wollte. Es war schwer – die Fragen zuzulassen und die Bilder zurückzuhalten.

Jack, der im Anzug vor dem Priester kniete. Jack, der eine Autotür öffnete und sich auf den Beifahrersitz setzte.

Ein kleines dunkellockiges Mädchen, das Jacks Knie umarmte.

In der Ferne läutete ein Telefon.

Wie, dachte Kathryn, hatte Jack das nur alles geregelt? Die Lügen, den Betrug, den Schlafmangel? An ein- und demselben Tag war er von Kathryn aus zum Dienst gegangen, und nur Stunden später hatte in der Kirche seine Hochzeit stattgefunden. Was hatten Kathryn und Mattie am gleichen Tag, zur gleichen Zeit unternommen? Wie konnte Jack ihnen beiden nach seiner Rückkehr überhaupt ins Gesicht sehen? Hatte er mit Kathryn geschlafen, in jener Nacht, der nächsten, in jener Woche? Ihr wurde bei dem Gedanken eiskalt.

Die Fragen hallten im Raum, stießen sich an den Wänden, wiederholten sich endlos. Dann fielen ihr die zweimal jährlichen Trainingskurse in London ein, und ihr Magen machte einen Satz. Jedesmal zehn Tage.

Schnell stand sie auf, schaute sich in der winzigen Toilette um. Sie kühlte ihr Gesicht mit Wasser, trocknete es mit einem bestickten Handtuch ab. Im Hinausgehen sah sie auf der anderen Seite des Flurs ein großes Doppelbett.

Von unten hörte Kathryn Muires Stimme am Telefon, den fremdartigen Singsang. Wäre Jack nicht tot, hätte sie jetzt vielleicht kein Recht, das Schlafzimmer zu betreten, aber nun war es egal. Sie wollte dieses Haus sehen. Sie hatte ein Recht, es zu kennen.

Schließlich hatte Muire Boland auch alles über sie gewußt.

Dieser Gedanke tat weh. Wieviel hatte er Muire erzählt? Und wieviel Vertrauliches?

Sie trat in das Zimmer und dachte, wieviel Mühe sie sich gegeben hatte, Jack zu gefallen, wie sie sich angepaßt hatte. Wie sie sich eine ganze Theorie zurechtgelegt hatte, um ihre schwindende sexuelle Nähe zu rechtfertigen. Wie sie einmal Jack mit diesem Rückzug konfrontiert und er ihn geleugnet hatte, als sei das für ihn undenkbar, für sie undenkbar. Sie hatte dies alles für normal gehalten, als gehörte es zur Ehe dazu. Sie hatte angenommen, es sei eine gute Ehe gewesen. Sie hatte sogar Robert erklärt, ihre Ehe sei gut gewesen.

Sie fühlte sich zum Narren gehalten, bloßgestellt, und überlegte, ob ihr das nicht am meisten ausmachte.

Da war das Schlafzimmer. Es war schmal und unordentlich, ausgesprochen unordentlich, verglichen mit den ordentlichen Räumen unten. Berge von Kleidungsstücken und Zeitschriften lagen auf dem Boden verstreut. Auf einer Kommode standen Teetassen und Joghurtbecher, Aschenbecher voller Kippen. Auf einem Toilettentisch mit fleckiger Platte waren Makeup-Flaschen aufgereiht. Eine Seite des Betts aus Ahornholz war ungemacht. Kathryn registrierte die teure Leinenbettwäsche, den Stickereirand. Auf der Bettdecke lag Spitzenunterwäsche. Auf der anderen Seite, die frisch gemacht schien, hatte Jack geschlafen – sie erkannte es an dem weißen Radiowecker, der Halogenlampe, dem Buch über den Vietnamkrieg. Hatte Jack hier andere Bücher als zu Hause gelesen? Hatte er andere Sachen angehabt? Hatte er tatsächlich anders als zu Hause ausgesehen, in diesem Haus, diesem Land. Älter oder jünger?

Zu Hause, dachte sie. Wo war für ihn zu Hause?

Sie ging auf Jacks Bettseite und schlug die Decken zurück. Sie neigte den Kopf auf das Laken und atmete tief ein. Er war nicht da, sie konnte ihn nicht riechen.

Sie ging auf die andere Seite, Muires Seite. Auf dem Nachttisch standen ein kleiner goldener Wecker und eine Lampe. Suchend (Bewegungen wiederholend, die sie woanders gesehen hatte) öffnete sie die Nachttischschublade. Drinnen lagen Zettel, Quittungen, Lippenstifte, Hautcreme, Münzen, mehrere Stifte, eine Fernsehfernbedienung und etwas in einem Samtetui. Gedankenlos griff sie nach dem blauen Etui und öffnete die Lasche. Sie ließ den Gegenstand fallen, als sei er glühendheiß. Sie hätte es an der Form erkennen können. Der Vibrator fiel mit einem Knall zurück in die Schublade.

Sie kniete auf dem Boden, legte ihr Gesicht aufs Bett, vergrub den Kopf in ihren Armen. Sie versuchte die Fragen einzudämmen, versuchte ihren Kopf leerzumachen, vergeblich. Sie rieb ihr Gesicht gegen die Laken, hin und her, hin und her. Sie hob den Kopf und sah, daß das Laken einen Maskarafleck hatte.

Sie stand auf und ging zum Kleiderschrank, der auch aus Ahornholz war, öffnete die Türen.

Muires Kleider hingen darin, nichts von Jack. Lange schwarze Hosen, Wollröcke. Baumwollhemden, Leinenblusen. Ein Pelzmantel. Dann hatte sie etwas Seidiges in der Hand. Sie schob die Kleiderbügel auseinander; es war keine Bluse, sondern ein Morgenmantel, ein knöchellanger Morgenmantel aus Seide mit einem Gürtelband, an dessen Enden kleine Troddeln hingen. Ein wahrhaft ausgefallenes Kleidungsstück, tief saphirblau. Zitternd schob Kathryn den Halsausschnitt vom Bügel und schaute nach dem Etikett.

Bergdorf Goodman.

Sie hatte es gewußt.

Sie ging vom Schlafzimmer ins Bad, sah sich um wie ein potentieller Käufer, der ein Haus besichtigte.

Auf dem Haken neben der Badewanne hing ein Männermorgenmantel aus kastanienbraunem Flanell. Zu Hause hatte Jack keinen Morgenmantel getragen. Im Badezimmerschränkchen fand sie einen Rasierer und eine Bürste; auch ein englisches Eau de Cologne, das sie nicht kannte. Bei genauerer Betrachtung fand Kathryn in der Bürste kurze schwarze Haare.

Sie starrte die Bürste lange an.

Es war an Jacks letztem Tag zu Hause gewesen. Kathryn ging oben durch den Flur, trug einen Berg Wäsche aus Matties Zimmer zur Treppe. Sie warf einen Blick ins Schlafzimmer, hatte die Szene noch genau vor Augen, ein Bild, an sich weder merkwürdig noch überhaupt interessant: Jack stand über seine Tasche gebeugt und packte seine Sachen. Als er sie sah, schob er schnell irgend etwas zurecht. Vielleicht war im Koffer ein Hemd gewesen, das sie nicht kannte. Sie lächelte zum Zeichen, daß sie ihn nicht stören wollte – ein unbedeutendes, nebensächliches Ereignis. Aber jetzt überlegte sie: Welches Hemd? Ein Hemd, das er zu Hause nicht trug, das er versehentlich mitgebracht hatte. Sie wußte plötzlich, daß sie das Hemd hier in einer Kommodenschublade fände.

Aber sie hatte genug gesehen.

Jetzt wollte sie nur noch weg. Sie schloß die Schlafzimmertür. Unten hörte sie immer noch Muire Boland telefonieren, die Stimme war lauter geworden, als ob sie stritte. Kathryn ging an der offenen Tür des Kinderzimmers vorbei. Dierdre lag bäuchlings auf dem Bett, den Kopf in die Hände gestützt, und machte das gleiche feierliche Gesicht wie auf dem Photo. Sie trug ein langärmliges blaues T-Shirt und eine Latzhose. Blaue Söckchen. Das Mädchen war so in das Fernsehprogramm vertieft, daß sie die Fremde in der Tür zuerst nicht bemerkte.

»Hallo«, sagte Kathryn.

Das Mädchen blickte in ihre Richtung und drehte sich dann auf die Seite, um die Unbekannte genauer zu betrachten.

»Was siehst du dir an?« fragte Kathryn.

»Mighty Mouse.«

»Das kenne ich auch. In Amerika gibt es das auch im Fernsehen. Meine Tochter hat am liebsten *Road Runner* geguckt. Aber jetzt ist sie groß. Fast so groß wie ich.«

»Wie heißt sie?« Das Mädchen setzte sich, sah die Fremde nun interessiert an.

»Mattie.«

Dierdre zog ein nachdenkliches Gesicht.

Kathryn trat ins Zimmer und sah sich um. Sie sah den Plüschbären, Paddington, genau wie Mattie einen besaß. Ein Foto von Jack mit Baseballmütze und weißem T-Shirt. Eine Kinderzeichnung mit einem erwachsenen Mann und einem kleinen Mädchen darauf, offenbar neueren Datums. Der weiße Kinderschreibtisch war filzstiftbekritzelt, himmelblau. Was hatte man dem Mädchen erzählt? Wußte sie, daß ihr Vater tot war?

Kathryn fiel ein Essen nach einem Basketballsieg ein, als Mattie acht war. Kathryn und Jack hatten beide Tränen in den Augen gehabt, so stolz war ihre Tochter über die kleine Trophäe gewesen.

»Du redest komisch«, sagte Dierdre.

»Tu ich das?«

Das Mädchen hatte einen britischen Akzent.

»Du redest wie mein Daddy«, sagte das Mädchen.

Kathryn nickte langsam.

»Möchtest du meine Puppe Molly sehen?«

»Ja.« Kathryn räusperte sich. »Sehr gern.«

»Dann mußt du hierher kommen«, zeigte Dierdre. Sie hüpfte vom Bett und ging in eine Ecke des Zimmers. Kathryn erkannte Bett, Puppenschrank und Truhe – Spielzeug aus Amerika. Dierdre beugte sich über die Puppe, die im Bett lag. »Die hat mir mein Daddy zu Weihnachten geschenkt.« Sie reichte Kathryn die Puppe.

»Ich mag ihre Brille«, sagte Kathryn.

»Willst du ihre Schultasche sehen?«

»Unbedingt.«

»Gut, wir setzen uns aufs Bett, und du kannst dir meine ganzen Sachen angucken.«

Dierdre holte Kleider, einen kleinen Schreibtisch, Miniaturschulbücher, die von einem Lederriemen zusammengehalten wurden. Ein winziger Bleistift. Ein Penny mit einem Indianerkopf.

»Hat dir dein Daddy das alles zu Weihnachten geschenkt?«

Das Mädchen spitzte den Mund und überlegte. »Der Nikolaus hat mir auch was gebracht.«

»Sie hat schöne Haare«, sagte Kathryn. »Mattie hatte so eine Puppe, aber sie hat ihr die Haare geschnitten. Weißt du, bei Puppen wächst das Haar nicht nach, deshalb sollte man es nicht abschneiden. Mattie war immer traurig darüber.«

Eine andere Erinnerung kam Kathryn. Mattie mit sechs, wie sie mit ihrem neuen Fahrrad einen Abhang runterfuhr, die Räder kippelten wie Wackelpudding hin und her – und Jack und sie, die nur dastanden und zusahen. Mattie, die angefahren kam und ihnen stolz verkündete: *Also, das klappt gut.*

Und ein andermal: Mattie, die abends mit einer Faschingsbrille mit Gumminase einschlief, und Jack und Kathryn standen am Bett und prusteten und konnten sich vor Lachen kaum aufrecht halten.

Wohin nun mit diesen Erinnerungen? Kathryn kam sich vor wie eine Frau, die nach der Scheidung ihr Hochzeitskleid betrachtet. Darf sie das Kleid nicht mehr schön finden, nur weil die Ehe in die Brüche gegangen ist?

»Ich schneide ihr die Haare nicht ab«, versprach Dierdre.

»Gut. War dein Daddy denn Weihnachten hier? Manchmal müssen Väter ja Weihnachten arbeiten.«

»Er war hier«, sagte Dierdre. »Ich habe ihm ein Lesezeichen gebastelt. Mit einem Bild von Daddy und mir drauf. Ich wollte es wiederhaben, deswegen hat er es mir geliehen. Willst du es sehen?«

»Ja, gern.«

Dierdre kramte unterm Bett nach ihrem Schatz. Sie förderte ein Bilderbuch zutage, das Kathryn nicht kannte. Das Lesezeichen war ein bunter Papierstreifen, der mit Folie überzogen war. Ein Foto von Jack mit Dierdre auf dem Schoß. Er reckte den Kopf, damit er sie ansehen konnte.

Kathryn hörte Schritte auf der Treppe.

Auf dem Dachboden zu Hause stand eine Schachtel mit Puppenkleidern. Einen Augenblick dachte Kathryn, daß sie Dierdre die Schachtel schicken könnte – verrückt.

Muire stand wachsam in der Tür, die Arme über der Brust verschränkt.

»Deine Puppe gefällt mir sehr«, sagte Kathryn und stand auf.

»Mußt du gehen?« fragte Dierdre.

»Leider ja«, sagte Kathryn.

Dierdre sah ihr nach, wie sie das Zimmer verließ. Kathryn ging an Muire vorbei schnell die Treppe hinunter, gewahr, daß die andere Frau ihr folgte. Dann nahm Kathryn ihre Kostümjacke. »Dierdre erwähnte, daß Jack Weihnachten hier war«, sagte sie und fuhr mit dem Arm in den Jackenärmel.

»Wir haben vorgefeiert«, sagte Muire. »Gezwungenermaßen.«

Vorfeiern war für Kathryn nichts Neues.

Neugierig trat sie an das Bücherregal und warf einen Blick auf die Bücher. *Lies of Silence* von Brian Moor, *Cal* von Bernard McLaverty, *Rebel Hearts* von Kevin Toolis, *The Great Hunger* von Cecil Woodham-Smith. Ein Titel, den sie nicht lesen konnte.

»Ist das Gälisch?« fragte Kathryn.

»Ja.«

»Wo haben Sie studiert?«

»Queens College. Belfast.«

»Wirklich. Und dann sind Sie ...«

»Stewardeß geworden. Ich weiß. Die gebildetsten Arbeitnehmer in ganz Europa. Die Iren.«

»Weiß Ihre Tochter, was mit Jack ist?« Kathryn nahm ihren Mantel.

»Sie weiß es.« Muire lehnte an der Wohnzimmertür. »Aber ich bin mir nicht sicher, ob sie es versteht. Ihr Vater war so oft weg. Ich glaube, sie denkt, er ist wieder verreist.«

Ihr Vater.

»Und Jacks Mutter«, sagte Kathryn kühl. »Wußte Dierdre, daß sie eine Großmutter Matigan hatte?«

»Ja, natürlich.«

Kathryn schwieg. Ihre Frage erschütterte sie genauso wie die Antwort.

»Aber Sie wissen ja, daß seine Mutter Alzheimer hat«, sagte Muire, »und Dierdre hat nie richtig mit ihr geredet.«

»Ja, ich weiß«, log Kathryn.

Wenn Jack nicht gestorben wäre, wäre er jetzt hier, in diesem Haus? Hätte Kathryn je die andere Familie entdeckt?

Die beiden Frauen standen auf dem Parkett. Kathryn sah die Wände, die Decke, die Frau, die vor ihr stand. Sie wollte das ganze Haus genau in sich aufnehmen, alles, was sie gesehen hatte. Sie wußte, daß sie nie wiederkommen würde.

Sie dachte, wie unmöglich es war, einen anderen Menschen zu kennen. Wie zerbrechlich die Konstruktionen waren, die Menschen sich machten. Eine Ehe, zum Beispiel. Eine Familie.

»Es gibt Dinge ...«, begann Muire. Hielt inne. »Ich wünschte ...«

Kathryn wartete.

Muire öffnete ihre Hände. Sie klang resigniert: »Es gibt Dinge, die kann ich nicht ...« Sie seufzte tief, schob die

Hände in die Jeanstaschen. »Es tut mir nicht leid, daß ich mit ihm zusammen war«, sagte Muire schließlich. »Es tut mir nur leid, daß ich Ihnen weh getan habe.«

Kathryn konnte nicht Auf Wiedersehen sagen; es kam ihr unnötig vor.

Etwas hätte sie allerdings gern gewußt – mußte sie, so stolz sie war, fragen.

»Der Morgenmantel«, sagte sie. »Der blauseidene Morgenmantel. In Ihrem Kleiderschrank.«

Kathryn meinte, ein Stöhnen zu hören, aber das Gesicht blieb unbewegt.

»Er kam, als er schon tot war«, sagte Muire. »Mein Weihnachtsgeschenk.«

»Das dachte ich mir«, sagte Kathryn.

Sie legte ihre Hand auf den Türknopf, als griffe sie nach einem Rettungsring.

»Sie sollten nach Hause gehen«, sagte Muire, als Kathryn in den Regen hinaustrat, und Kathryn fand diese Empfehlung merkwürdig und anmaßend.

»Für mich war es schlimmer«, sagte Muire, und Kathryn drehte sich um, angezogen von dem klagenden Ton, einer Lücke in der kühlen Fassade.

»Ich wußte, daß es Sie gab«, sagte Muire Boland. »Sie mußten nie etwas von mir wissen.«

Möglich, dass sie weinte. Später konnte sie nicht mehr sagen, wann es begonnen hatte. Sie hatte ihren Schirm vergessen, und ihr Haar war vom Regen durchnäßt, klebte an ihrem Kopf. Der Regen lief ihr den Nacken, den Rücken, vorn ihre Bluse hinunter. Sie war zu erschöpft, um ihren Kragen hochzustellen oder sich ihren Schal um den Hals zu binden. Passanten hoben ihre Regenschirme, sahen sie an, warfen sich Blicke zu. Sie sog die Luft mit offenem Mund ein.

Sie hatte kein Ziel, keine Vorstellung, wohin sie ging. Sie war unfähig, einen zusammenhängenden Gedanken zu fassen. Sie erinnerte sich, wie ihr Hotel hieß, aber dorthin wollte sie nicht, wollte nicht drinnen mit anderen Leuten sein. Wollte nicht allein im Zimmer sein.

Vielleicht sollte sie ins Kino gehen.

Sie trat vom Gehweg auf die Straße, schaute, wie gewohnt, in die falsche Richtung. Ein Taxi bremste quietschend. Kathryn blieb stehen, erwartete die Beschimpfungen des Fahrers. Doch der wartete geduldig, bis sie die Straße überquert hatte.

Sie begriff, daß ihr nicht gut war, und mit einemmal packte sie die Angst, in ihrem Zustand in eine Baugrube zu fallen, überfahren zu werden, vielleicht von einem roten Omnibus. Sie betrat eine Telefonzelle – für den Augenblick ein Zufluchtsort, trocken, ein Schutz vor dem Regen. Sie zog ihren Mantel aus und wischte ihr Gesicht mit dem Kostümärmel ab, aber die Geste erinnerte sie an etwas, woran sie nicht denken wollte. Sie hatte Kopfschmerzen, spürte den bohrenden Schmerz im Nacken und überlegte, ob sie eine Tablette in ihrer Handtasche hatte.

Ein Mann stand vor der Telefonzelle, klopfte dann ungeduldig an die Scheibe. Er müsse telefonieren, gestikulierte er. Kathryn zog wieder ihren Mantel an und trat hinaus in den Regen. Sie wanderte eine belebte Straße entlang, eine lange, endlose Straße. Autos fuhren durch die Pfützen, daß es bis auf den Gehweg spritzte. Köpfe duckten sich im Regen, Leute gingen an ihr vorbei. So ohne Hut oder Schirm konnte sie nur mit Mühe deutlich sehen. Sie überlegte, ob sie sich in einem Kaufhaus einen Schirm, vielleicht einen Regenmantel kaufen sollte.

An einer Ecke standen zwei Männer in Mänteln und lachten. Sie trugen schwarze Schirme und graue Lederaktentaschen. Sie verschwanden hinter einer Tür. Durch die Milchglastür drang Licht, Gelächter. Es war schon dunkel, und vielleicht sollte sie lieber dort hineingehen.

Der feuchte Wollgeruch stieg ihr in die Nase. Die Hitze tat ihr gut, die Wärme im Raum. Der Mann vor ihr lachte mit seinem Begleiter, seine Brille war beschlagen. Ein Mann hinter dem Tresen reichte ihr ein Handtuch. Jemand hatte es bereits benutzt, es war feucht und roch nach Rasierwasser. Sie frottierte ihr Haar wie nach dem Duschen, merkte, daß die Männer sie anstarrten. Vor ihnen standen Bierkrüge aus Preßglas, vom bloßen Anblick bekam sie Durst. Die Männer machten langsam Platz, überließen ihr einen Hocker. Hinter dem Tresen unterhielten sich angeregt zwei Frauen in fast identischen blauen Kostümen. Alle Gäste unterhielten sich. Es war wie auf einer Party, aber die Leute wirkten glücklicher als gewöhnlich auf Parties.

Als der Mann hinter dem Tresen ihr das Handtuch abnahm, deutete sie auf den Zapfhahn. Das Bier, das er ihr vorsetzte, war bronzefarben. Licht spiegelte sich in den blanken Flächen, und Männer rauchten Zigaretten. An der Decke ballte sich der blaue Dunst.

Sie war durstig und trank das Bier wie Wasser. Sie spürte, wie es in ihrem Magen brannte, ein angenehmes Gefühl. Sie streifte ihre Schuhe ab, die vor Nässe quietschten. Als sie zu Boden schaute, merkte sie, daß ihre Bluse durchweicht und fast durchsichtig war. Sie zog ihren Mantel dichter zu. Der Mann hinter der Theke drehte sich in ihre Richtung und zwinkerte. Sie nickte zur Antwort, und er reichte ihr noch ein Glas Bier. Sie fühlte, wie ihre Arme und Beine, Finger und Zehen endlich wieder warm wurden.

Ab und zu verstand sie einzelne Worte, Gesprächsfetzen. Geschäftliches. Flirts.

Ihre Kopfschmerzen wurden heftiger, ihre Schläfen pochten. Sie bat den Mann hinterm Tresen um ein Aspirin. Ein Mann mit Schnauzbart musterte sie von der Seite. Hinter dem Tresen hing ein Guinness-Reklameschild, und sie erkannte die schwarze Flüssigkeit in manchen Gläsern. Jack hatte es manchmal mitgebracht, aber auch daran wollte sie im Augenblick nicht denken. Auf dem Tresen hinterließ das Bier feuchte Ringe, das Holz roch danach.

Nach einer Weile mußte sie zur Toilette, wollte aber ihren Platz nicht aufgeben. Am besten, sie bestellte sich vorsichtshalber noch ein Bier. Der Mann hinterm Tresen übersah ihr Zeichen, aber die Frauen beobachteten es. Sie tuschelten und starrten sie an.

Der Mann nahm sie schließlich wahr – ein wenig unfreundlicher als zuvor. Vielleicht hatte sie sich unpassend benommen. Auf seine Frage, ob sie noch etwas wolle, schüttelte sie den Kopf und stand auf. Ihr Mantel blieb am Hocker kleben. Sie zog die Wolle vom Plastiksitz. Sie bemühte sich, nicht zu schwanken, aufrecht durch die Menge der Männer und Frauen mit ihren Getränken zu gehen. Sicher war Feierabend – sie überlegte, um wieviel Uhr das in London wohl war. Ihre Fußsohlen fühlten sich klebrig an; erst jetzt merkte sie, daß sie ihre Schuhe an der Theke vergessen hatte. Sie drehte sich um, aber der Rückweg schien versperrt. Sie mußte nun dringend, konnte jetzt nicht mehr kehrtmachen. Sie folgte dem unübersehbaren Toilettenschild.

Endlich allein – eine unsägliche Erleichterung.

Danach hatte sie Schwierigkeiten mit ihren Strümpfen. Sie erinnerte sich, wie sie als Kind den nassen Badeanzug anziehen mußte. Sie kämpfte in der winzigen Kabine. Ihre Strümpfe waren an den Fußsohlen ganz schmutzig. Sicher war es leichter, die Strümpfe ganz auszuziehen als wieder hochzuziehen, aber dann dachte sie, daß sie womöglich frieren würde. Ihr Magen rebellierte, aber sie riß sich zusammen, gab dem Übelkeitsgefühl nicht nach.

Sie wusch sich die Hände in einem schmuddligen Waschbecken, und dann sah sie sich im Spiegel. Es konnte nicht sein, daß sie die Frau war, die ihr entgegenblickte. Das Haar war zu dunkel, zu dicht am Kopf. Unter den Augen hatte sie schwarze Maskarahalbmonde, ein Gespenster-Makeup. Die Augen selbst hatten rote Ränder, rotgeäderte Augäpfel. Die Lippen waren bleich in einem erhitzten Gesicht.

Eine Obdachlose, dachte sie.

Sie trocknete ihre Hände ab, öffnete die Tür. Im Vorbeigehen sah sie das Telefon an der Wand. Eine Sehnsucht packte sie, sie wollte nur noch mit Mattie sprechen. Die Sehnsucht war körperlich; sie spürte sie, mitten in ihrem Körper – an der Stelle, wo man einen Säugling hält, wenn man ihn auf den Arm nimmt.

Sie befolgte die Bedienungsanleitung neben dem Telefon, mehrmals erfolglos. Dann bat sie einen älteren Herrn in einer Regenjacke um Hilfe, der auf dem Weg zur Herrentoilette war. Sie sagte ihm die Nummer, immerhin hatte sie die nicht vergessen. Als er gewählt hatte, reichte er ihr den Hörer und musterte ihre Bluse. Er ging in die Herrentoilette, und zu spät bemerkte sie, daß sie sich nicht bedankt hatte.

Das Telefon läutete sechs, sieben Mal. Eine Tür wurde geschlossen, ein Glas zerbrach, eine Frau lachte hell, das schrille Lachen übertönte alles übrige Gelächter. Kathryn sehnte sich nach Matties Stimme. Das Telefon läutete immer noch. Sie weigerte sich, einzuhängen.

»Hallo?«

Die Stimme war atemlos, als habe sie herumgebalgt oder sei gelaufen.

»Mattie!« rief Kathryn, und ihre Erleichterung drang bis über den Ozean. »Gott sei Dank, du bist zu Hause.«

»Mama, was ist los? Alles in Ordnung mit dir?«

Mattie klang alarmiert, augenblicklich auf der Hut.

Kathryn nahm sich zusammen. Sie wollte ihre Tochter nicht ängstigen.

»Wie geht es dir?« fragte sie ruhiger.

»Hm … okay.«

Matties Stimme klang immer noch wachsam. Zögernd.

Kathryn bemühte sich um einen munteren Ton.

»Ich bin in London«, sagte sie. »Es ist ganz toll hier.«

»Mama, was machst du?«

Im Hintergrund spielte Musik. Eine von Matties CDs. Die Gruppe Sublime. Ja, eindeutig Sublime.

»Kannst du die Musik leiser stellen?« bat Kathryn, die bereits wegen des Kneipenlärms ein Ohr zuhielt. »Ich kann dich nicht verstehen.«

Kathryn wartete, bis Mattie wieder am Telefon war. Die Kneipengäste standen dichtgedrängt bis an die Tische. Neben ihr standen ein Mann und eine Frau mit Biergläsern in der Hand und riefen sich gegenseitig etwas ins Ohr.

»So.« Ihre Tochter war wieder am Telefon.

»Es regnet«, sagte Kathryn. »Ich bin in einem Pub. Ich bin ein bißchen herumgelaufen. Habe mir Sachen angesehen.«

»Ist der Mann bei dir?«

»Er heißt Robert.«

»Egal.«

»Im Moment nicht.«

»Mama, ist wirklich alles in Ordnung mit dir?«

»Ja, mir geht's gut. Was machst du?«

»Nichts.«

»Du klangst so außer Atem.«

»Wirklich?« Pause. »Mama, ich kann gerade nicht reden.«

»Ist Julia da?« fragte Kathryn.

»Sie ist im Laden.«

»Warum kannst du nicht reden?«

Im Hintergrund hörte Kathryn jemanden tuscheln. Eine männliche Stimme.

»Mattie?«

Sie hörte ihre Tochter flüstern. Ein gedämpftes Kichern. Wortfetzen. Eine eindeutig männliche Stimme.

»Mattie? Was ist los? Wer ist da?«

»Niemand. Mama, ich muß aufhören.«

Über dem Telefon an der Wand standen Telefonnummern mit Bleistift und Filzstift. *Roland bei Margaret*, hatte jemand notiert.

»Mattie, wer ist da? Ich höre doch jemanden.«

»Oh, das ist nur Tommy.«

»Tommy Arsenault?«

»Yeah.«

»Mattie ...«

»Jason und ich haben Schluß gemacht.«

Jemand rempelte den Mann an, der neben ihr stand, und

Bier schwappte über Kathryns Ärmel. Der Mann lächelte reumütig und versuchte ohne Erfolg, ihren Ärmel abzuwischen. Sie winkte ab, er solle sie in Ruhe lassen.

»Wann ist das denn passiert?« fragte Kathryn.

»Gestern abend. Wie spät ist es bei dir?«

Kathryn sah auf ihre Uhr; sie hatte sie noch nicht umgestellt. Sie rechnete. »Es ist viertel vor sechs.«

»Fünf Stunden«, sagte Mattie.

»Warum hast du mit Jason Schluß gemacht?« Kathryn ließ sich nicht auf den Themenwechsel ein.

»Ich fand, wir hatten nicht mehr viel gemeinsam.«

»Oh, Mattie ...«

»Laß, Mama. Wirklich, es ist okay.«

»Was machst du mit Tommy?«

»Wir sitzen nur rum. Mama, ich muß aufhören.«

Kathryn versuchte sich zu beruhigen.

»Was machst du heute?«

»Ich weiß nicht, Mama. Draußen scheint die Sonne. Der meiste Schnee ist geschmolzen, und es ist ganz naß. Ist wirklich alles in Ordnung mit dir?«

Kathryn spielte mit dem Gedanken, die Frage zu verneinen, damit Mattie am Telefon blieb. Aber das wäre mütterliche Erpressung.

»Mir geht's gut«, sagte Kathryn. »Wirklich.«

»Ich muß aufhören, Mama.«

»Morgen abend bin ich wieder da.«

»Cool. Echt, ich muß aufhören.«

»Liebste Mattie«, Kathryn konnte ihre Tochter kaum loslassen.

»Liebste Mama«, erwiderte Mattie schnell.

Nun war sie frei.

Kathryn hörte das Klicken am anderen Ende des Ozeans.

Sie lehnte ihren Kopf an die Wand. Ein junger Mann in

einem Nadelstreifenanzug wartete geduldig neben ihr und nahm ihr schließlich den Hörer aus der Hand.

Sie kroch durch einen Wald von Beinen und angelte ihre Schuhe vor der Theke, ging hinaus in den Regen. An einem Kiosk kaufte sie einen Regenschirm, dachte, Regenschirmfabrikanten in England hatten sicher immer Konjunktur. Sie wickelte ihren Schal so fest wie möglich um den Hals und dachte mit Bedauern, sie hätte sich zu allem Überfluß bestimmt erkältet. Julia behauptete immer, wer in aller Öffentlichkeit weint, erkältet sich garantiert. Weniger als Strafe dafür, daß man seine Gefühle zur Schau stellt, sondern weil die gereizten Schleimhäute für fremde Bakterien besonders empfänglich seien. Kathryn hatte Heimweh nach Julia, hätte alles für deren Anblick im Bademantel gegeben, für eine Tasse Tee.

Ein Regenschirm war wirklich eine praktische Erfindung, dachte Kathryn, nicht nur als Schutz gegen Regen, er bot auch die nötige Anonymität, und dafür war sie dankbar. Wenn sie auf die Füße der Passanten Obacht gab, konnte sie ihr Gesicht verstecken; der Schirm war wie ein Schleier.

Ganz London im Regen, dachte sie, während in Ely die Sonne schien.

Sie ging, bis sie an einen Park kam. Abends im Park herumzulaufen war eigentlich keine gute Idee, aber Laternen tauchten die Bänke in Licht. Der Regen hatte inzwischen nachgelassen, es nieselte nur noch. Im Laternenschein sah das Gras grau aus. Sie ging und setzte sich auf eine schwarze Bank.

Offenbar saß sie in einem kreisfömig angelegten Rosengarten. Die Laternen beleuchteten beschnittene Dornenranken, und das Gatter wirkte imposant. Es war nicht nur ein Betrug an mir, sondern auch an Mattie und Julia, dachte Kathryn. Ein Verrat an der Familie.

Der Regen hörte auf, und sie legte den Schirm auf die Bank. Ihr Chenilleschal hatte sich im Verlauf ihres Gangs an einer Ecke aufgelöst. Sie fingerte an einer losen Masche, zupfte vorsichtig daran. Zu Hause könnte sie das wieder reparieren, die Ecke mit einem Chenillefaden ausbessern. Sie zog ein bißchen fester an dem Garn, ribbelte sechs, sieben Maschen auf, es befriedigte sie eigenartig. Sie zog noch einmal und fühlte, wie die Maschen mit einem kleinen Ruck nachgaben.

Sie zog eine Reihe auf und dann die nächste. Dann noch eine und noch eine.

Das Garnwirrwarr lag locker und angenehm auf ihren Knien, ihr zu Füßen. Jack hatte ihr den Schal zum Geburtstag geschenkt.

Kathryn zog so lange, bis der Chenillehügel so groß war wie ein kleiner Laubberg. Sie ließ den letzten Garnrest aufs Gras fallen, schob ihn mit den Füßen beiseite. Sie steckte ihre kalten Hände in die Manteltaschen.

Nun mußte sie all ihre Erinnerungen neu fassen.

Ein älterer Mann in gelbbraunem Regenmantel machte vor ihr Halt. Er hielt seinen Schirm schräg, um ihr Gesicht zu sehen. Der Anblick einer Frau ohne Hut oder Schirm im Regen mit einem Garnberg zu Füßen beunruhigte ihn. Vielleicht war er verheiratet und dachte an seine Frau. Bevor er Kathryn etwas fragen konnte, sagte sie Hallo und bückte sich nach dem Garn. Sie fand das Fadenende und begann das schwarze Chenille aufzuwickeln – schnell, mit geübten Handgriffen.

Sie lächelte.

»Schreckliches Wetter«, sagte er.

»Ja, wirklich«, sagte sie.

Offenbar zufrieden angesichts der Geschäftigkeit, die Kathryn demonstrierte, ging der Mann weiter.

Als er fort war, schob sie das Garn unter die Bank. Sie

dachte: Ich hatte keine Ahnung vom Sexualleben meiner Tochter, und ich hatte keine Ahnung vom Sexualleben meines Mannes.

Die Straßenlampen in der Ferne hatten einen Lichthof, sie sah eine Prozession von Bremslichtern, ein Paar, das über die Straße lief. Sie trugen lange Regenmäntel, und die Frau hatte hochhackige Schuhe an. Sie zogen vor dem Regen die Köpfe ein. Der Mann hielt seinen Regenmantel vorn mit einer Hand zu, den anderen Arm hatte er um die Frau gelegt, drängte sie vorwärts, bevor die Ampel rot wurde.

Muire Boland und Jack haben das in dieser Stadt vielleicht auch getan, dachte sie. Sind bei Gelb über die Straße gelaufen. Auf dem Weg zum Essen, in den Pub. Ins Theater. Zu einer Party, zu Gästen. Auf dem Weg ins Bett.

Und dann dachte sie: Wie konnte etwas nicht gültig sein, das so schöne Kinder in die Welt gesetzt hatte?

Sie ging weiter, bis sie am Ende einer Straße die unauffällige Markise sah und die Fassade erkannte. Sie ging ins Hotel. Es war still, nur ein Mann stand in einem Lichtkegel an der Rezeption und begrüßte sie. Auf dem Weg zu den Aufzügen spürte sie, wie schwer und feucht ihre Sachen waren.

Erleichtert stellte sie fest, daß sie ihre Zimmernummer nicht vergessen hatte. Als sie den Schlüssel ins Schlüsselloch steckte, öffnete Robert im Nebenzimmer die Tür.

»Mein Gott«, sagte er.

Er runzelte die Stirn, seine Krawatte hing lose auf seiner Brust.

»Ich war außer mir vor Sorge, was dir passiert sein könnte.«

Sie blinzelte im wenig schmeichelhaften Flurlicht und strich sich die Haare aus dem Gesicht.

»Weißt du, wie spät es ist?« fragte er. In seiner Besorgnis klang er wie ein Vater, der sein weggelaufenes Kind ausschimpft.

Sie wußte es nicht.

»Es ist ein Uhr morgens«, sagte er.

Sie zog den Schlüssel aus dem Schloß und ging auf Robert zu, der seine Zimmertür aufhielt. Vom Flur aus konnte sie auf dem Fußende des Betts ein Tablett mit Essen stehen sehen, unangerührt. Selbst auf diese Entfernung roch sie, wie verraucht das Zimmer war.

»Komm rein«, sagte er. »Du siehst unglaublich aus.«

Drinnen ließ sie den Mantel von den Schultern fallen.

»Du bist ganz schmutzig«, sagte Robert.

Sie streifte ihre Schuhe ab, die Form und Farbe verloren hatten. Er zog den Stuhl unter dem Schreibtisch hervor.

»Setz dich«, sagte er.

Sie tat wie befohlen. Er saß auf dem Bett, sah sie an, ihre Knie berührten sich – ihre nassen Strümpfe, seine graue Wolle. Er trug ein weißes Oberhemd, ein anderes als heute mittag. Er sah anders aus, müde und erschöpft, Falten um die Augen, seit heute mittag gealtert. Sicher war sie selbst auch gehörig älter geworden.

Er nahm ihre Hände in seine. Es war, als verschluckten seine Hände, seine langen Finger, ihre Hände.

»Erzähl, was passiert ist«, sagte er.

»Ich bin rumgelaufen. Nur rumgelaufen. Ich weiß nicht, wo ich war. Doch, ich war in einem Pub und habe Bier getrunken. Ich war in einem Rosengarten, und da habe ich einen Schal aufgezogen.«

»Einen Schal aufgezogen.«

»Mein Leben, sozusagen.«

»Es war schlimm«, sagte er.

»Das kannst du wohl sagen.«

»Ich habe dir eine gute halbe Stunde gegeben, und dann

bin ich dir nachgegangen. Aber du warst anscheinend schon weg. Eine Stunde bin ich die Straße auf- und abgegangen, und dann kam eine andere Frau aus dem Haus, nicht du. Sie hatte zwei Kinder dabei.«

Kathryn besah das Sandwich auf dem Tablett. Vielleicht ein Putenfleisch-Sandwich.

»Ich glaube, ich habe Hunger«, sagte sie.

Robert nahm das Sandwich vom Tablett und reichte es ihr. Zitternd balancierte sie den Teller auf ihrem Schoß.

»Iß was, und dann nimmst du am besten ein heißes Bad. Soll ich dir etwas zu trinken bestellen?«

»Nein, ich hatte genug. Du bist wie ein Vater.«

»O Gott, Kathryn.«

Das Fleisch auf dem Sandwich war so flachgepreßt, es fühlte sich im Mund wie Plastikfolie an. Sie legte das Sandwich wieder hin.

»Ich hätte bald die Polizei angerufen«, sagte er. »Ich habe schon Muire Bolands angerufen. Mehrfach. Aber es ist niemand rangegangen.«

»Es waren Jacks Kinder.«

Er schien nicht überrascht.

»Du hast es geahnt«, sagte sie.

»Es war eine Möglichkeit. An Kinder habe ich allerdings nicht gedacht. War sie das? Muire Boland? Die aus dem Haus kam? Seine …?«

»Ehefrau«, sagte sie. »Sie waren verheiratet. Kirchlich.«

Er lehnte sich zurück. Sie sah sein ungläubiges Gesicht, sein langsames Begreifen.

»In einer katholischen Kirche«, sagte Kathryn.

»Wann?«

»Vor viereinhalb Jahren.«

Auf dem Bett stand eine Reisetasche, der Reißverschluß war zugezogen. Das Hemd, das er mittags getragen hatte, sah aus der Tasche heraus. Die Londoner »Times«

war vom Bett auf den Boden gefallen. Auf dem Schreibtisch stand eine halbleere Mineralwasserflasche.

Sie sah, wie er sie prüfend betrachtete, beinah wie ein Arzt. Er forschte in ihrem Gesicht nach Anzeichen einer Krankheit.

»Das Schlimmste habe ich hinter mir«, sagte sie.

»Deine Sachen sind völlig hin«, sagte er.

»Die trocknen wieder.«

Er umfaßte ihre Knie.

»Es tut mir so leid, Kathryn.«

»Ich will nach Hause.«

»Ja«, sagte er. »Morgen früh. Wir buchen die Tickets um.«

»Ich hätte nicht herkommen sollen.« Sie reichte ihm den Teller wieder.

»Nein.«

»Du hast mich gewarnt.«

Er sah weg.

»Ich habe Hunger«, sagte sie. »Aber das kann ich nicht essen.«

»Ich bestelle dir Obst und Käse. Eine Suppe.«

»Gut.«

Sie stand auf, taumelte. Ihr war schwindlig.

Er stützte sie, und sie legte ihre Stirn an sein Hemd.

»Die ganzen Jahre«, sagte sie, »war alles falsch.«

»Schschsch ...«

»Er hat einen Sohn, Robert. Noch eine Tochter.«

Er zog sie näher heran, versuchte sie zu trösten.

»Die ganze Zeit haben wir miteinander geschlafen«, sagte sie. »Viereinhalb Jahre. Ich habe mit einem Mann geschlafen, der eine andere Frau hatte. Eine andere Ehefrau. Ich habe mit ihm gelebt. Wir haben zusammengelebt. Sachen unternommen. Ich erinnere mich an alles mögliche ...–«

»Ist doch gut.«

»Es ist gar nicht gut. Ich habe ihm Liebesbriefe geschrieben. Karten mit kleinen Botschaften. Er schien sie gerne zu lesen.«

Robert streichelte ihren Rücken.

»Besser, daß ich Bescheid weiß«, sagte sie.

»Vielleicht.«

»Besser als mit einer Lüge leben.«

Sie spürte, wie er ein Gähnen unterdrückte. Sie machte sich frei und sah, wie erschöpft er war. Er rieb sich die Augen.

»Ich nehme jetzt ein Bad«, sagte sie. »Es tut mir leid, daß ich dir solche Sorgen gemacht habe. Ich hätte anrufen sollen.«

Er winkte ab, sie brauchte sich nicht zu entschuldigen. »Wichtig ist nur, daß du wieder da bist.« Die Ungewißheit hatte ihre Spuren in seinem Gesicht hinterlassen.

»Du kannst kaum noch stehen«, sagte er.

»Ich würde gern hier baden. Ich möchte nicht allein in meinem Zimmer sein. Wenn ich gebadet habe, geht es mir wieder gut.«

Sie sah ihm seine Zweifel an.

Kathryn ließ heißes Wasser einlaufen und goß eine Portionsflasche Duschgel in die Wanne, bis es schäumte. Sie war überrascht, wie schmutzig ihre Sachen tatsächlich waren; ihr Rocksaum war heruntergetreten. Sie stand nackt mitten im Badezimmer. Auf den Fliesen hinterließ sie schwarze Fußstapfen. Auf einem Glasbord lagen Handtücher und ein kleiner Korb mit Toilettenartikeln.

Sie tauchte einen Fuß ins Wasser und zuckte zusammen, stieg dann in die Wanne. Langsam ließ sie sich ins Wasser sinken.

Sie wusch ihre Haare, ihr Gesicht, nahm einfach das Seifenwasser, war zu müde, ihr eigenes Shampoo zu holen. Dann rollte sie ein Handtuch zusammen und legte es auf den Wannenrand, lehnte sich zurück und benutzte das Handtuch als Nackenrolle.

Ein lederner Waschbeutel stand seitlich am Waschbecken. Der Blazer mit den Goldknöpfen hing am Haken hinter der Tür. Durch die Tür hörte sie, wie es klopfte, jemand die Zimmertür öffnete, redete, eine Pause, dann wurde die Tür wieder geschlossen. Der Zimmerdienst, dachte sie. Hätte sie doch Tee bestellt! Eine Tasse Tee wäre genau das richtige.

Das Fenster war einen Spalt hochgeschoben, und von unten drangen Straßengeräusche hoch, Verkehrslärm, ein fernes Rufen. Selbst um ein Uhr nachts.

Schläfrig schloß sie die Augen. Selbst in dem belebenden Bad konnte sie sich kaum aufraffen, sich zu bewegen, aus dem Wasser zu steigen. Sie zwang sich, an nichts mehr zu denken, nur an heißes Wasser und Seife und sonst nichts.

Als sich die Tür öffnete, rührte sie sich nicht, machte keine Anstalten, sich zu bedecken, auch wenn vielleicht ihre Brüste durch den Schaum zu sehen waren.

Ihre Knie sahen im Badewasser wie Vulkaninseln aus. Ihre Zehen spielten mit der Kette des Badewannenstopfens.

Er hatte Tee bestellt. Ein Glas Brandy.

Er stellte die Tasse und das Glas auf den Badewannenrand. Dann lehnte er gegen das Waschbecken, steckte die Hände in die Hosentaschen. Er kreuzte die Beine. Sie wußte, daß er ihren Körper betrachtete.

»Wenn ich du wäre, würde ich den Brandy in den Tee kippen«, sagte er.

Sie setzte sich auf.

»Ich laß dich allein«, sagte er.

»Geh nicht weg.«

Der Spiegel hinter ihm war vor Hitze beschlagen. Am Fenster mischte sich die heiße und die kalte Luft zu kleinen Wolken. Sie goß den Brandy in den Tee, rührte um und nahm einen großen Schluck. Sofort strahlte die Wärme bis in ihr tiefstes Inneres aus. Brandy war wirklich ein Wundermittel.

Sie hielt die Teetasse mit seifigen Fingern.

Er machte den Mund auf. Vielleicht seufzte er. Er nahm eine Hand aus der Tasche und rieb mit dem Daumen die Wassertropfen vom Beckenrand.

»Ich brauche einen Bademantel«, sagte sie.

Am Ende erzählte sie ihm alles. Im Dunkeln, auf seinem Bett erzählte sie ihm Wort für Wort von dem Treffen in dem weißen Reihenhaus. Er hörte zu, ohne viel zu sagen, machte nur ab und zu eine leise Bemerkung, fragte ein paarmal nach. Sie trug den Hotelbademantel, und er blieb angezogen. Während sie redete, fuhr er ihr mit seinen Fingern den Arm herauf, herunter. Als es kühl wurde, zog er die Bettdecke über sie beide. Sie vergrub ihren Kopf an seiner Brust. Im Dunkeln spürte sie den unbekannten warmen Körper, hörte ihn neben sich atmen. Sie hatte ein Gefühl, als wollte sie noch etwas sagen, aber bevor sie es aussprechen konnte, fiel sie in einen traumlosen Schlaf.

Am nächsten Morgen saß sie in dem weißen Bademantel auf der Bettkante und nähte den Saum mit dem Nähzeug, das sie in dem Toilettenkörbchen gefunden hatte. Robert hatte telefoniert und ihren Flug umgebucht, und jetzt putzte er ihre Schuhe. Durch die weiße Gardine drang ein Rechteck Sonne ins Zimmer. Sie hatte sich im Schlaf offenbar überhaupt nicht bewegt, dachte sie. Als sie aufwachte, hatte Robert schon geduscht und war angezogen.

»Die sind fast hinüber«, sagte Robert.

»Ich muß damit nur bis nach Hause.«

»Wir gehen zum Frühstück nach unten«, sagte er. »Richtig frühstücken.«

»Nicht schlecht.«

»Wir brauchen uns nicht zu beeilen.«

Sie nähte in aller Ruhe, gleichmäßig, wie Julia es ihr vor langer Zeit beigebracht hatte, hoffte, das Nähgarnkärtchen reichte aus. Sie war sich bewußt, daß Robert sie eindringlich beobachtete. Etwas hatte sich seit der vergangenen Nacht verändert, überlegte Kathryn; ihre Handgriffe waren, seit sie sich so beobachtet fühlte, besonders exakt.

»Du siehst geradezu glücklich aus«, sagte sie und sah zu ihm hoch.

Kathryn wußte, daß der Wahnsinn des gestrigen Tages im Hinterhalt lauerte, und er würde immer dasein, eine dunkle Stelle in einem hellen Raum. Er würde an ihr zehren und sie hinunterziehen, wenn sie es zuließe. Dann sagte sie sich wieder, daß sie das Schlimmste erlebt und hinter sich habe. Gewissermaßen war es ein Segen, daß sie den Tiefpunkt erreicht hatte. Von alledem war sie nun frei, konnte ihr Leben leben und brauchte keine Angst mehr zu haben.

Aber sie wußte, diese Freiheit war eine Illusion, und womöglich war es noch nicht zu Ende. Sie brauchte sich nur vorzustellen, daß Mattie in dem Unglücksflugzeug gesessen hätte. Daß Mattie eines Tages in einem Flugzeug säße. Das Leben konnte Schlimmeres austeilen, als Kathryn erlebt hatte, und dann noch Schlimmeres. Womöglich würde ihr Leben jetzt selbstquälerischer, weil sie sich der lauernden Ungewißheit bewußt war.

Sie hörte auf zu nähen und sah zu, wie er ihre Schuhe wienerte. Die Gesten erinnerten sie an Jack, der dazu immer den Fuß auf die unterste Schublade setzte. Wie lange war das jetzt her?

Sie stand auf und gab Robert einen Kuß auf die Wange, hielt das Nähzeug noch in der Hand und er das Schuhputzzeug. Sie legte die Hände auf seine Schultern und sah ihn an.

»Danke, daß du mit nach London gekommen bist«, sagte sie. »Ich weiß nicht, wie ich die letzte Nacht ohne dich überstanden hätte.«

Er sah sie an, und sie merkte, daß er etwas sagen wollte.

»Komm, wir frühstücken«, sagte sie schnell, »ich bin völlig ausgehungert.«

Das Speisezimmer war über der dunklen Holzvertäfelung mattblau tapeziert. Auf dem Boden lag ein roter Orientteppich. Ihr Tisch befand sich an einem Bogenfenster mit schweren Vorhängen. Robert bot ihr den Fensterplatz an. Auf dem Tisch lag ein weißes Tischtuch, steif gestärkt, dazu Silberbesteck und Geschirr, dessen Marke sie nicht kannte. Sie setzte sich und legte eine Serviette auf ihren Schoß. An den Wänden waren Drucke berühmter Gebäude, und an der Decke hing ein Kristallkronleuchter. Die meisten der Anwesenden waren Geschäftsleute.

Sie schaute seitlich aus dem Fenster. Die sonnenbeschienenen Straßen wirkten wie frischgewaschen. Der Raum erinnerte an Wohnzimmer in alten englischen Filmen, vielleicht war er das früher gewesen, ein offizieller und warmer Raum. Er hatte seinen Charakter behalten; in Amerika hätte man jede Spur davon getilgt, daß jemand dort gelebt hatte, vielleicht wieder dort leben könnte. Im Kamin brannte ein Feuer. Sie hatten Eier und Würstchen bestellt, dazu gab es Toast in einem Silberständer. Der Kaffee war heiß, und sie blies vorsichtig in die Tasse.

Dann sah sie die Frau in der Tür stehen. Kaffee schwappte auf das weiße Tischtuch. Robert wollte den Fleck mit seiner Serviette wegreiben, aber Kathryn hielt seine Hand fest. Er drehte sich um, sah, was sie gesehen hatte.

Die Frau ging hastig auf ihren Tisch zu. Sie trug einen langen Mantel über einem kurzen Wollrock und Pullover. Hauptsächlich gedämpftes Grün, aber sie sah unordentlich aus. Die Frau hatte ihr Haar zum Pferdeschwanz hochgebunden und sah aus, als habe sie Angst.

Als sie näherkam, stand Robert erschrocken auf.

»Ich war gestern unverzeihlich brutal zu Ihnen«, sagte die Frau einfach zu Kathryn.

»Das ist Robert Hart«, sagte Kathryn.

Er hielt ihr seine Hand entgegen.

»Muire Boland«, sagte die Frau leise zu ihm, doch sie hätte sich nicht vorzustellen brauchen.

Robert wartete, ob Kathryn die Frau fortschicken oder bitten würde, Platz zu nehmen.

»Ich muß mit Ihnen sprechen.« Muire zögerte. Kathryn wußte, das Zögern galt Robert.

»Schon gut«, sagte Kathryn.

Robert bot der Frau einen Stuhl an.

»Ich habe eine solche Wut«, begann Muire Boland. Sie sprach schnell, in großer Eile. Nun, aus der Nähe, konnte Kathryn sehen, daß Muire die gleichen großen Pupillen wie ihre Tochter hatte, die gleichen dunklen Augen. »Wut seit dem Unfall«, fuhr Muire fort. »Eigentlich bin ich seit Jahren nur wütend. Ich hatte so wenig von ihm.«

Kathryn war überrascht. Bat diese Frau sie um Verzeihung? Hier, in diesem Raum? Jetzt?

»Es war kein Selbstmord«, sagte Muire.

Kathryn spürte, wie ihr Mund trocken wurde. Robert mit seinem Sinn fürs Normale, der den Frauen längst abhanden gekommen war, bot Muire einen Kaffee an. Sie schüttelte heftig den Kopf.

»Ich muß mich beeilen«, sagte Muire. »Ich bin von zu

Hause fort. Sie können mich später nicht mehr erreichen.«

Das Gesicht der Frau war abgehärmt. Es sah nicht nach Reue aus, eher nach Angst.

»Ich habe einen Bruder, Dermot«, sagte Muire. »Ich hatte noch zwei Brüder. Einer wurde vor den Augen seiner Frau und seiner drei Kinder beim Abendessen erschossen. Der andere kam ums Leben, als eine Bombe hochging.«

Kathryn nahm die Information in sich auf. Sie glaubte zu begreifen. Ihr war, als hätte ihr jemand einen Schlag versetzt.

»Ich war Kurier, seit ich bei der Fluggesellschaft gearbeitet habe«, fuhr Muire fort. »Deshalb bin ich zu Vision Airlines gegangen. Ich habe Geld von Amerika nach England geschmuggelt, und Dermot hat es in die richtigen Hände geleitet.«

Später kam es Kathryn vor, als habe in diesem Moment die Zeit ausgesetzt, sich um sich selbst gewickelt und sich nur langsam wieder entrollt. Die Welt um sie herum – die Hotelgäste, die Ober, die Fahrzeuge auf der Straße, selbst die Stimmen der Passanten draußen – existierten wie in einem Aquarium. Nur ihre unmittelbare Umgebung – sie, Muire Boland, Robert, die weiße Tischdecke mit dem Kaffeefleck – waren scharf umrissen.

Ein Ober kam an den Tisch, um den Fleck trockenzutupfen, brachte eine neue Serviette. Er fragte Muire nach ihren Wünschen, aber sie schüttelte den Kopf. Hilflos und stumm saßen sie zu dritt da, bis der Ober gegangen war.

»Ich wurde an jedem Flughafen erwartet, Boston und Heathrow, beim Hinflug und Rückflug. Ich hatte meine Reisetasche. Ich mußte die Tasche im Mannschaftsraum abstellen und weggehen. Kurz darauf mußte ich die Tasche wieder nehmen. Es ging ganz leicht.« Die dunkelhaarige

Frau griff nach dem Glas Wasser auf Roberts Platz und trank einen Schluck. »Dann habe ich Jack kennengelernt«, sagte sie, »und wurde schwanger.«

Kathryns Füße waren eiskalt.

»Als ich bei der Fluggesellschaft kündigte, kam Dermot«, sagte Muire. »Er fragte Jack, ob er weitermachen würde.« Sie hielt inne, rieb sich die Stirn.

»Mein Bruder ist ein sehr leidenschaftlicher Mann, sehr einnehmend. Zuerst war Jack entsetzt, weil ich ihm nichts davon erzählt hatte. Ich hatte ihn nicht mit hineinziehen wollen. Aber dann wurde er ganz aufgeregt. Das Risiko faszinierte ihn.«

Kathryn schloß die Augen und schwankte.

»Ich möchte Sie nicht verletzen, wenn ich Ihnen das erzähle«, sagte Muire zu Kathryn. »Ich versuche es nur zu erklären.«

Anders als gestern wirkte die Frau gegenüber ungepflegt, vielleicht hatte sie in ihren Kleidern geschlafen. Der Ober kam mit einer Kanne Kaffee, aber Robert winkte ab, sie wollten nicht gestört werden.

»Ich wußte, daß Jack sich immer stärker mit unserer Sache identifizierte«, sagte Muire, »aber er war jemand, der keine Angst hatte, sich völlig auf etwas einzulassen. Sie stockte. »Deshalb habe ich ihn geliebt.«

Der Satz traf mitten ins Herz. Und zu ihrer eigenen Überraschung dachte Kathryn: Deshalb hat er sie geliebt. Weil sie ihm das geboten hat.

»Es waren noch andere darin verwickelt«, sagte Muire. »Leute in Heathrow, in Boston, in Belfast.«

Muire nahm eine Gabel und kratzte mit den Zinken übers Tischtuch.

»Am Abend vor Jacks Flug«, fuhr sie fort, »rief ein Mann an und erklärte ihm, er müsse etwas mit zurücknehmen. Heathrow-Boston. Sonst die gleiche Prozedur wie üblich.

Das hatte es früher auch schon gegeben. Ein, zwei Mal. Aber ich hatte ein ungutes Gefühl. Es war riskanter. Die Sicherheitskontrollen in Heathrow sind beim Abflug strenger als bei der Ankunft. Viel strenger überhaupt als in Boston. Aber im wesentlichen war der Auftrag nicht viel anders.«

Muire legte die Gabel beiseite. Sie sah auf ihre Uhr, redete hastig weiter.

»Als ich von dem Absturz erfuhr, habe ich versucht, meinen Bruder zu erreichen. Ich war außer mir. Wie konnten sie Jack das antun? Hatten sie den Verstand verloren? Und vom politischen Standpunkt aus war es Wahnsinn. Ein amerikanisches Flugzeug in die Luft jagen? Zu welchem Zweck? Sie hatten garantiert die ganze Welt gegen sich.«

Sie rieb sich die Stirn und seufzte.

»Und das war natürlich der Punkt.«

Sie schwieg.

Kathryn gab sich alle Mühe, die wichtige Botschaft, die sie eben erhalten hatte, zu entschlüsseln.

»Denn sie waren es nicht«, folgerte Robert langsam. »Es war nicht die IRA, die die Bombe gelegt hat. Aber mit ihr sollte die IRA diskreditiert werden.«

»Ich konnte meinen Bruder nicht erreichen«, fügte Muire hinzu. »Niemand war zu erreichen.«

Kathryn überlegte, wo Muires Kinder im Augenblick waren. Bei A.?

»Mein Bruder hat gestern abend endlich angerufen. Er ist untergetaucht. Er dachte, mein Telefon wird ...« Sie gestikulierte mit den Händen.

Kathryn war sich schemenhaft der Hotelgäste im Raum bewußt, die Toast aßen und Kaffee tranken, vielleicht Geschäfte besprachen.

»Jack wußte nie, was er mitnahm«, sagte Robert beinah

zu sich selbst, als fügte er zum erstenmal alle Informationen zusammen.

Muire schüttelte den Kopf. »Jack nahm keinerlei Sprengstoff mit. Darauf hatte er bestanden. Das gehörte zur Vereinbarung.«

Kathryn hatte das Handgemenge im Flugzeug vor Augen.

»Deshalb sagt Jack auf dem Tonband nichts«, fügte Robert hinzu. »Er ist genauso fassungslos wie der Ingenieur.«

Und dann dachte Kathryn: Jack ist auch betrogen worden.

»Jetzt fliegt alles auf«, sagte Muire und stand abrupt auf. »Sie sollten so bald wie möglich nach Hause fahren.«

Sie stützte sich am Tisch ab und beugte sich dicht über Kathryn, die den schlechten Atem roch, den leichten Schweißgeruch.

»Ich bin gekommen«, sagte Muire, »weil Ihre Tochter und meine Kinder beinahe Geschwister sind. Sie sind blutsverwandt.«

Bat Muire Boland um Verständnis, elementares Verständnis unter Frauen? Kathryn begriff in diesem Moment, daß sie beide miteinander verbunden waren, egal wie sehr sie es bestritt. Sicher durch ihre Kinder – die Halbschwestern, den Halbbruder –, aber auch durch Jack. Durch Jack.

Muire gab sich einen Ruck, mußte gehen. Kathryn empfand Panik bei dem Gedanken, daß sie diese Frau vielleicht nie wiedersähe.

»Sagen Sie, was war mit Jacks Mutter?« platzte sie heraus. Ein Eingeständnis.

»Das hat er Ihnen nicht erzählt?« fragte Muire.

Kathryn schüttelte den Kopf.

»Das habe ich mir gedacht«, sagte Muire langsam. »Gestern, als Sie da waren …«

Muire schwieg.

»Seine Mutter ist fortgegangen als er neun war«, sagte sie.

»Er hat immer behauptet, sie sei tot«, sagte Kathryn.

»Er hat sich geschämt, daß sie ihn verlassen hat. Aber komischerweise hat er nicht seiner Mutter die Schuld gegeben. Er fand, sein Vater war schuld, seine Brutalität. Er hat erst vor kurzem überhaupt von seiner Mutter erzählt.«

Kathryn sah weg, verlegen, daß sie gefragt hatte.

»Ich muß jetzt wirklich gehen«, sagte Muire. »Ich bringe Sie beide durch meine bloße Anwesenheit in Gefahr.«

Vielleicht war es der Akzent, dachte Kathryn. Der Auslöser. Oder versuchte sie das Unerklärliche zu erklären: Warum verliebte sich ein Mensch?

Robert schaute zu Kathryn, dann zu Muire. Kathryn hatte ihn so noch nie gesehen – er sah gequält aus.

»Was ist?« fragte ihn Kathryn.

Er öffnete seinen Mund, schloß ihn wieder, wollte etwas sagen, überlegte es sich anders. Er nahm ein Messer und ließ es zwischen seinen Fingern pendeln, wie sonst den Bleistift.

»Was ist?« wiederholte Kathryn.

»Auf Wiedersehen«, sagte Muire zu Kathryn. »Es tut mir leid.«

Kathryn war schwindlig. Wann war Muire hierhergekommen? Vor drei Minuten? Vier?

Robert sah wieder zu Kathryn, legte dann behutsam das Messer neben seinen Teller.

»Warten Sie«, sagte er zu Muire, die sich umgedreht hatte und gehen wollte.

Kathryn sah, wie die Frau innehielt und Robert langsam ansah, den Kopf fragend geneigt.

»Wer waren die anderen Piloten?« fragte er schnell. »Ich brauche die Namen.«

Kathryn erstarrte.

Sie schaute zu Robert, dann zu Muire.

Sie spürte, daß sie zitterte. »Du hast es die ganze Zeit gewußt«, stieß sie kaum hörbar aus.

Robert blickte auf den Tisch. Kathryn sah, wie ihm die Röte ins Gesicht stieg.

»Du hast mein Haus betreten und gewußt, daß Jack womöglich in diese Geschichte verwickelt war?« fragte Kathryn.

»Wir wußten von einem Schmuggelring. Wir wußten nicht, wer dazugehörte, aber wir hatten Jack in Verdacht.«

Sie versuchte, die Straßenkarte zu lesen und gleichzeitig links zu fahren. Es erforderte ihre ganze Konzentration, und es dauerte eine Zeit, bis sie merkte, daß sie gen Westen auf der Antrim Road fuhr, fort vom Flughafen Belfast. Der Flug war ruhig gewesen, problemlos hatte sie einen Wagen gemietet. Sie konnte nicht sagen, ob es der Zorn war oder die Anziehungskraft, die sie vorantrieb, sie so souverän machte; aber der Drang, ans Ziel zu gelangen, war beinahe körperlich.

Das Flugzeug war westlich von Belfast gelandet, und so hatte sie nichts von der Stadt gesehen, nicht die ausgebombten Häuser, die zerschossenen Gebäude, von denen sie gehört hatte. Tatsächlich war es schwierig, die ländliche Gegend, die sich vor ihr ausdehnte, mit dem unlösbaren Konflikt in Verbindung zu bringen, der so viele Leben gekostet hatte – zuletzt der hundertvier Menschen in dem Flugzeugabsturz über dem Atlantik. Die schmucklosen weißen Cottages und die Weiden waren nur durch Drahtzäune, Telefonleitungen, dann und wann eine Satellitenschüssel verunstaltet. In der Ferne schienen die Hügel nicht nur ihre Farbe, sondern auch ihre Form zu verändern, je nachdem, wie die Sonne durch Schönwetterwolken verdeckt war. Das Land sah uralt aus, war immer wieder erobert worden, und die Hügel wirkten abgeschliffen und bemoost, als seien viele Füße darübergestapft. An den Abhängen, nahe der Straße, sah sie die Schafe – Hunderte verstreuter weißer Punkte –, die gepflügten, gefurchten Felder – ein Patchwork –, die niedrigen grünen Hecken, die die Felder umzäunten wie Linien, die ein Kind gezeichnet hatte.

Hierum hatte sich der blutige Kampf nicht gedreht, dachte sie beim Fahren. Es war etwas anderes, Unergründliches, Unbegreifliches gewesen, das sie nie verstehen würde. Auch wenn Jack in seiner Überheblichkeit oder Liebe angenommen hatte, er verstünde es, und sich in den vielschichtigen Nordirlandkonflikt eingemischt hatte, so daß Kathryn und Mattie zu unfreiwilligen und unbedeutenden Teilnehmern geworden waren.

Sie wußte wenig über die »Unruhen«, nur was sie wie jeder im Verlauf der Ereignisse aufgeschnappt hatte. Sie hatte von der Osterrebellion gelesen oder gehört, den sechs Grafschaften, der Gewalt der frühen siebziger Jahre, den Hungerstreiks, dem Waffenstillstand 1994 und daß dieser Waffenstillstand gebrochen wurde, aber sie verstand kaum das *Warum*. Sie hatte gehört, daß man Männern in die Knie geschossen, Bomben in Autos versteckt hatte – daß vermummte Männer private Wohnhäuser überfallen hatten, aber den Patriotismus hinter diesen terroristischen Aktivitäten konnte sie nicht ganz nachvollziehen. Manchmal war sie versucht, die Teilnehmer an diesen Kämpfen als irregeleitete Kriminelle abzutun, die den Deckmantel des Idealismus trugen wie mordlustige religiöse Fanatiker zu allen Zeiten. Dann wieder schien es, als hätten die Grausamkeit und Borniertheit der Briten eine Unzufriedenheit und Verbitterung heraufbeschworen, die unausweichlich zu Gewalttaten führten.

Was ihr jetzt rätselhaft vorkam, waren weniger die Gründe für den Konflikt als daß Jack darin eine Rolle gespielt hatte, eine Tatsache, die sie kaum fassen konnte. Hatte er an die gute Sache geglaubt, hatte die Glaubwürdigkeit ihn angezogen? Sie verstand die Verlockung, dem eigenen Leben auf der Stelle einen Sinn zu geben. Daß er sich verliebt hatte, der romantische Idealismus, das gerechte Ziel und selbst die Religion hatten dabei mitgespielt. Es bedeutete totale Hingabe an eine Person oder ein Ideal, in diesem Fall war beides unlösbar miteinander verbunden. So wie das Engagement für die gerechte Sache zur Liebesgeschichte gehörte, gehörte die Liebesgeschichte zur gerechten Sache, so daß später das eine ohne das andere unmöglich war. Er wurde das eine nicht ohne das andere los. So gesehen hieß die Frage weniger, warum Jack etwas mit Muire angefangen und sie kirchlich geheiratet hatte, als warum er Mattie und Kathryn nicht verlassen hatte.

Weil er Mattie zu sehr liebte, antwortete sie sich prompt.

Ob Jacks und Muires Ehe überhaupt rechtsgültig war? War man automatisch verheiratet, wenn man kirchlich heiratete? Sie wußte nicht, wie es funktionierte, wie es bei Jack und Muire funktioniert hatte – vielleicht war beiden klar gewesen, daß zwar das eine, nicht aber das andere möglich war. Kathryn würde es nie erfahren. Es gab jetzt so viel, das sie nie erfahren würde.

An der Grenze zur Republik Irland zeigte sie ihren Paß, gelangte in die Grafschaft Donegal. Sie fuhr nach Nordwesten, und es wurde zusehends ländlicher; inzwischen gab es bei weitem mehr Schafe als Menschen, die Cottages wurden seltener. Sie folgte dem Wegweiser nach Malin Head *Cionn Mhalanna*, es roch durchdringend nach Moor. Das Land wurde rauher, wilder, Klippen und Felszacken kamen in Sicht, hohe grün- und heidebekrönte

Sanddünen. Die Straße war inzwischen kaum einspurig; bis sie merkte, daß sie zu schnell fuhr, war sie in einer scharfen Kurve beinah mit dem Mietwagen im Straßengraben gelandet.

Vielleicht war es die Mutter gewesen, dachte Kathryn. Eine Sehnsucht nach der Mutter, der Mutter, die er nicht gehabt hatte. Gewiß war es ein Grund, warum er sich in Muire Boland verliebt hatte, und selbst Muire hatte es offenbar so gesehen. Aber auch dies war Spekulation, und sonst war alles im Nebel: Wer kannte die innersten Beweggründe eines Menschen? Selbst wenn Jack jetzt leibhaftig neben ihr säße, könnte er das *Warum* erklären? Wer konnte das überhaupt? Auch das wußte sie nicht. Sie konnte nur wissen, was sie für wahr hielt. Was sie als Wahrheit ansah.

Während sie fuhr, kamen die Erinnerungen, schmerzlich, bohrend – es würde Monate oder Jahre dauern, bis sie aufhörten. Zum Beispiel, daß Jack Geld, das für sie und Mattie bestimmt war, der anderen Familie gegeben hatte – selbst jetzt im Wagen schlug bei dieser unerträglichen Vorstellung ihr Herz schneller. Oder der Streit fiel ihr plötzlich ein, der schreckliche Streit, für den sie sich die Schuld gegeben hatte. Wie gemein, sie in dem Glauben zu lassen und in Wirklichkeit eine Affäre mit einer anderen Frau zu haben. Was hatte Jack die ganze Zeit am Computer gemacht? Liebesbriefe geschrieben? Hatte er sich deshalb so in den Streit hineingesteigert? Sie gefragt, ob er gehen sollte? Hatte er mit dem Gedanken gespielt?

Auch das würde Kathryn nie erfahren.

Sie bog von der Hauptstraße ab, folgte den Schildern zum nordwestlichsten Punkt Irlands. Die Straße wurde tatsächlich noch schmaler, nicht breiter als ihre Auffahrt zu Hause. Beim Weiterfahren überlegte sie, warum sie nie auf die Idee gekommen war, daß er eine Affäre hatte. Wie konnte eine Frau so lange ahnungslos mit einem Mann zusammenleben? Es schien zumindest extrem naiv, ein enormer Verdrängungsakt. Aber dann fand sie eine einleuchtende Erklärung: Wer aus Überzeugung Ehebruch beging, weckte keinen Verdacht, weil sein wichtigstes Ziel war, nicht erwischt zu werden.

Kathryn hatte nie den geringsten Verdacht: Kein Geruch, kein Make-up-Fleck hatte auf eine andere Frau hingedeutet. Selbst im Bett war sie nie auf die Idee gekommen. Sie war davon ausgegangen, daß ihre schwindende Anziehungskraft zu den Normalitäten eines Ehepaars gehörte, das zehn Jahre verheiratet war.

Sie kurbelte das Wagenfenster herunter, ließ Luft herein – eine Mischung aus Seesalz und Chlorophyll, die ihr zu Kopf stieg. Die Landschaft – die üppigen Grüntöne, die Dichte – hatte etwas Solides, das die Stadt nicht hatte. Das Zusammenspiel von Ozean und Felsenküste, obgleich wilder als zu Hause in Neuengland, war ihr vertraut. Sie atmete gleichmäßig und tief – zum ersten Mal, seit Muire Boland im Speisesaal des Hotels erschienen war.

Sie kam in ein Dorf und wäre hindurchgefahren, wenn sie nicht alles schon einmal gesehen hätte: Nur der alte Fischer fehlte. Sie hielt den Wagen an. Sie parkte an einem Dorfplatz, der von Wohnhäusern und Läden umrahmt war. Sie erkannte, wo der Kameramann gestanden haben mußte, wo die dunkelhaarige Reporterin mit dem Regenschirm vor dem Hotel ihr Interview geführt hatte. Das Gebäude war reinweiß und glatt verputzt. Sie sah das Schild über der Tür: Malin Hotel.

Beim Anblick des Hotels hatte sie auf der Stelle Hunger und Durst.

Es dauerte einige Minuten, bis sich ihre Augen an die Dunkelheit gewöhnt hatten und sie den typischen abgestoßenen Mahagonitresen wahrnahm. Die Vorhänge waren dunkelrot, und die Barhocker hatten beige Plastiksitze. Die Trostlosigkeit des Raums wurde durch das Kaminfeuer an einer Seite gelindert. Entlang den Wänden befanden sich Sitzbänke und niedrige Tische und vielleicht ein halbes Dutzend Gäste, die Karten spielten, lasen oder Bier tranken.

Kathryn setzte sich an den Tresen und bestellte einen Tee. Beinah sofort setzte sich eine blond ondulierte Frau neben sie. Kathryn tastete nach ihrem Mantel und las die Schilder über der Kasse. Zu spät begriff sie, daß die Gäste Reporter waren.

Das Gesicht der Frau tauchte im Spiegel hinter den Flaschen auf. Sie hatte ein makelloses Make-up und sah eindeutig amerikanisch aus. Ihre Blicke trafen sich im Spiegel.

»Kann ich Ihnen etwas zu trinken bestellen?« fragte die Frau mit ruhiger Stimme. Kathryn verstand sofort, daß die Blondine nicht wollte, daß sonst jemand Kathryn erkannte.

»Nein, danke.«

Die Frau stellte sich vor, nannte die Fernsehanstalt, für die sie arbeitete. »Wir sitzen hier«, erklärte sie. »Die Angehörigen sitzen im Aufenthaltsraum für Hotelgäste. Gelegentlich taucht jemand von drüben auf und bestellt etwas zu trinken, aber wir reden nicht mehr viel, es ist alles gesagt worden, was man dazu sagen kann. Wir langweilen uns. Tut mir leid, das klingt sicher gefühllos.«

»Auch ein Flugzeugabsturz wird irgendwann öde«, sagte Kathryn.

Der Ober servierte den Tee, und die Journalistin bestellte ein kleines Smithwick. »Ich habe Sie von den Fotos wiedererkannt«, sagte sie. »Tut mir leid, was Sie alles durchmachen mußten.«

»Danke.«

»Die meisten größeren Sender und Nachrichtenagenturen haben jemanden vor Ort, bis die Bergungsaktion vorbei ist«, sagte die Frau.

Kathryn süßte den starken Tee, rührte, weil er zu heiß war.

»Darf ich Sie fragen, warum Sie hier sind?« fragte die Journalistin.

Kathryn nippte vorsichtig an ihrer Tasse. »Gern«, sagte sie. »Aber ich kann darauf nichts antworten. Ich weiß nicht, warum ich hier bin.«

Sie dachte an ihren Zorn, an die magische Anziehungskraft, an das, was sie am Morgen erfahren hatte. Wie einfach wäre es, der Blondine alles, was sie erfahren hatte, zu erzählen. Wie aufgeregt die Reporterin über diese Story wäre, zweifellos die beste überhaupt, bei weitem besser als die über den Wortlaut des Tonbands. Und wenn die Story in der Zeitung stünde, würde man dann nicht Muire Boland finden? Würde sie dann nicht verhaftet und käme ins Gefängnis?

Kathryn dachte an den Säugling, der wie Mattie aussah, an Dierdre mit ihrer Puppe Molly.

»Es war kein Selbstmord«, sagte sie zu der Blondine. »Mehr kann ich Ihnen nicht sagen.«

Sicher hatte Robert alles gewußt. Er hatte seine Anweisungen gehabt, bevor er überhaupt in ihr Haus gekommen war. Vielleicht hatte die Gewerkschaft Jack verdächtigt und Robert angewiesen, sie im Auge zu behalten. Robert hatte gut aufgepaßt und auf Anzeichen gewartet, daß sie über Jacks Aktivitäten Bescheid wußte und womöglich die anderen Piloten nennen konnte. Robert hatte ihr Vertrauen auf die übelste Weise mißbraucht.

Sie schob ihre Tasse beiseite und stand von ihrem Hocker auf. Sie wollte nur noch dringend an ihr Ziel.

»Können wir nicht wenigstens miteinander reden?« bat die Reporterin.

»Ich glaube nicht.«

»Fahren Sie nach Malin Head?«

Kathryn schwieg.

»Sie kommen nicht an die Unglücksstelle heran. Hier.« Die Blondine zog eine Karte aus ihrer Brieftasche, drehte sie um und schrieb einen Namen darauf. »Wenn Sie da sind, fragen Sie nach Danny Moore«, sagte sie. »Er fährt Sie hin. Hier ist meine Visitenkarte. Wenn Sie fertig sind und Ihnen danach ist, rufen Sie mich an. Ich lade Sie zum Essen ein.«

Kathryn betrachtete die Karte. »Ich hoffe, Sie können bald nach Hause.«

Auf dem Weg hinaus warf Kathryn einen Blick in den Aufenthaltsraum für Hotelgäste, sah eine Frau in einem Sessel mit einer Zeitung auf dem Schoß. Sie hatte die Zeitung nicht aufgeschlagen, las nichts. Die Frau sah aus, als sehe sie nichts, so leer war ihr Blick. Am Kamin hinten stand ein Mann, die Hände in den Taschen, der auch ins Nichts starrte.

Sie überquerte wieder den Dorfplatz und stieg in ihr Auto. Sie betrachtete die Visitenkarte in ihrer Hand.

Sie wußte, was sie tun würde. Welche Schritte Robert in Kürze oder sofort unternehmen würde, lag nicht in ihrer Hand. Aber sie konnte entscheiden, was sie tun würde. Sie hatte es noch nie so sicher gewußt. Sie war so felsenfest sicher wie seit Jahren nicht.

Wenn sie die Gründe für die Explosion enthüllen würde, erführe Mattie von Jacks anderer Familie. Darüber käme Mattie nie hinweg. Dessen war Kathryn sich gewiß. Kathryn zerriß die Visitenkarte und ließ die Schnipsel zu Boden fallen.

Sie hatte nicht weit zu fahren, wieder folgte sie den Straßenschildern nach Malin Head. Vorbei an zerfallenen

Cottages, nur noch Steinhaufen, die Reetdächer längst eingefallen und vermodert. Eine Klippe hatte samtige Polster – smaragdgrün selbst im tiefsten Winter. Von Pfosten zu Pfosten waren Leinen gespannt, Wäsche hing steif in der Sonne, erinnerte sie an abstrakte Kunst. Gutes Wetter zum Wäschetrocknen.

Die Straße machte eine Kurve, und unerwartet tauchte der Horizont auf, der Nordatlantik. In der Mitte des Horizonts war ein grauer Umriß, ein Schiff. Darüber ein kreisender Hubschrauber. Fischerboote in leuchtenden Farben umgaben das größere Schiff, wie Junge einen Seehund. Das Bergungsboot.

An dieser Stelle war also das Flugzeug abgestürzt.

Sie bremste und stieg aus, ging so weit sie sich traute an den Klippenrand. Die meerumspülten Felsen unter ihr gingen sicher hundert Meter in die Tiefe. Von hier oben wirkte das Wasser unbeweglich, eine schaumige Bogenkante, die einen fernen Strand säumte. Die Brandung brach sich glitzernd an den Felsen unten. Ein rotes Fischerboot bewegte sich auf die Küste zu. So weit Kathryn sehen konnte, hatte das Wasser nur eine Farbe, stahlblau.

Sie hatte noch nie eine so theatralische Küste gesehen – rauh und tödlich. Wild. Die Küste relativierte die Katastrophe – falls das möglich war; vielleicht hatten sich hier schon viele Katastrophen abgespielt.

Ihr Blick verfolgte das Fischerboot, bis es hinter einer Landzunge verschwand, Malin Head. Sie ließ den Wagen wieder an, fuhr die schmale Straße weiter, behielt das Boot, so gut es ging, im Auge. Es steuerte in einen kleinen Hafen an einem langen Pier aus Beton. Sie hielt an und stieg aus.

Die Boote, die am Pier festgemacht hatten, waren in leuchtenden Grundfarben gestrichen – Orange, Blau, Grün und Gelb – und sahen eher portugiesisch aus als irisch. Das Boot, das sie beobachtet hatte, umsteuerte den Pier und warf dann die Leine aus. Kathryn zog den Mantel enger um sich – es war windig – und ging zum Pier. An einem Ende standen uniformierte Wachen und dahinter Männer in Zivil. Beim Gehen sah sie, wie die Fischer ein silbriges Metallteil, so groß wie ein Stuhl, von dem roten Boot abluden und auf den Pier stellten, wo es sofort die Aufmerksamkeit der Männer in Zivil weckte, die sich darumscharten. Einer der Männer winkte einem Lastwagenfahrer, der rückwärts auf den Pier fuhr. Das metallene Bruchstück, vermutlich von Jacks Flugzeug, wurde auf den Lastwagen geladen.

Unten am Pier hielt ein Wachmann sie an: »Hier geht's nicht weiter, Miss.«

Vielleicht war er Soldat. Ein Polizist. Er trug ein Maschinengewehr.

»Ich bin eine Angehörige«, sagte sie und musterte das Gewehr.

»Herzliches Beileid, Madam«, sagte der Wachmann und beförderte sie gleich ins mittlere Alter. »Für Angehörige gibt es extra Bootstouren. Sie können im Hotel danach fragen.«

Als führe man Wale beobachten, dachte Kathryn. Oder mache eine Vergnügungsfahrt.

»Ich möchte nur kurz Danny Moore sprechen«, sagte Kathryn.

»Ach so. Der steht da drüben.« Der Wachmann deutete nach vorn. »Das blaue Boot.«

Kathryn bedankte sich und ging beherzt an dem Mann vorbei.

Sie wich den Blicken der Bergungsmannschaft aus, die auf sie aufmerksam geworden war, und rief den Fischer in dem blauen Boot. Er wollte gerade ablegen.

»Warten Sie«, rief sie.

Er war jung und hatte dunkles kurzgeschorenes Haar. Im linken Ohr trug er einen goldenen Ohrring. Er hatte einen Pullover an, der früher vielleicht einmal naturweiß war.

»Sind Sie Danny Moore?« fragte sie.

Er nickte.

»Können Sie mich zur Unfallstelle fahren?«

Er zögerte, vielleicht wollte er ihr auch von den extra Bootstouren für Angehörige erzählen.

»Ich bin die Frau des Piloten«, sagte Kathryn schnell. »Ich muß die Stelle sehen, wo er abgestürzt ist. Ich habe nicht viel Zeit.«

Der Fischer streckte ihr die Hand entgegen.

Er bot ihr einen Hocker im Steuerhaus an. Kathryn sah, wie einer der Männer in Zivil auf das Boot zuschritt. Der Fischer machte die Leine los, kam in das Steuerhaus und ließ den Motor an.

Er sagte ein Wort, das sie nicht verstehen konnte. Sie beugte sich vor, aber der Motorlärm und der Wind machten ein Gespräch schwierig.

Das Boot war blankgescheuert, und nichts deutete auf die Fischerei hin. Warum fischen, wenn man dies hier tun konnte, diese Arbeit, für die sicher gutes Geld gezahlt wurde. »Ich bezahle Sie«, sagte Kathryn.

»Nein, nein.« Der Mann sah schüchtern weg. »Von Familienangehörigen nehme ich kein Geld.«

Als das Boot den Pier umrundet hatte, wurde der Wind heftig, blies Kathryn die Haare in den Mund. Der Fischer lächelte, als sie ihn ansah.

»Sie stammen von hier?«

»Ja«, antwortete er, und wieder sagte er ein Wort, das Kathryn nicht verstand. Womöglich war es der Name des Orts, wo er zu Hause war.

»Haben Sie das hier von Anfang an gemacht?« rief sie.

»Von Anfang an.« Er sah weg. »Jetzt ist es nicht mehr so schlimm, aber zuerst...«

Sie wollte nicht daran denken, wie es zuerst war. »Schönes Boot«, wechselte sie das Thema.

»Ja, super.«

Sein Akzent erinnerte sie unwillkommen an Muire Boland.

»Gehört es Ihnen?«

»Nein. Meinem Bruder. Aber wir fischen zusammen.«

»Was fischen Sie?« Der Motor machte ein monotones, mahlendes Geräusch.

»Krabben und Hummer.«

Sie drehte sich, sah zum Bug. Neben ihr am Steuerrad verlagerte der junge Mann sein Gewicht. Sie wippte in ihren Schuhen, die jede Form verloren hatten. »Fischen Sie auch jetzt, bei dieser Kälte?« fragte sie und vergrub sich in ihrem Mantel.

»Ja«, sagte er. »Bei jedem Wetter.«

»Fahren Sie täglich hinaus?«

»Nein, nein. Wir fahren am Sonntagabend los und kommen freitags wieder.«

»Harte Arbeit«, sagte sie.

Er zuckte die Achseln. »Das Wetter ist jetzt eigentlich gut«, sagte er. »Neblig ist es in Malin Head immer.«

Als sie sich dem Bergungsschiff näherten, sah Kathryn die anderen Fischerboote – bunte Boote wie das, in dem sie saß, eigentlich zu heiter für diesen häßlichen Anlaß. An Deck des Bergungsschiffs standen Taucher in nasser Montur. Der Hubschrauber schwebte über ihnen in der Luft. Die Wrackteile lagen sicher weit verstreut.

Hinter seinem Kopf sah Kathryn die Küstenlinie, die zackigen Klippen aus schiefrigem Gestein. Die Landschaft hatte etwas Schauriges, selbst bei gutem Wetter, und sie konnte sich gut vorstellen, wie bedrohlich sie im Nebel wirken würde. So ganz anders als The Pool, wo die Natur sich anscheinend bezähmt hatte. Und dennoch hatten auf beiden Seiten des Atlantiks Reporter gestanden, hatten sich über den Ozean hinweg gegenübergestanden.

»Hier ist der Radarpunkt, wo sie das Cockpit aus dem Wasser gezogen haben«, sagte der Mann.

»Hier?« Und in ihrem Mantel fing sie an zu zittern. Spürte den Augenblick. Die Nähe des Todes.

Sie verließ das Steuerhaus und ging an die Reling. Sie schaute hinab aufs Wasser, auf die Wasserfläche, die sich ständig bewegte und doch so still schien. Ein Mensch änderte sich, jeden Tag, war jeden Tag anders als am vorherigen. Oder am vorvorherigen.

Das Wasser sah undurchsichtig aus. Über ihrem Kopf kreisten Möwen. Warum die Möwen dort waren, daran wollte sie nicht denken.

Was war die Wirklichkeit gewesen? Sie betrachtete das Wasser und suchte vergeblich einen Fixpunkt. War sie die Frau des Piloten, oder war Muire es? Muire, die katholisch geheiratet hatte und der Jack von seiner Mutter und seiner Kindheit erzählt hatte. Muire, die gewußt hatte, daß es Kathryn gab, während Kathryn nichts von Muire wußte.

Oder war in Wirklichkeit Kathryn seine Frau gewesen? Die erste Frau, die den Vorrang hatte, die zuerst da war?

Je mehr Kathryn über Jack erfuhr – und zweifellos würde sie mehr erfahren, andere Hinweise auf M. finden, wenn sie Jacks Sachen zurückerhielte –, desto mehr mußte sie die Vergangenheit neu überdenken. Als müsse sie eine Geschichte immer und immer wieder erzählen, jedesmal ein bißchen anders, weil sich eine Tatsache gewandelt, ein Detail verändert hatte. Und wenn genug Details verändert oder die Tatsachen wichtig genug waren, würde die Geschichte vielleicht eine ganz andere Richtung nehmen als anfänglich.

Das Boot schaukelte im Kielwasser eines anderen Boots, und sie hielt sich an der Reling fest. Jack war nur der Mann einer anderen Frau gewesen, ging ihr durch den Kopf.

Sie sah zum Hubschrauber hoch. Einmal hatte sie einen Airbus fast über The Pool gesehen. Der Tag sollte sonnig werden, und der Frühnebel hob sich gerade. Das Flugzeug flog dicht über dem Wasser, und der massige Metallrumpf wirkte zu schwer für die Luft. Kathryn hatte Angst um das Flugzeug gehabt, das Fliegen hatte sie mit Ehrfurcht erfüllt.

Jack hatte um sein Los gewußt. In den letzten Sekunden hatte er es gewußt.

Er hatte am Ende Matties Namen gerufen, beschloß Kathryn. Sie glaubte es, und dann war es so.

Wieder betrachtete sie das Wasser. Wie lange fuhr der Fischer schon auf der Stelle? Sie nahm den tatsächlichen Verlauf der Zeit nicht mehr wahr. Wann, zum Beispiel, hatte die Zukunft begonnen? Oder die Vergangenheit geendet?

Sie suchte im Wasser nach einem Fixpunkt und fand ihn nicht.

Machte die Veränderung alles Vorhergehende wertlos?

Bald würde sie diesen Ort verlassen und nach Hause fliegen, zu Julia fahren. Sie würde zu ihrer Tochter sagen: Jetzt gehen wir nach Hause. Kathryn würde mit Mattie leben. Eine andere Wirklichkeit gab es nicht.

Sie zog ihren Ehering vom Finger und warf ihn in den Ozean.

Sie wußte, daß die Taucher Jack nicht finden würden, daß es ihn nicht mehr gab.

»Alles in Ordnung?«

Der junge Fischer sah aus dem Steuerhaus, eine Hand weiter am Steuer. Er warf ihr einen besorgten Blick zu.

Sie lächelte ihn kurz an und nickte.

Frei von Liebe sein hieß eine schreckliche Last aufgeben.

Er steckt den Ring an ihren Finger und hält ihn dort fest, einen Augenblick. Der Friedensrichter spricht die Trauungsworte. Kathryn sieht Jacks Hand an dem Silberring, schimmerndes Silber, handgearbeitet, wuchtig, ein Ring, den sie nicht erwartet, sich so nicht vorgestellt hat. Er hat sich für den Anlaß einen Anzug gekauft, einen grauen Anzug, in dem er gut, aber fremd aussieht – wie oft Männer, die sonst keinen Anzug tragen. Sie hat ein Kleid mit Blumen angezogen, in der Taille leicht zusammengehalten; das Baby ist noch nicht zu sehen. Das Kleid hat kurze Ärmel mit kleinen Schulterpolstern und geht gerade bis übers Knie. Es riecht immer noch neugekauft. Sie trägt auch einen Hut – pfirsichfarben, wie das Kleid, mit einer staubblauen Seidenblume am Rand, das Blau passend zu den Blumen auf dem Kleid. Im Flur redet eine Frau, gedämpft, ungeduldig. Kathryn hebt den Kopf, und sie küssen sich, merkwürdig keusch, lange, förmlich. Der breitrandige Hut rutscht ihr vom Kopf.

»Ich verlasse dich nie«, sagt er.

Sie fahren zu einer Ranch in den Bergen. Die Temperatur fällt um beinahe zwanzig Grad. Sie hat seine Lederjacke über das pfirsichfarbene Kleid gezogen. Sie spürt auf ihrem Gesicht immer noch das Hochzeitslächeln, ein Lächeln, das nicht schwächer wird, als habe ein Foto es eingefangen. Wenn er in einen anderen Gang schaltet, ruckt ihr Kopf. Sie überlegt, wie eine Hochzeitsnacht ist, wenn man schon zusammenlebt, ob es im Bett anders sein wird. Sie fand es eigenartig, von einem Mann getraut zu werden, den sie beide nicht kannten. In der trockenen Luft hier im Westen fühlt sich ihr Haar dünner an als im feuchten Ely. Ihre Gesichtshaut spannt.

Sie fahren immer höher hinauf. Es ist dunkel und klar, und der Mond malt weiße Linien auf Büsche und Felsen, und die kleinen Hügel werden Schatten. In der Ferne sehen sie ein Licht.

Jemand hat in der Blockhütte schon Feuer gemacht. Sie überlegt, ob die Äste zwischen den Holzscheiten echt oder Attrappen sind. Das Badezimmer hat eine Blechdusche und ein rosa Waschbecken. Das schäbige Mobiliar ist ihm nicht recht, er hat etwas anderes erwartet.

»Mir gefällt es hier«, versichert sie ihm.

Sie setzt sich aufs Bett, das durchhängt und ein lautes metallenes Knarren von sich gibt. Sie macht große Augen, und er lacht.

»Wie gut, daß wir hier allein sind«, sagt er.

Im Schein des Feuers ziehen sie sich aus. Sie sieht zu, wie er die Krawatte lockert, sein Hemd aufknöpft. Wie er die Gürtelschnalle leicht hochzieht, um den Gürtel aufzumachen. Im Stehen zieht er die Anzughose aus. Männersocken, denkt sie. Wenn sie wüßten, wie sie aussehen, würden sie sie nicht tragen.

Nackt friert er und ist mit einem Satz im Bett. Oder vielleicht ist er auch nervös. Sie gleiten aneinander wie trockene Seide. Die dicken Daunendecken, der einzige Luxus im Raum, sind wie Gebirge, und er zieht sie über ihre Schultern.

Das Bett quietscht bei der leisesten Bewegung. Sie liegen Seite an Seite, die Gesichter keine zehn Zentimeter voneinander entfernt, und lieben sich wie nie zuvor, mit sparsamen Bewegungen. Als vollführten sie einen alten japanischen Tanz, denkt sie, rituell und mit höchster Konzentration. Bedacht und langsam dringt er in sie ein. Er sieht ihr in die Augen.

»Wir drei«, sagt er.

Teil drei

Matties Arm zitterte, als sie die Angel einzog.

»He, hast du das gesehen?« rief sie.

»Sieht riesengroß aus«, antwortete Kathryn.

»Ich glaube, ich hab ihn.«

»Halt die Schnur nicht so dicht an die Felsen, sonst schneidest du sie durch.«

Kathryn sah, wie die schwarzsilbernen Streifen direkt unter der Wasseroberfläche hin und her schlugen. Fast eine Dreiviertelstunde hatte sie nun zugeschaut, wie Mattie mit der viel zu großen Angel ihres Vaters einen Fisch fangen wollte, die Schnur auswarf, die Rolle feststellte, vor sich hin schimpfte und dann ihren Fang einzog – die Angelrute wie einen Hebel unter den Arm geklemmt. Kathryn watete mit dem Netz ins Wasser, schöpfte, vergeblich, ein neuer Anlauf. Schließlich hielt sie den Streifenbarsch hoch, damit Mattie ihn sehen konnte.

Jetzt müßte Jack hiersein, dachte Kathryn wie von selbst.

Mattie legte die Angel beiseite, nahm ihrer Mutter den Fisch ab und legte ihn in den Sand. Der wehrlose Barsch schlug mit dem Schwanz. Mattie holte das Zentimetermaß, und Kathryn hockte sich neben sie, um besser sehen zu können.

»Neunzig«, sagte Mattie stolz.

»Ja!« Kathryn streichelte Mattie über die Haare. Das Haar ihrer Tochter war im Verlauf des Sommers wunderschön geworden, kupferrot; sie hatte es auf Schulterlänge abgeschnitten, und die Naturlocken kringelten sich in alle

Richtungen. Bis auf die beiden eisblauen schmalen Bikinistreifen war sie nackt.

»Willst du ihn essen oder freilassen?« fragte Kathryn.

»Was meinst du?«

»Wenn es nicht dein erster wäre, würde ich sagen, laß ihn frei. Hat Jack dir je beigebracht, wie man einen Fsich ausnimmt?«

Mattie richtete sich auf und hob mit ganzer Kraft den Fisch hoch.

»Ich hole den Fotoapparat«, sagte Kathryn.

»Liebste Mama«, grinste Mattie.

Kathryn ging über den Rasen und hörte die Schnüre am Fahnenmast unrhythmisch und hohl schlagen. Der Tag war so schön wie alle in diesem Sommer, eine lange Kette schöner Tage in satten Farben. Erst an diesem Morgen hatte sie einen geradezu unnatürlichen Sonnenaufgang erlebt, niedrige Wolken färbten sich bei Tagesanbruch neonpink, dazwischen lavendelblaue Dunstwirbel. Und dann war die Sonne aufgetaucht, wie eine Detonation im Meer, und das Wasser war minutenlang flach geriffelt und türkis gewesen, hatte das Neontupfenmuster gespiegelt. Es war die paradoxe Schönheit einer Atomexplosion gewesen oder eines Feuers an Bord eines Schiffs. Erde, See und Luft in einer Feuersbrunst.

Das frühe Wachwerden war ihre einzige Beschwerde – wie eine alte Jungfer oder eine Witwe, die sie ja war. Sie wurde früh wach, weil nachts nichts geschah, das sie wirklich müde machte. In den oft gespenstischen Morgenstunden las Kathryn, froh, daß sie inzwischen wieder ganze Bücher lesen konnte. Sie las auch die Zeitung, wie heute morgen auf der Veranda, als sie vor allem den Artikel auf der ersten Seite über den Waffenstillstand gelesen hatte.

Die Geschichte der Bombe an Bord des Vision-Flugs

384, die zwar ungewollt, aber nicht schuldlos mit Jacks Hilfe ins Cockpit gelangte, wurde am Neujahrstag im Belfast Telegraph veröffentlicht. Ebenso wurde berichtet, daß das Personal mancher Flugzeuge seit langem in Schmuggeleien verwickelt war, andere Piloten wurden namentlich genannt, und es wurde betont, wie sehr dieser extremistische Anschlag der IRA und dem Friedensprozeß schade. Unter anderen wurden Muire Boland und ihr Bruder verhaftet und ein Zusammenhang mit Jack Lyons hergestellt. Seine Ehe oder die andere Familie waren bisher nicht an die Öffentlichkeit gedrungen – Kathryn hatte wochenlang davor gezittert. Sie hatte es darauf ankommen lassen, hatte beschlossen, ihrer Tochter nichts davon zu sagen, bevor es bekannt wurde. Es war ein Wagnis, und wer konnte sagen, was dabei herauskam? Mattie wußte nur, was der Rest der Welt wußte, und das war genug.

Was mit Muire Bolands Kindern geschehen war, wußte Kathryn nicht. Manchmal vermutete sie, sie seien bei A.

Im Frühling hatte Kathryn über die Unruhen gelesen, wollte sie besser verstehen. Sie wußte nun mehr als im Dezember, aber dieses Wissen machte die Geschichte nur komplexer. In den vergangenen Monaten hatten die Zeitungen von Gefängnisaufständen, paramilitärischen Hinrichtungen und Autobomben berichtet. Jetzt gab es wieder einen Waffenstillstand. Vielleicht gäbe es eines Tages ein Abkommen, aber sicher nicht bald.

Doch eigentlich ging es sie nichts an. Es war nicht ihr Krieg.

Manchmal bewältigte Kathryn nichts als den bevorstehenden Tag, und folglich forderte sie wenig von sich. Sie trug selten etwas anderes als den Badeanzug, darüber ein verwaschenes marineblaues Sweatshirt. Sie strickte für Mattie ein ärmelloses Oberteil aus buntgesprenkelter Baumwolle und wollte sich selbst auch eins stricken. Das war momentan bereits die Grenze ihres Ehrgeizes. An den meisten Tagen besuchte Julia sie, oder Kathryn schaute in der Stadt vorbei. Sie aßen zusammen, versuchten eine Familiendreisamkeit wiederherzustellen.

Kathryn lief die Verandastufen hinauf, ging durchs Wohnzimmer und die Küche. Sie vermutete den Fotoapparat in einer Windjacke hinten im Flur. Sie bog in den Flur und hielt abrupt an.

Er stand an der Hintertür, hatte schon geklopft. Sie konnte sein Gesicht durch das Oberlicht sehen. Seine Anwesenheit war wie ein Schock. Zwischen ihr und der Tür lag eine entsetzliche Erinnerung, die Wiederkehr des Moments, als sie durch den Flur ging und ihm die Tür öffnete – ein Augenblick, in dem sich ihr ganzes Leben änderte, sein Verlauf ein für allemal anders wurde.

Wie in Trance bewegte sie sich sechs, sieben Schritte zur Tür, und wie in Trance öffnete sie sie.

Er lehnte gegen den Türrahmen, seine Hände in den Taschen. Er trug ein weißes T-Shirt und Khakishorts. Sein Haar war frischgeschnitten, stellte sie fest, und er hatte Farbe gekriegt. Sonst sah sie nicht viel, weil er im Gegenlicht stand. Sie konnte ihn dort jedoch fühlen, die eigentümliche Mischung von Entschlossenheit und Resignation, die sein Körper ausstrahlte. Er wartete offenbar, daß sie die Tür schloß oder ihn aufforderte zu gehen, oder daß sie ihn anfuhr, was er noch von ihr erwarte.

Die Luft zwischen ihnen schien dicht.

»Ist genug Zeit vergangen?« fragte er.

Und sie überlegte, als sie da stand, wieviel Zeit genau wohl genug wäre.

»Mattie hat einen Fisch«, sagte sie. »Ich muß den Fotoapparat holen.«

Sie ließ ihn in der Tür stehen.

Der Apparat lag da, wo sie ihn vermutet hatte. Während

sie durchs Haus ging, fühlte sie ihre Stirn. Ihre Haut war heiß, verbrannt, ein indianisches Rot, und vor lauter Sand und Seesalz wie Schmirgelpapier. Zuvor war sie mit Mattie auf den Wellen geritten, auf allen Vieren waren sie wie zwei schiffbrüchige Matrosen aus der Strömung gekrochen.

Sie überquerte wieder den Rasen, der Mann an ihrer Tür ging ihr nicht aus dem Kopf. Sie überlegte kurz, ob sie ihn nur geträumt, sich nur eingebildet hatte, daß er im Gegenlicht dastand. Sie machte ein Dutzend Fotos von ihrer Tochter und dem Fisch, wollte den Augenblick hinauszögern, sich Zeit geben. Erst als Mattie ungeduldig wurde, hing sich Kathryn den Apparat um den Hals und half ihrer Tochter, das Angelzeug und den Fisch auf die Veranda zu schleppen.

»Willst du es wirklich tun?« fragte sie Mattie und meinte den Fisch filetieren – eine Frage, die sie auch sich selbst hätte stellen können.

»Ich möchte es versuchen«, sagte Mattie.

Mattie hatte den aufmerksameren Blick und sah vor ihrer Mutter den Mann auf der Veranda. Das Mädchen hielt inne und ließ den Fisch sinken. Ihre Augen flackerten warnend, die Erinnerung an einen schlechten Traum.

Der Bote, dachte Kathryn.

»Schon gut«, sagte sie ruhig zu ihrer Tochter. »Er ist gerade gekommen.«

Das Mädchen und die Frau überquerten gemeinsam den Rasen, kamen vom Fischen wie zahllose andere vor ihnen, die Mutter hielt die Angel, das Kind die Beute, der erste von vielen zukünftigen Fischen. Vergangene Woche hatte Mattie in der Garage Jacks Angelausrüstung gefunden und hatte sich Schritt für Schritt ins Gedächtnis gerufen, was Jack ihr im letzten Sommer beigebracht hatte. Kathryn konnte ihr dabei nicht viel helfen, Angeln war nie ihre Sache gewesen. Aber Mattie war fest entschlossen und lernte, mit der viel zu großen Angel umzugehen, am Ende war sie ganz geschickt.

Der Wind drehte nach Osten, und sogleich spürte Kathryn die leichte Kühle in der Luft, die immer mit dem Ostwind kam. In wenigen Minuten hätte der Ozean weiße Schaumkronen. Dann dachte sie an Jack, wie immer, und sie wußte, sie würde nie wieder den Ostwind spüren können, ohne an den Tag zu denken, an dem sie sich kennenlernten. Der Ostwind war einer von hundert Auslösern, von kurzen Augenblicken: Da ist er wieder, der Ostwind.

Sie erlebte diese Augenblicke oft. Sie erlebte sie im Zusammenhang mit Jack Lyons, mit Muire Boland und mit Robert Hart. Sie hatte sie im Zusammenhang mit Flugzeugen, allem Irischen, mit London. Sie hatte sie mit weißen Oberhemden und mit Schirmen. Selbst ein Glas Bier konnte ein Stück Erinnerung in Bewegung setzen. Sie hatte gelernt, damit zu leben; es war wie eine alte Angewohnheit oder Stottern oder ein verletztes Knie, das gelegentlich einen Schmerz durch ihren Körper sendete.

»Hallo, Mattie«, sagte Robert, als das Mädchen die Veranda betrat. Er sagte es freundlich, aber nicht übertrieben; Mattie wäre sonst alarmiert gewesen, noch unsicherer.

Und wohlerzogen, wie Mattie war, erwiderte sie das Hallo, drehte aber den Kopf weg.

»Ein Prachtstück«, sagte Robert.

Kathryn, die Robert so neben ihrer Tochter sah, sagte: »Mattie bringt sich das Angeln bei.«

»Er ist achtzig, fünfundachtzig?« fragte Robert.

»Neunzig«, verbesserte Mattie nicht ohne Stolz. Sie nahm ihrer Mutter den Kasten mit den Angelutensilien aus der Hand. »Ich mache es da drüben.« Sie zeigte auf eine Verandaecke.

»Hauptsache, du nimmst hinterher den Gartenschlauch und spritzt alles sauber.« Kathryn sah zu, wie Mattie den

Fisch auf die Verandakante legte. Das Mädchen betrachtete die Kiemen von allen Seiten, dann nahm sie ein Messer aus dem Kasten. Probeweise machte sie einen Schnitt. Kathryn hoffte, der Fisch sei wirklich tot.

Robert ging zum anderen Verandaende. Er möchte reden, dachte sie.

»Ist das schön«, sagte Robert, als sie in seiner Nähe stand. Er drehte sich um und lehnte sich gegen das Geländer. Er meinte die Aussicht. Sie konnte jetzt sein Gesicht sehen, und es kam ihr schmaler vor, als sie es in Erinnerung hatte, markanter. Sicher lag es an der Bräune, der Sonne. »So habe ich es mir vorgestellt«, fügte er hinzu.

Beide dachten gleichzeitig schmerzlich an die Dinge, die sie sich vorgestellt hatten.

Roberts Beine waren auch gebräunt und die Härchen ganz golden. Kathryn dachte, daß sie seine Beine noch nie vorher nackt gesehen hatte. Ihre waren auch nackt, stellte er fest.

»Wie geht es ihr?« fragte er, und sein Blick war, wie sie ihn in Erinnerung hatte: eindringlich und scharf. Aufmerksam.

»Besser«, sagte Kathryn ruhig, so daß Mattie es nicht hören konnte. »Besser. Der Frühling war hart.«

Wochenlang hatten sie und Mattie die Wucht der kollektiven Empörung ausgehalten. *Wenn Jack nicht mitgemacht hätte...*, sagten die einen. *Dein Vater war es, der die Bombe transportiert hat...*, sagten die anderen. Sie hatten Drohanrufe bekommen, anklagende Briefe von Angehörigen, ein Heer von Reportern am Tor. Allein die Fahrt zur Arbeit war manchmal lebensbedrohlich gewesen, eine Qual, aber Kathryn hatte sich geweigert, ihr Zuhause zu verlassen. Sie hatte die Gemeinde Ely um Sonderschutz bitten müssen. Der Magistrat hatte eine Sitzung einberufen, nach langer Debatte wurde abgestimmt, und die Mittel aus dem Budget wurden freigegeben. Sie wurden unter »Höhere Gewalt« verbucht.

In den folgenden Monaten wurden die Sicherheitsvorkehrungen beinahe unnötig, aber Kathryn wußte, daß weder sie noch Mattie je zur alten Tagesordnung zurückkehren würden. Das war nun Tatsache, eine Gegebenheit in ihrem Dasein, mit der sie täglich fertigwerden mußten. Sie dachte daran, was Robert über Kinder von Absturzopfern bemerkt hatte: *Das Unglück verwandelt sie, und sie passen sich an.*

»Und wie geht es dir?« fragte er.

»Soweit ganz gut«, sagte sie.

Er drehte sich um, stützte sich auf einen Pfosten und schaute über den Rasen und den Garten.

»Du ziehst Rosen«, sagte er.

»Ich versuch's.«

»Sie sehen gut aus.«

»Es ist verrückt, so nah am Meer.«

Im Bogen des Gartens wuchsen gelbliche Friars und dornige Wenlocks; in dem langgestreckten Gartenstück waren die Cressidas und Prosperos. Aber die St. Cecilia-Stauden mochte sie am allerliebsten, schon weil ihr Blüteninneres so schamlos rot war. Sie wuchsen problemlos, trotz der Seeluft. Kathryn liebte ausgefallene Blumen, sie hatten etwas Verschwenderisches, Luxuriöses.

»Ich hätte es dir am ersten Tag sagen sollen«, begann er. So schnell hatte sie damit nicht gerechnet. »Und später war mir klar, daß ich dich verlieren würde, wenn ich es dir sagte.«

Sie schwieg.

»Ich habe eine falsche Entscheidung getroffen«, sagte er.

»Du hast versucht, es mir zu sagen.«

»Aber nicht genug.«

Und damit war es gesagt. Es war heraus.

»Manchmal kann ich nicht glauben, daß es wirklich passiert ist«, sagte Kathryn.

»Wenn wir früher dahintergekommen wären, wäre es vielleicht nicht passiert.«

Hinter Jack und Muire gekommen, meinte er.

»Die Bombe sollte mitten über dem Atlantik hochgehen, oder?« fragte sie. »Dort, wo wenig Beweise übrigbleiben.«

»Vermutlich.«

»Warum haben sie sich nicht gleich gemeldet und erklärt, daß es auf das Konto der IRA geht?«

»Das ging nicht. Zwischen der IRA und der Polizei gibt es Übereinkommen.«

»Also haben sie einfach abgewartet, bis die Ermittler auf Muire und Jack stießen.«

»Eine Spätzündung.«

Kathryn stöhnte.

«Wo ist sie?»

»Im Maze-Gefängnis«, sagte er. »In Belfast.«

»Ihr hattet Jack in Verdacht?«

»Jemanden, der diese Route flog.«

Sie überlegte nicht zum ersten Mal, ob eine Frau einem Mann, der sie betrogen hatte, vergeben konnte. Und wenn, war das eine Bestätigung? Oder war es schlichte Torheit?

»Hast du das Schlimmste überstanden?« fragte Robert.

Sie befingerte einen Mückenstich an ihrem Arm. Das Licht klärte sich, wurde mit dem Sonnenuntergang schärfer.

»Das Schlimmste ist, daß ich nicht trauern kann«, sagte Kathryn. »Wie kann ich um jemanden trauern, den ich offenbar gar nicht gekannt habe? Der nicht der war, für den ich ihn gehalten habe? Er hat meine sämtlichen Erinnerungen ganz ausgehöhlt.«

»Trauere um Matties Vater«, sagte Robert, und sie merkte, daß er sich darüber Gedanken gemacht hatte.

Kathryn sah zu, wie Mattie nun einen tiefen Schnitt von den Kiemen zum Rückgrat des Fischs machte.

»Ich konnte nicht wegbleiben«, sagte Robert. »Ich mußte wiederkommen.«

Und sie begriff, daß auch Robert ein Risiko eingegangen war. Wie sie jetzt mit Mattie. Auch sie hielt mit einer Wahrheit hinterm Berg.

Und dann, als sie ein wenig ihre Richtung änderte und von der Verandaecke aus ihren Garten betrachtete, hinabblickte wie selten sonst – oder vielleicht lag es auch an der Art, wie in diesem Jahr die Rosen gepflanzt waren –, sah sie es.

»Ach, da«, sagte sie ruhig.

Mattie hörte die überraschte Stimme ihrer Mutter und schaute von ihrer Operation hoch, das Skalpell in der Hand.

»Die Kapelle«, erklärte Kathryn.

»Was?« fragte Mattie irritiert.

»Der Garten. Der Bogen da. Der Umriß. Was ich immer für eine Marmorbank gehalten habe. Das ist überhaupt keine Bank.«

Mattie warf einen kurzen Blick in den Garten, sah, das wußte Kathryn, nichts als einen Garten.

Kathryn dagegen konnte die Schwestern des Ordens St. Jean de Baptiste de Bienfaisance in ihrer weißen Sommertracht knien sehen. In einer hölzernen Kapelle, deren Grundriß einem Bogenfenster glich. Einer Kapelle, die womöglich abgebrannt war, und nur der Marmoraltar war stehengeblieben.

Sie trat näher.

Dinge so sehen, wie sie wirklich sind, dachte sie. Und wie sie waren.

»Ich hole uns etwas zu trinken«, sagte sie zu Robert, zufrieden über ihre Entdeckung.

Sie ging ins Wohnzimmer, wollte eigentlich weiter in die Küche, Eistee in Gläser schütten, Zitronen in Scheiben schneiden, aber statt dessen blieb sie stehen und blickte aus dem Fenster. Sie sah Mattie, die mit dem Fisch kämpfte, und Robert, der ihr vom Geländer aus zuschaute, sah beide vom Fenster gerahmt. Er hätte ihr zeigen können, wie man das Messer richtig hält, aber es waren Jacks Sachen, und Kathryn wußte, Robert würde abwarten.

Sie dachte an Muire Boland in einem nordirischen Gefängnis. An Jack, dessen Leichnam nie gefunden wurde. Vielleicht war es leichter, wenn sie sagte, es sei alles so gekommen, weil seine Mutter ihn als Jungen verlassen hatte oder sein Vater brutal war. Oder weil er katholisch erzogen wurde oder im Vietnamkrieg war oder seine Midlife-Krise hatte oder seine Arbeit bei der Fluggesellschaft ihn langweilte. Oder weil er seinem Leben einen Sinn geben wollte. Oder sich danach sehnte, mit einer Frau, die er liebte, ein Risiko zu teilen. Aber sie wußte, all dies konnten die Gründe sein oder auch nicht. Jacks Beweggründe, die Kathryn immer verborgen blieben, setzten sich aus vielen Bruchstücken zusammen, ein verwirrendes Mosaik.

Sie stellte das Tablett auf den Tisch und fand das Stück Papier, wo sie es kürzlich hingelegt hatte – unter der Uhr auf dem Sims. Schon vor Wochen hatte sie dies vorgehabt.

Sie faltete das Lotterielos auseinander.

Auf der Veranda nahm Mattie ein Stück Fisch und ließ es in eine Plastiktüte gleiten, die Robert ihr hinhielt. In London schwieg jemand, wie Kathryn es erwartet hatte.

»Ich wollte nur wissen, ob es den Kindern gutgeht«, sagte sie übers Meer.

PIPER

Anita Shreve

Das Gewicht des Wassers

Roman. Aus dem Amerikanischen von Mechtild Sandberg.
292 Seiten. Geb.

Die aufwühlende Schönheit der Küste von Neuengland bildet die Kulisse für diesen meisterhaft komponierten Roman, der auf überraschende Weise die Gegenwart mit der Vergangenheit verschränkt.
Die Fotoreporterin Jean hat sich aufgemacht, um die mysteriösen Hintergründe eines über hundert Jahre zurückliegenden Verbrechens zu erforschen: den grausigen Mord an zwei jungen Norwegerinnen, der in einer Märznacht des Jahres 1873 stattgefunden hat. Diesen Auftrag verbindet sie mit einem mehrtägigen Segelausflug, zu dem sie ihren Mann Thomas und ihre fünfjährige Tochter mitnimmt; außerdem begleiten sie Thomas' Bruder Rich und dessen attraktive Freundin Adaline. Während Jean auf ihren Recherchen immer tiefer in die Mordgeschichte und die Schicksale der beiden Norwegerinnen eintaucht, entwickelt sich auf dem beklemmend engen Segelboot ein Netz aus Leidenschaft, Eifersucht und erotischen Spannungen, die unweigerlich in eine Katastrophe münden werden...

Edith Wharton
Die kühle Woge des Glücks

Roman. Aus dem Amerikanischen von Karen Lauer.
504 Seiten. Geb.

In der Absicht, sich einen möglichst wohlhabenden, vornehmen Mann fürs Leben zu angeln, zieht die junge, strahlend schöne Undine Spragg mit ihren Eltern nach New York. Tatsächlich wird sie in den eleganten Salons der Fifth Avenue bald fündig – muß aber zu ihrem Kummer erkennen, daß Reichtum und gesellschaftliches Ansehen nur noch selten konform gehen.

Sehnsüchtig wie Madame Bovary und skrupellos wie Scarlett O'Hara gehört Undine Spragg zu den großen Frauenfiguren der Weltliteratur, an deren Schicksal der Umbruch einer ganzen Epoche sichtbar wird.

PIPER

Alessandro Baricco

Seide

Roman. Aus dem Italienischen von Karin Krieger.
132 Seiten. Geb.

»Ich wollte eine Geschichte schreiben wie weiße Musik, eine Geschichte, die klingt wie die Stille.«
Alessandro Baricco, in Italien schon seit Jahren gefeierter Literaturstar, präsentiert sich erstmals dem deutschen Publikum mit einer poetisch-zarten Parabel auf die Liebe: Sie ist leicht und elegant wie ein Seidenschal auf den Schultern einer schönen Frau.

»Der Roman Alessandro Bariccos ist gewebt, wie der Stoff, um den es geht: elegant und nahezu gewichtslos. Die Geschichte ist komponiert wie ein Musikstück, jedes Wort scheint mit Bedacht gewählt, jede Ausschmückung, jedes überflüssige Wort ist fortgelassen. Das schmale Buch bekommt durch diese Reduktion seine außergewöhnliche Dichte, seine kühle, in manchen Passagen spöttische, zugleich seltsam melancholische Stimmung.«
Sabine Schmidt, BücherPick

PIPER

Rosetta Loy

Schokolade bei Hanselmann

Roman. Aus dem Italienischen von Maja Pflug.
286 Seiten. Geb.

In Rosetta Loys meisterhaftem neuen Roman steht die Geschichte einer Familie in politisch bewegter Zeit. Sie beginnt in den dreißiger Jahren, in einer großbürgerlichen römischen Wohnung, als das kleine Mädchen Lorenza ihre Eltern und deren Freund, den jungen jüdischen Wissenschaftler Arturo Cohen, beim Musizieren beobachtet: Vor allem die Mama lauscht dem virtuosen Klavierspiel Arturos seltsam verzückt. In den folgenden Jahren verbringt Lorenza ihre Ferien in der eleganten Engadiner Villa der Großmutter Arnitz, wo auch der Rest der Familie zusammenkommt – und sie Zeugin dramatischer Ereignisse wird.

»Wie in dem Puzzle, das Frau Arnitz an den stillen Abenden zusammensetzt, fügt Rosetta Loy die Leben der Menschen aneinander, denn auch sie sind nur winzige Teilchen in einem großen Spiel. Und dennoch ist jedes Teilchen an seinem Platz durch kein anderes zu ersetzen.«
Süddeutsche Zeitung

Madeleine Bourdouxhe
Auf der Suche nach Marie

Roman. Aus dem Französischen von Monika Schlitzer.
186 Seiten. Geb.

Marie, die dreißigjährige junge Frau, ist glücklich mit Jean verheiratet. Das jedoch hindert sie nicht daran, während der gemeinsamen Ferien am Meer verstohlene Blicke mit einem schönen jungen Mann auszutauschen. Blicke, die ganz selbstverständlich in einer stürmischen erotischen Affäre münden werden.
Maries sexuelles Erwachen löst ein tiefes Glücksgefühl in ihr aus, das sie am liebsten ganz für sich genießt: allein durch Paris flanierend, im Café eine Zigarette rauchend, auf einem Jahrmarkt, in einem Zugabteil... Trotzdem bleibt die Wirklichkeit eine feste Größe für sie: Selbstverständlich folgt sie ihrem Ehemann, als der in die Provinz versetzt wird, und sie hilft ihrer unglücklichen Schwester Claude, als die sie braucht.
Ein aufregender Roman, der die körperliche Liebe und ihre beflügelnde Wirkung feiert: Marie ist niemals passiv oder indifferent, sie steht mitten im Leben und kostet es aus bis zum letzten Tropfen. Sie ist im wahrsten Sinne eine moderne Heldin.